乙批评新视野丛书

主编 黄继刚 胡友峰

露西·伊丽格瑞近期思想研究

中国博士后科学基金面上资助项目（第61批）：伊丽格瑞性别差异理论的主体间性研究（2017M610811）、教育部中央高校自由探索项目（HEUCF161210）阶段研究成果

康毅 著

武汉大学出版社

WUHAN UNIVERSITY PRESS

图书在版编目(CIP)数据

露西·伊丽格瑞近期思想研究/康毅著.—武汉:武汉大学出版社,
2018.12
文艺批评新视野丛书/黄继刚,胡友峰主编
ISBN 978-7-307-18191-5

Ⅰ.露… Ⅱ.康… Ⅲ.露西·伊丽格瑞—文艺思想—研究
Ⅳ.I565.065

中国版本图书馆 CIP 数据核字(2016)第 148863 号

责任编辑:李 琼   责任校对:汪欣怡   版式设计:马 佳

出版发行:**武汉大学出版社** (430072 武昌 珞珈山)
(电子邮箱:cbs22@whu.edu.cn 网址:www.wdp.com.cn)
印刷:武汉鑫佳捷印务有限公司
开本:720×1000 1/16 印张:12 字数:173 千字 插页:1
版次:2018 年 12 月第 1 版 2018 年 12 月第 1 次印刷
ISBN 978-7-307-18191-5 定价:42.00 元

总　　序

　　黄继刚、胡友峰两位博士主编了一套书系，让我为之写一个总序，我欣然从命，其原因有二：首先是对于该书系的内容比较感兴趣；其次是觉得该套书系的作者视角比较有特点。

　　现分别来说：其一，该套书系的内容是"文艺批评新视野"，这个视角符合我们文艺发展的时代性。众所周知，文学艺术作为意识形态之一，是特定经济社会之反映。当前时代已经进入到后现代社会，是对于现代之反思与超越。我们可以用不同的名称来形容这个后现代社会，可以称之为"共生的时代"，以之与传统的各种"中心论"相对；可以称之为"生态文明时代"，以之与传统的工业文明时代相对；可以称之为"网络时代"，以之与传统的纸质文化时代相对；可以称之为"东方文化复兴时代"，以之与传统的"西方文明中心论"相对，还可以称之为"跨文化研究时代"，以之与传统界限明晰的研究相对，如此等等，不一而足。该套书系几乎包括了上述各个方面的内容，黄继刚的《空间的现代性想象》以文学中的景观书写为研究对象，可谓是一种典型的跨文化研究；胡友峰的《媒介生态与当代文学》是对于电子媒介时代的文学研究对象和审美属性的探讨；戴孝军的《和谐与超越：中西传统建筑审美文化比较》与何飞雁的《彩调的审美文化研究》也是一种跨文化多元性研究；康毅的《露西·伊丽格瑞近期思想研究》与何书岚的《中国诗学中的人权思想研究》都是对于人之生存状态的一种开放式研讨；而李鹏飞的《中古诗歌用典美学研究》则是对于中国古代诗学的全新探赜。总之该套书系给我们展示的是一个全新视角，也给当下的文艺理论研究带来了清新的学术气息，这无疑是值得鼓励和倡导的。

　　其二，是该套书系的作者都是"75后"、"80后"的年轻博士，这一代学者是将来我国文艺理论研究的生力军，也是文艺理论研究的未来。而我们都已经进入 21 世纪第二个十年的后半期，真的是喟叹日月如梭，时光荏苒，像我这样毕业于 20 世纪 60 年代初期的学人都早已经步入老年，更遑论我们的师辈。因此，新的一代与一代新人的崭露头角已经是时代精神与学科发展的必然要求，本丛书的作者们就属于这样的新一代，他们在本套书系中表现出来的锐气才力与研究实力正是这些新人们发展前景的美好表征。我期待并盼望着这些年轻的朋友们能够快速成长，飞得更高，取得更多更好的学术成就。这也是我在济南三伏天的炎热之中写了如上寄语的真实用意所在。

曾繁仁 *

2016 年 7 月 18 日

* 曾繁仁，山东大学前校长，终身教授，现任国务院学位委员会文学、艺术学评议组召集人，长期以来担任国家社科基金评审专家，教育部"长江学者"评审组中国语言文学、新闻学、艺术学组组长。

写在前面的话

我们当下已经身处一个科学主义盛行的时代,科技似乎从未停止过大规模前进的步伐,而文艺的地盘逐渐被蚕食并日益边缘,科学实用的意向将人文虚致的精神挤到了墙角,"爱因斯坦遭遇马格利特"①的强弱悬殊已经越来越不成比例。如今我们将文学的中心/边缘、实用/无用等问题拿来讨论,这本身业已昭示出现代文化的基本困境:它时时处在工具理性和实用精神的压迫之中,所为甚微。这一情形也正是目前文艺研究者不得不面对的逼仄现实。文艺研究活动作为一门"学问"和一种特殊的审美情感,可能并不创造直接的经济价值,也无法参与到社会形态的具体建构过程当中,它更多的是提供了关于人之存在的不同价值观念。所以,尽管粗粝的生存需求和社会压力时常将文艺研究者从思想的高峰拽下,抛入到现实环境的无尽撕扯当中,但是"学问"本身自有其意义。胡塞尔现象学曾经帮助我们区分界定了两个概念:指明和证明,就文艺研究活动而言,其并不证明什么,但是它时时在向我们指明,这些为它看见和指明的东西,就是可能性,即人生、世界何以展开、如何展开的可能性,这一可能性并非要将自己的观念视为唯一原则而强加于人,而是提供一种内省的思想方法来帮助我们破除灵魂的栅栏,并使得自我呈现出应然的状态。借此,我们保持一份"未敢翻身已碰头"的谦逊和惶恐,在自己营造的精神天地和思想涟漪中自得其乐,在书斋当中的"玄思妙想"、"坐而论道"都可谓是对当下

---

① "爱因斯坦遭遇马格利特"(Einstein Meets Magritte)是 1995 年在布鲁塞尔召开的跨学科学术研讨会,其旨在探究不同学科的边界以及对话交流的可能性。

甚嚣尘上之功利关怀的最好回应，毕竟审慎执着的学术追寻仍然要比琐碎无序的日常生活荣耀得多，正如尼采在《快乐的智慧》中所言，假若能参悟读懂自己的灵魂，自身那种须臾不可或离的意义将徐徐呈现，而"生命之于我们，意味着不断将自身以及所遭遇的一切转化为光和火"①。就此而言，文艺研究也许不会使我们富有，但却会使我们终得自由。

文艺研究者素以学术研究中的"思"、"史"、"诗"视为自身的存在方式，并在一种不知足的引颈前瞻氛围中昭示出应对未来的能力。而学术研究上的承传有自、薪火绵延更是需要吁请青年文脉的加入，尤其是需要聆听"75后"、"80后"学者所发出的声音。就此，编者虽不敢妄言此丛书会"雏凤清于老凤声"，但是年轻学者们不囿于陈说、溯迎而上的努力还是应该值得肯定和鼓励的。就这套《文艺批评新视野丛书》而言，语境化的分析和历史性的考察是我们甄选文丛时的唯一判断标准。所谓"求理于问答之外"，作者们大多能够透过浓重的历史烟雾来重新论证理论之自明性，其论著或者是隐含着一种新的提问方式，或者是用新方法来开启新视野，或者是以新角度来探讨新问题，整体上兼具学术差异性和理论互文性之特征，而作者们许多篇章的文本分析巨细靡遗、秘响旁通，也堪称精彩。编者希冀本套丛书能够抛砖引玉，在学界产生更多有价值的理论思考和学术回应，当然也因编者缺乏经验，谬误在所难免，还请业内方家批评指正。

最后，非常感谢康毅、李鹏飞、何书岚、何飞雁、戴孝军、潘国好、白宪娟等好友的信任，诸君大多师出名门，受过严格而系统的学术训练，他们勤勉刻苦，笔健如犁，耕耘不辍，在各自的研究领域拓荒不止，开垦出一片片长满创意的新田地。当编者发出邀请，各位作者欣然将各自的博士论文纳入到我和友峰兄策划主编的这套丛书当中，孔子云"以文会友，以友辅仁"；少陵云"文章有神交有道"，此谓也。

---

① ［德］尼采著，王雨译：《快乐的智慧》，中国社会科学出版社1997年版，第4页。

　　我想接下来应该是编者宣读完开场白之后，默默退下，而诸位优秀的思想演员将在这之后陆续登场亮相——

黄继刚　胡友峰

2016 年 4 月

序

康毅博士的学术专著《露西·伊丽格瑞近期思想研究》将要出版，让我作序。我忽然想起初次见她的情景，那时她给我最深刻的印象，就是勤奋好学。她是黑龙江大学英语系的学生，分配到哈尔滨工程大学外语系任教。很多像她这样的青年，就在课程量很大的英语课堂上耕耘并老衰。然而她却偏偏不能屈从于这个模式，大老远跑到北京师范大学进修。她爱听讲座，并且信息灵通，人虽在北京师范大学进修，但凡人大、北大与清华等校有人文社科讲座，她都积极参与听讲。由于这种追求知识的热情，后来，她就成了我在人大的第一位博士。

她攻读博士学位一年后，开始考虑博士论文的选题。当时我告诉她，你是学英文的，又对理论感兴趣，若是能选择写一篇介绍与研究西方理论家的论文，那么，对于当前的学术界就会有相当的贡献，而且这个理论家最好是国内已经关注，但又没有多少介绍与研究，或者已经有了研究的开端，却不怎么详尽。如果选择比较文学的题目写论文，你的中文底子往往写不过那些中文出身的博士；而选择将外国诗人与作家作为研究对象，即使你是学英文教英文的，也很难说能够把握研究对象，因为那需要对英语文学的语感达到审美鉴赏的地步，不是读懂意思就可以的。她对我的话是心领神会。那时我在人大的硕士生、博士生与博士后等有好几人，康毅作为他们的师姐，似乎很有号召力。我家离人大还有一段距离，平时不怎么去，所以每当我上课前，在康毅的带领下我们师生就会和和乐乐地在一起聚餐。就在一次聚餐前的人文楼外面，她告诉我要选择露西·伊丽格瑞作为研究对象，她说这个女性主义理论家与克里斯蒂娃齐名，但国内介绍、研究克里斯蒂娃的人很多，研究伊丽格瑞的却很少，只有刘岩的一部书，但该书涉及伊丽格瑞的近期思想不多。

我肯定了康毅的选题，并且告诉她，有一年我去广东外语外贸大学讲学，以栾栋教授为首，广东外语外贸大学几个学院的院长作陪，其中就有英语学院的院长刘岩教授，因而如果需要，我可以把刘岩介绍给她。不过后来，康毅主要是在刘岩没有深入涉及的伊丽格瑞的中后期思想上做文章，并且作出了很大的学术贡献。她将翻译、介绍与学术研究相结合，将伊丽格瑞对西方思想传统的颠覆与东方思想相结合，将文本细读与理论概括相结合，写出了一篇颇有学术价值的博士论文。这本专著就是在博士论文的基础上，加上修剪与补充，因而是一本在大量英文资料基础上写出的值得一读的学术专著。

人大是康毅的福地，在这里她不但收获了学术思想，还收获了爱情与婚姻。在她的博士论文还没有写出前，她与北京小伙胡伟的恋爱也到了收获的季节。他们举行婚礼的那天，我作为证婚人，携妻前往庆贺。除了胡伟的北京朋友与她的黑龙江闺蜜，我在人大带的博士后、博士生与硕士生，都在人大的汇贤餐厅为她庆贺婚礼。可是如今，在她的专著将要出版之际，她与胡伟还是天各一方。这部专著作为他们爱情的见证，希望他们早日长久团圆；而作为康毅在学术道路的起点，希望她以后收获更多的硕果！

高旭东

2016 年 5 月 31 日

目　　录

第一章　导论：伊丽格瑞与当代理论

从 20 世纪六七十年代到 21 世纪的第二个十年，法国女性主义理论与实践走过了半个多世纪的历程，它在女性主义/女权主义史上独树一帜，突破了传统女性主义的思想主题与抒写方法。这第三波女性主义浪潮受到了精神分析、解构主义、符号学、语言学等后现代理论的影响，提出了与波伏娃等传统女性主义者不同的后现代女性观，强调女性在话语、抒写等方面的性别差异，以此建立了不同于父权制体系主体—他者的一种新型的女性主体性意识，形成了占据重要地位的理论流派，与英美女性主义形成两个旗帜鲜明的阵营，为世界女性主义的发展带来前所未有的影响。克里斯蒂娃（Julia Kristeva，1941—　　）、西克苏（Hélène Cixous，1937—　　）和伊丽格瑞（Luce Irigaray，1930—　　）被称为是法国后现代女性主义的三驾马车，她们均有很深的理论背景和个性鲜明的创作特色，其中伊丽格瑞被评价是波伏娃的接班人。①她们通过形式多样的理论模式、写作模式、主体性模式和政治模式解构了哲学史上的父权逻各斯中心，重新解读了什么是女性和女性要什么等问题，建构了曾被排挤出历史舞台的女性言说、"女人腔"和女性抒写，强调女性

---

① Toril Moi 最早在《性别/文本的政治》（*Sexual/Textual Politics*）一书中认为西克苏、伊丽格瑞、克里斯蒂娃是"法国女性主义理论的新神圣三位一体"。尽管三位女性主义理论家的哲学观点、关注主题和写作风格迥异，也不一定出生在巴黎，这样的归类不够确切，然而，随着研究的深入，发现这三位与英美等其他地区的女性主义理论家和作家相比，还是存在较多的共同点，尤其是她们既深悉西方形而上学理论传统，又承袭了法国当代的哲学思想，学界大多趋向于认同"法国当代女性主义三驾马车"的说法。参见：Toril Moi. *Sexual/Textual Politics*：*Feminist Literary Theory*. Routledge，1985：95-98.

1

的感官体悟和直觉。她们均属于欧陆哲学领域，英美女性主义注重的是现实领域中争取权利平等的实践，而注重理论和思考的法国女性主义一如既往地生产先锋思想，对女性主义的传统进行批判式继承，与各种理论思潮互动。同时，也对全球化以来科技突飞猛进、社会动荡不安、时空体验和性别体验错位等各种危机进行了深刻的思考，提出重建家庭和社会模式的建议，提倡多元文化的观念，为人们提供了一套迥然不同于传统的认知模式和范畴。遗憾的是，露西·伊丽格瑞这位特立独行的不喜欢谈论生平的后现代女性主义哲学家却在后现代纷繁的理论家的名字中被忽视了。

第一节　伊丽格瑞其人其书

　　露西·伊丽格瑞出生在比利时，母亲是法国人，父亲是意大利人，她是心理学、语言学、哲学三个专业的博士，拥有精神病理学执照，是意大利和法国等地的妇女运动领袖，早期有过短暂的大学教学经历，曾是法国国家科学研究中心的哲学部主任，也曾担任该中心心理部的主任。到目前为止，她大多以法文和意大利文撰写著作，从 2008 年至今陆续撰写和编辑英文著作。伊丽格瑞持有反自传立场，拒绝谈论个人生活，所以截至目前学界对于她八十多年的人生经历、家庭生活知之甚少，只是大概了解其求学生涯和职业生涯的简单履历，关于她的出生年也有出生于 1930 年、1931 年和 1932 年三种说法，她是一个谜样的欧陆理论家。伊丽格瑞在大学期间攻读古典文学，后在鲁汶大学获得哲学与艺术硕士学位，后在该校获哲学博士学位。①随后，她到巴黎心理学研究院深造，专攻精神分析学，并于 1962 年获得心理病理学修业证书。毕业后，她在比利时国家科学研究基金会从事研究工作。两年后，她转到巴黎，成为法国国家科学研究中心的副研究员，后又担任过该中心哲学部主任。

---

　　① 由于伊丽格瑞的反自传立场，学界对于其初期求学年代没有达成共识。她本人也不对此加以澄清和说明。

按伊丽格瑞自己的说法，其著述大体分为三个阶段：初期，解构西方哲学的父权制传统；中期，建构女性的有性别差异的言说方式；近期，探索构建男女间、两个主体的积极相处模式。

第一阶段，对西方哲学和心理分析传统的解构。对伊丽格瑞来说，20 世纪的 70 年代到 80 年代初是其理论创作的初期和成名期，先后有 10 部左右著作出版，大多被译成了英文。这期间，伊瑞格瑞持续参加由拉康主持的精神分析讨论小组，接受精神分析师的训练。1968 年，她获得巴黎第十大学语言学博士学位，其博士论文《精神错乱病人的语言》(Le Langage des Dements，1973)结合了其五六十年代对精神错乱患者的研究，是在精神分析和语言学理论背景下的研究成果，也是她出版的第一本著作。根据伊丽格瑞自己的描述，波伏娃对此颇感兴趣。1974 年，伊丽格瑞在巴黎第八大学(Université de Vincennes)获得哲学与艺术博士学位，在精神分析学系任教，并且成为拉康领导的巴黎弗洛伊德学派的成员。同年，她出版了生平第二篇博士论文《他者女性的窥镜》(Speculum de L'autre Femme)，这是她的成名作，因该书的出版，伊丽格瑞被逐出由拉康主持的精神分析讨论小组，失去了大学的教职，此后她再也没有在巴黎的大学讲授过自己的理论，却因此成为独树一帜的法国当代女性主义者，成为欧陆哲学家或者说法国哲学家中不可或缺的人物，更为日后与克里斯蒂娃和西克苏并驾齐驱成为法国后现代女性主义者奠定基础。这本书中，伊丽格瑞不仅批判了自柏拉图到黑格尔的西方传统思想，而且解构了弗洛伊德和拉康对于女性生理和心理的分析：提出女性性器官不像弗洛伊德解剖学认为的，不是唯一的，而是复数的；针对拉康镜像理论对女性被消解的提示，伊丽格瑞用女性内诊工具"窥镜"做一隐喻，解构了镜像理论。这本书标志伊丽格瑞在精神分析和哲学史方面对父权逻各斯中心的解构。1977 年和 1979 年伊丽格瑞相继出版《此性非一》、《一个摇摆另一个也摇摆》，批评和抗议女性在哲学史和历史语境中一直处于被压抑、被消减、被吸声的地位。此后，伊丽格瑞对于西方形而上学的解构一发不可收，以《尼采的海上情人》(1980)和《海德格尔遗忘的空气》(1983)为代表，悉数解构了西方哲学史上具有影响力的大家。1982 年伊丽格瑞任荷兰鹿特丹大学哲学系主任，从此再没有在巴黎的法国著名学府任职。

第二阶段，对女性主体性另一种可能性的建构（1983—1989）。在解构了父权秩序之后，伊丽格瑞开始着手创建另一种可能的性别差异的秩序。1986 年，她从法国国家科学研究中心的心理部转到了哲学部。次年，在加拿大多伦多大学符号学与结构主义研究暑期学校作讲座。自从被拉康小组驱逐之后，伊丽格瑞拒绝将自己归入任何一个群体或派别。她先后在法国的研究所、荷兰和加拿大的高校从事学术研究和教学，其间参与意大利、荷兰等地的妇女运动，并积极发表演讲。伊丽格瑞支持意大利的共产主义运动，参加支持避孕等争取妇女权利的示威游行，领导和组织过各种类型的研讨会，其研究成果陆续发表在意大利《利纳西塔报》，对欧陆哲学产生了较大影响。伊丽格瑞开始关注对于女性身份、语言、抒写的建构，在《性别差异伦理学》、《差异的时代》、《性别谱系》等著作中提出了代表伊丽格瑞特色的性别差异伦理学和重写女性谱系的女性主义观点，其《语言学的性别》、《言说从来不是中性的》两部著作试图从语言学中寻找依据从而重建女性话语，即"女人腔"。

第三阶段，建立两个差异主体相处的新型伦理关系，包括新的家庭、社会和全球的模式。20 世纪 90 年代以后，伊丽格瑞的性别差异女性主义理论进入成熟期、黄金期，不仅理论著述高产，而且视野和关注点更广。这一时期，伊丽格瑞著作无论在主题上，还是在创作风格上都有了明显转向，由解构西方父权逻各斯转向建构基于东方文化传统而提炼出的更加具有特色的"女性神圣"、"用身体思考"等学说。这一阶段的著述在风格上，跳出了传统习惯的论述，有时以第一人称代替第三人称论述，有时以对话的形式和散文的抒情文体挑战理论、小说和哲学的界限。这期间出版了《我，你，我们》、《我爱向你》、《二人行》、《东西之间》，提出在尊重彼此差异的前提下，互相有爱，有空间地、独立地融洽相处，并从古代和东方发现女性"神圣"的所在，提倡"性态化"（sexuate）社会文化。《二人行》中先提出两个主体和谐而又保有各自空间的相处模式，再提出对家庭模式的重建——对黑格尔以降用父权法制、财产、理性维系的没落的家庭制度的批判，对古希腊传统中以一个温暖的居所为中心、基于两个主体和谐关系之上的家庭亲情模式的向往。这种模式中的两个主体并不是中性的，并不是被同一性同化了的无差别的主体。两性共存是人类的起点，"是人类延续的必需"。① 值得一提的是，以《二人行》为其近期代表作的伊丽格瑞著作呈现出诗化的倾向，在主题、题材、体裁和语言风格方面都有明显的从早期的哲学理论论断到第一人称的诗性散文和杂感的转向。这不仅是伊丽格瑞"回归自然、大地"主题的一种呈现，而且是对早期女性言说构建的一种实践。同时，这种言说方式的变化也为研究增加了难度。

伊丽格瑞曾在1984年1月去往印度的旅行中见识过印度妇女的生存状态，在她看来，印度女人保有一种贫困中的"尊贵"，那是一种"不同于西方妇女的卑微、顺从抑或傲慢"的尊严。②伊丽格瑞认为这是两种形态的历史共存：一种是尊女性为神，另一种是男性用盲目的权力镇压了她们。伊丽格瑞对于异域文化的这种"偏好"，原因是在这次经历中印度的 T. Krishnamacharya 大师在陈述瑜伽文化时对性别差异给予的肯定令伊丽格瑞感动。在20世纪80年代伊丽格瑞只发表法文和意大利文著作，可以说英美学界对其理论没有深入了解，偶尔也会产生质疑，然而这位被称为欧陆哲学家的女性主义者却发现她的理论与东方文化是契合的，即尊重女性的性态化生存现状。从那一刻起，伊丽格瑞就在酝酿关于东方文化转向的著作。那十年里，她在印度瑜伽学院潜心修炼，阅读经典，体会呼吸带给身体的健康状况以及对精神的唤醒。后来，《二人行》和《东西之间》中关于瑜伽和印度宗教文化的阐发，及其与伊丽格瑞性别差异理论的互动可谓是厚积薄发的崭新创作。此外，《东西之间》的一开篇就呐喊道"人性已逝"，也宣告了处于后现代全球化语

---

① 详见［法］吕西·依利加雷著，朱晓洁译：《二人行·跋》，三联书店2003年版。

② Luce Irigaray. *Between East and West*. Columbia University Press，2002：65.

境下一位人文学者的反思，她试图警示人类在这种只追求经济利益和科技主导的观念下，在不久的将来会成为后世研究的物种标本。她诟病人类剥削式的而非耕作的、休养生息的探索和开发。信息和科技的发展危机重重，哲学和宗教的古老信仰已经渐行渐远。①她进一步对黑格尔以后几百年的婚姻制度予以批评，认为以法制、理性、父权为中心的婚姻早就变成了以互惠互利为前提的交易，婚姻丧失了原始的温情和美好，让妇女变成了交换的商品。她呼唤回归到东方印度宗教和前雅利安文明的母系社会，呼唤回归到前古希腊时代无论经历怎样的长途跋涉或者战争都要回归家庭的自然选择，痛斥所谓的文明选择，这些回归的主题在她 2013 年的著作《一开始，她就在那里》(In the Beginning，She Was)中有更集中和详尽的讨论。此外，在这几部著作中，伊丽格瑞由单向度的建构女性主体，开始构想两个神圣主体的相处空间等问题，又从两性、家庭模式的重建推及社会和各民族间相处模式的重建，提出是"融为一体还是共存"的问题，在包容和尊重彼此差异的基础上主张多元共生，即主张文化多元主义。

进入 21 世纪，伊丽格瑞以 70 岁的高龄开始在英语国家主持讲习班，尝试出版英文著作，她出版的几本英文版著作，包括：从语言学、哲学、社会学、伦理学等方面建构与他人亲密相处的模式，《爱的道路》(The Way of Love，2002)；自选集《露西·伊丽格瑞：主要作品集》(Luce Irigaray：Key Writings，2004)、《分享世界》(Sharing of the World，2008)、《一开始，她就在那里》(In the Beginning，She was，2013)、与其他学者进行对话的《谈话集》(Conversations，2008)、《露西·伊丽格瑞：教学》(Luce Irigaray：Teaching，2008)。这些著作与早期故意使用模糊词汇、不加注释、用法语写作的风格迥然不同，为我们更多地了解和研究伊丽格瑞提供了契机。近期，伊丽格瑞在《露西·伊丽格瑞：教学》一书的开

---

① Luce Irigaray. *Between East and West*. Columbia University Press，2002：1-3.

篇自述中坦言意识到自己思想传播的局限性：一是语言的晦涩、充满歧义，二是其思想长期没有在大学里被传授，很多问题没有被阐明。近年，伊丽格瑞在欧洲乃至全世界演讲，多数集中在英国，既为自己思想的传播，又为实践自己的理论而展开对话。从 2002 年到 2007 年，每年在伯明翰大学和利物浦大学举办伊丽格瑞讲习班和关于其理论研究的博士生论坛暨国际研讨会，伊丽格瑞参加宣讲和讨论，从而出版论文集《露西·伊丽格瑞：教学》。目前伊丽格瑞担任法国国家科学研究中心哲学部主任，被学界认为是法国女性主义者、哲学家、语言学家、心理分析师、社会学家和文化理论家，可谓一位世界级思想大家。①

伊丽格瑞已经成为法国当代最重要的思想家之一，也成为后现代女性主义的领军人物，但她在耄耋之年仍然参加学术活动，关注科技和信息高度发达以来的人类危机和重大问题，传播其对于当下问题和危机的观点。她的理论著述触及社会生活的各个层面，不仅成为女性主义的声明和口号，而且一反传统的"亲女"、"厌女"和极端的女权主义立场，为西方提供了考察东方和前雅利安时代社会和家庭模式的参照系，从而对父权制资本主义社会的诸多问题进行了反省。在四十余部著作中，伊丽格瑞一直延续着一种激烈的、尖锐的质问和抒情的叙述杂糅的风格，她替我们问出了当下的严峻问题，并回应了西方哲学家们一直讨论不休的关于女性的问题。作为一位独树一帜的欧陆哲学家，她对世界哲学和女性主义理论的贡献是毋庸置疑的。可以说，如果没有这样一位理论背景深厚以及跨学科的女性思想家，女性主义领域乃至哲学文化领域定会缺少很多有价值的论题，而女性主义也前所未有地被她带入了自然、东方宗教的主题中。

---

① 伊丽格瑞讨厌被称为"Feminine"，或被称为女性主义者，也不愿意被归属于某种"主义"的立场，与后现代语境有关，与解构父权/逻各斯/菲勒斯/语音中心、去中心化等思想有着密切关系，但这并不妨碍其成为女性主义先锋。

第二节　伊丽格瑞的理论资源

伊丽格瑞的理论资源是丰富多彩的。从解构父权文化开始，她的思想是对整个西方哲学、宗教和文化传统的剖析与批判，其理论是在对男性哲学家理论和思想的扬弃中诞生的。此外，伊丽格瑞不仅受到了五月风暴之后法国当代各种思潮的影响，而且参加过由拉康主持的精神分析讨论小组，她做过精神分析师，曾将自己的方法称为"使哲学家们精神分析化"的方法，拜波伏娃为女性主义鼻祖式的人物，吸取德里达的解构主义思想，受海德格尔差异理论影响，因语言学的背景深悉索绪尔以及符号学，还因为古典文学的背景让她对西方文学经典信手拈来，她敢于批判西方哲学史上列位大师的前提是对哲学史的把握和对原典的细读。

一、伊丽格瑞与后现代理论思潮

1. 解构主义的影响：女人腔的反传统叙事

长久以来，逻各斯中心主义一直占据西方思想传统的重要位置。传统叙事也一直是以逻辑和理性的男性话语为中心和标准的，而女性的典型叙述，无论从表达方式上，还是从话语内容上都被排斥在标准之外，女性言说被压抑了，被遮蔽了，被削减并消失。于是为了解构这套标准的男性话语体系，伊丽格瑞提出"女人腔"，意思是提倡建立一套属于女性自己的语言和表达方式。事实上，女人一直是以非理性的、喋喋不休的、半句话的……胡言乱语的形象出现在以男性为中心的社会中的，"她说起话来没有中心，他很难从中分辨出任何连贯的意义。用理性的逻辑来衡量……他什么也听不出来"①。这种不被男性的"他"接受的女性的"她"的言说一直被传统哲学和父权逻各斯排斥在外，这也是后现代主义或者后现代女性主义要去破除的。这种被伊丽格瑞推崇的"永恒流动"、模糊、

---

① 周曾：《西方女性主义理论对中国女性写作的影响以及变异》，中国人民大学博士学位论文，2005 年，第 23 页。

跳跃、隐秘、无中心、意义不定等特征，最大限度地符合了解构主义的思想，颠覆了父权逻各斯/语音中心的西方传统。

在德里达看来，西方形而上学是逻各斯中心主义的，是语音中心主义、男性语音中心主义的，也是菲勒斯/阳具中心主义的。"语言已经随着历史和顽固的形而上学的论证，有意无意地持续地压迫着女性，成为阴茎发泄欲望的手段和罪恶的共犯"，所以，语言和语音体系是男性欲望表述合理化、正当化的手段。①于是，与语言相对的肢体语言和感知、体悟，以及与阳具相对的女性特征被一并压抑。伊丽格瑞受到了这位从女性主义立场说话的男性思想家的影响，先是对阳具中心进行戏仿、嘲讽以解构，而后试图通过女性生理特征对抗阳具中心的父权体系，构建了女性主体，宣扬了女性特征和女性经验感受。此外，德里达以"身份的逻辑"对"逻各斯中心主义"加以攻击，实际上是部分依赖于索绪尔和弗洛伊德的洞察力。然而重点在于，德里达并没有将兴趣放在索绪尔的"符号"或者弗洛伊德的"主体"上面，而是聚焦于"差异"，尤其是它在哲学、文学、理论的文本中发挥的作用。德里达曾阐释说，在文本之中自有一种逻辑，这种逻辑要优于、超过文本本身的目的和讲明了的意图。文本能诉说的总是比文本能控制的多，这一观点很好地体现在了伊丽格瑞几乎没有注解的四十多部著作中，而且她自己也谈到过不愿意为文本解释。德里达的差异理论以及对于文本的观点很明显地影响了她的创作风格，她的"性别差异"理论也得益于包括德里达、海德格尔在内的当代强调差异的理论家。

早期，伊丽格瑞试图建构女性特质的意象模式用以替代男性特质，比如用阴唇隐喻的多元性替代阳具隐喻的同一性、唯一性，以此挑战逻各斯中心，建构一种脱离父权中心的新的秩序和法则，即性别差异的伦理和政治。西克苏的"阴性写作"实际上是德里达"延异"的另一种表述；克里斯蒂娃也在很多方面赞同并因袭德里达的套路，比如她解读了《论书写》，著有《诗性语言的革命》。但是无

---

① ［法］德里达著，汪堂家译：《论文字学》，上海译文出版社 2015 年版，第 43 页。

论是对解构主义的批判还是继承，都没有在解构之外像伊丽格瑞这样创建关于女性从生理到语言到心理再到写作方式一套完整的父权之外的秩序，从而为女性主义在男性哲学话语内部的纠结学说的困境打开新的理论维度。伊丽格瑞为了建立这种主体的"性别差异"，除了要用女性言语的表达方式和内容，还强调在写作中的"女人腔"。后现代语境下，德里达否认人有统一的身份，否定绝对真理的唯一性，批判和颠覆了西方形而上学传统。伊丽格瑞沿着德里达对父权逻各斯中心主义、菲勒斯中心主义的批判，进而在自己的理论中提出反对男性经验写作，跳出父权文化既定的经验模式，对逻辑理性、宏大叙事和社会历史的巨型话语进行轻视，尝试让女性个体独特的体验和经验说话，对父权的解构也是通过对其戏仿的方式、重新阐释女性主体性和重新定义父权赋予的关键词的方法来进行批判的。具体地说，伊丽格瑞采用女性独特的体验来命名事物，或者用女性主义视角重新定义属于父权文化中的关键词，以此成功建构了女性言说和抒写方式，唤醒女性话语意识和对个体经验的重视，批判了父权文化下对女性话语和女性经验的压抑，批判同一性对个体差异的忽视。

伊丽格瑞对父权的解构不仅体现在对女性语言的构建、对写作的"女人腔"的构建上，而且体现在对西方诸多二元对立概念的成功解构上：男性和女性不是主客体二元对立，而是女性和男性两个主体和谐共处；自然不是与精神和文化对立的概念，而是人类精神的家园，要建设"自然的文化"；身体不再是与灵魂和精神相对立的魔鬼的领土，身体也可以思考，通过呼吸让身体和精神沟通。伊丽格瑞在近期将解构的触角伸向了资本主义内部，她认为女人就是父权资本主义用来当做商品交换的产品，还将笔端延伸到了东西方宗教，用女性主义的语言重新定义了《圣经》中玛利亚的贞洁、天使报喜等重要概念，还运用印度传统文化和瑜伽修炼术中对于母系社会和呼吸的提倡来反思基督教"父"的文化。可以说，伊丽格瑞是从语言、写作、家庭和社会模式、宗教等方面全面地解构了父权制的西方社会。

2. 精神分析的影响：窥镜与镜

自 1908 年起，弗洛伊德便确信并只承认一个性器官，就是在其著作中提到的"阴茎"，而"女人需要什么"这一议题是围绕着"阳具崇拜"学说进行的。在 1923 年，当弗洛伊德再次谈起这个解剖学方法时，依旧没有认识到自己对女性性征的忽视。在弗洛伊德看来，阴道是身体的一部分、是一个器官，然而却未被视为女性的性器官。弗洛伊德的这种阳具中心论长期以来成为西方父权制的理论工具，也成为女性主义首先要突破的障碍。在解构主义解构各种中心之时，德里达提出了要解构西方形而上学的症结"菲勒斯/阳具中心主义"的概念，包括英美和法国女性主义在内的理论家开始抵抗和解构这种阳具中心论。针对弗洛伊德关于女性"黑暗的神秘大陆"的迷惑，伊丽格瑞倡导用女性独有的性体验和女性话语来揭示男女主体的差异。

拉康的镜像理论暗示女性实际上是被排除在了象征秩序之外的，这首先启发了法国的女性主义者。伊丽格瑞在巴黎期间一直参加由拉康主持的精神分析讨论小组，她的一篇博士论文《他者女性的窥镜》（1974）可以说就是对其精神分析导师拉康镜像理论的一种女性主义的回应，她戏仿了拉康的"父之名"，提出了"胎盘"的概念：不是那个神圣的"父"，而是母亲的胎盘孕育了胚胎，从而"建构了两个有机体之间进行交换的调节系统"，表明"女性身体孕育了差异性"，这些在"父之名"介入之前就存在和发生。①她认为在父权制下，女性只不过是男性在镜子中的反射影像。她用女性做内诊时特用的窥镜来替代平面镜，用"窥镜理论"解释女性性器官的多个、多元特殊性来对抗拉康的镜像理论，颠覆了弗洛伊德的"一个性器官即阴茎"的观点，颠覆了阳具中心论。也因这篇博士论文的出版，伊丽格瑞被迫离开大学的教职，被拉康彻底地赶出了精神分析讨论小组，导致她再也没有踏入巴黎的大学。伊丽格瑞的学说和个人遭到男性哲学家如此强烈的压制实际上正是对她自身理论的

---

① 刘岩：《差异之美：伊里加蕾的女性主义理论研究》，北京大学出版社 2010 年版，第 65 页。

一种证明，也从侧面可见她的理论对拉康等男性理论家的冲击是有力的。此外，伊丽格瑞也继承了拉康关于符号学的一些思想。拉康最初发展新的符号学理论时，就把男女关系的问题置于符号体系内讨论。传统父权中心主义实际上利用了自己在政治、经济、文化等方面的权威掌控了各种社会符号的指称权和使用权，对女性和与女性相关事物使用次级的、派生的、附属的符号来指称。所以，近期的伊丽格瑞除了像之前对父权形而上学进行解构之外，还致力于对除了女性之外一些重要的关键词的重新定义。总体来说，伊丽格瑞作为独树一帜的女性主义理论家的成名要归因于拉康。正是由于她受教于拉康期间、在担任精神分析师的经历中提取了大量依据以创建自己的理论，之后又站在与拉康相反的位置上提出了一鸣惊人的女性主义主张。

3. 海德格尔的影响

伊丽格瑞对海德格尔的态度是双重的：在《被海德格尔遗忘的空气》中批判了海德格尔"发现真理的有限性"，提出"成为"比"存在"更具有无限性；伊丽格瑞近期著作《爱的道路》与海德格尔《在通往语言的路上》有关，其论文和著作中多次对"回归"主体的讨论、"对诗意栖居"的讨论明显有受海德格尔影响的因素。海德格尔对整个形而上学的批判性反思不是指某个问题或者某个方面，而是根本性地将苏格拉底—柏拉图以来的整个西方传统的形而上学加以否定。海德格尔抓住了本体论或存在论的问题，试图从根本上摧毁西方的形而上学，其中差异构成了他早期作品中的焦点问题。而伊丽格瑞从学术生涯的一开始就戏仿和解构了柏拉图、弗洛伊德、尼采的理论，直到近期对同时代的男性哲学的解构，比如萨特、列维纳斯、梅洛庞蒂等的理论，解构的图景之大堪称海德格尔的学生，并且强调要在本体论上树立性别差异的女性主义理论。事实上，即便是对海德格尔的批判，伊丽格瑞的思考方法和进入问题的手段与海德格尔也有相近之处。同时，伊丽格瑞在采访中也谈道：即便海德格尔试图回到质料，他也是通过逻各斯来思考母亲的世界的，而不是通过感官思考，所以即便他试图解构西方形而上学，也还是落入了"语言的牢笼"中。① 伊丽格瑞对海德格尔思想的思考是复杂的，甚至在关于差异的问题上，伊丽格瑞越靠近海德格尔的思想才越能加强她思想的深度。

4. 其他学科的影响

伊丽格瑞在"女性的救赎"（La redemption des femmes）中使用"话语"（parole）一词，可以显示伊丽格瑞受到心理分析学、语言学、符号学和宗教学这四个学科的影响。在西方哲学研究领域，话语、言语、语言和思想这几个词都占有很重要的位置，彼此有着较为复杂的关系。广义来说，通过开头字母大写的言语（Word）道成肉身的教义联系着神与人。在希腊时期言语（Word）这个词就存在了，在伊丽格瑞的第一个注解即关于《约翰福音》的注解中，她说："言语（Word）成为肉体并在我们之中生活，我们已经见过'他'的荣耀，作为父的唯一儿子的荣耀，满载恩宠与荣耀。"②在法语中，《圣经》中的言语（Word）或者逻各斯（logos）可以翻译成话语（parole）和圣言（verbe），然而伊丽格瑞选择了话语（parole）。伊丽格瑞在回答宗教学者玛格丽特③（Margaret R. Miles）的问题时，曾坦言："我选择话语（parole）是耶路撒冷《圣经》中的一个翻译……也有可能我的宗教倾向影响了这个选择。"④此外伊丽格瑞通过话语（parole）想传递这样两层意思：一是可以给词语肉身的是"说话（speaking）"，而不是话语和逻各斯（discourse and logos）；二是在讲话中，我们才使用呼吸，意义在呼吸中传递并保持其时活生生的词语。很显然，她是受到了索绪尔普通语言学的影响，知道咬字发音和言语的区别才使用了话语（parole）；事实上，也是由于心理分析师的实践经历，她体验过与已经既定的陈述相比，真实话语的有

---

① Luce Irigaray. *Conversations*. London：Continuum，2008：95.

② Luce Irigaray. "La Redemption des Femmes." *Le souffle des femmes*：*Luce Irigaray presente des credos as feminin*. Paris：Action Catholique Generale Feminine，1996：185.

③ 曾在哈佛大学神学院做理论教授（1978—1996），现为加州大学伯克利分校历史理论教授。

④ Luce Irigaray. *Conversations*. Continuum，2008：95.

效力量。当然，关于呼吸传递意义的说法是受到了印度呼吸术的影响。

伊丽格瑞对后现代思潮的重要贡献是对后现代有所继承也有所超越。后现代主义思潮之下，绝对的、唯一的权威的"父"不复存在，需要建立另一种属于女性的言说和书写方式；精神的"父"动摇了，对重述主体性、他人、话语和身体、自然等问题的讨论必定会出现新思路。后现代的语境中，全球化和多元化趋势势不可挡，同一性复制和涂尔干所谓的机械性团结不断减少，取而代之的是华莱士所谓的"多元纷杂"和涂尔干所谓的"有机团结"的不断增加，伊丽格瑞的知识体系和理论建设可以说就是这样"多元纷杂"女性主义中的一簇"有机团结"之花。

对后现代主义的超越体现在伊丽格瑞没有落入福柯等人所说的后现代连同女性主义也一并解构了，没有走向那个解构之后虚无的乱局之中。伊丽格瑞在解构了西方形而上学传统中的父权制，在建构了女性差异的主体性之后，建构了其近期的重要学说，即两个主体在尊重彼此差异并保持神秘空间的情况下可以和谐共建家庭和社会的共同体。以此，追求从根本上解决女性的生存以及人类的生存现状，并在基础教育中推行两性差异的性别教育，从而从源头处培养思想中性别、家庭和社会的新模式。此外，近期的伊丽格瑞将目光投向了东方印度，从十年呼吸术的修炼和瑜伽经典的研读中，寻找符合自身女性主义观点的事实依据，这对西方学者来说是极为难能可贵的，也为后现代主义之后的形而上学提供了一种思考的路径。

二、伊丽格瑞与法国社会思潮

"女性主义本来也是法国思想历史传承中的一个重要组成部分"，从法国大革命到五月风暴，它不但同社会历史思潮有关系，而且在其中占据了重要的位置。① 发生在 20 世纪下半叶的法国当

---

① 高宣扬：《当代法国思想五十年》（下），中国人民大学出版社 2005 年版，第 643 页。

代的思想革命运动，它的创造性和彻底性，简直就是一场真正的"反启蒙"，集中涌现了创造性的思想和对传统进行彻底而严肃的审判，伊丽格瑞就在这期间受到各种思想的影响并成为女性主义阵营里的先锋。

尽管伊丽格瑞从不愿意被称作女性主义者或女权主义者，讨厌任何主义，但她反对的是传统的女性主义的本质主义倾向和若干主张，而不是女性主义运动的理论和实践本身，她讨厌主义，因为任何主义都是嵌在父权中心文化中的产物，然而这并不影响其在各地参加女性运动、发表女性宣言，所以，一般来说还是把她称作女性主义者。有批评家按时间和地域划分称其为"法国当代女性主义者"，也有批评家按思想流派划分称其为"后现代女性主义者"。事实上，伊丽格瑞与另外两位被称为法国当代女性主义者的克里斯蒂娃和西克苏一样，不一定生在法国、长在法国，也不是因为所谓的"法国特征"（伊丽格瑞同时用法语和意大利语写作），而是因为与法国知识传统一脉相承的理论资源和人文视角，尤其是1968年五月风暴之后涌现出来的大批思想家对这一波女性主义都有很大影响力。

"新的法国女性主义是1968年5月巴黎学生运动的产儿。"①尽管法国的主流文化成功地挪用了1968年五月风暴的精神，将其作为性解放和反等级的标志，但是2007年法国总统萨科齐在他的总统竞选中说，他的艰巨任务是使法国最终完全忘掉1968年。"五月风暴的口号是：敢于思考！敢于言说！敢于行动！（Oser penser! oser parler! oser agir!）这一敢想敢说敢做的口号极富煽动性和感召力，充分表达了对于自由和解放的渴望"，一切被压抑、被束缚的都可以起来革命，其中自然包括性自由和妇女解放的革命运动。②在风暴中，革命与性爱成了天然的联盟，风暴既体现为政治、文化

---

①　Toril Moi. *Sexual/Textual Politics ：Feminist Literary Theory.* Routledge, 1985：95.

②　于奇智：《五月风暴与哲学沉思》，《世界哲学》2009年第1期，第19页。

风暴，又体现为身体的风暴，以至于年轻的示威游行者们在风暴运动中直白地喊出了"我越做爱越革命"的口号，这是对法国乃至整个欧洲道德的颠覆。①它意味着"做爱"具有"革命性"意义，而"革命"也具有"做爱式"的浪漫。于是五月风暴成了"温床狂欢"，促进了性爱解放。至于1969年掀起的性解放运动无疑是1968年五月风暴的一种余波，女性主义与同性恋兴起，一场巨大的性解放运动爆发，美国的性解放运动引起了极大关注。罗马诗人贺拉斯提出的"敢于求知"，成为德国启蒙运动中"真理之友社"组织的口号，康德认为启蒙运动的另一个口号是"敢于运用你自己的理解力"（与前者实属同义），而"敢于思考！敢于言说！敢于行动"无疑证明了五月风暴继承了这种"敢于"的精神。正是这种"敢于"的精神，摧毁了"不需争辩"的神话，争取言论自由；击垮了懒惰与怯懦，将人们从被资本主义长期压抑的状态解放出来。正是在这样一种社会批判、反抗思潮的影响下，激发了女性主义理论家对女性被压抑的事实的思考，从波伏娃到伊丽格瑞的女性主义者走上街头展开女性运动。康德说："启蒙运动除了自由之外并不需要任何别的东西，而且还确乎是一切可以称之为自由的东西之中最无害的东西，那就是在一切事情上都有公开运用自己理性的自由。"② 在此，自由是一种推翻，是对处处限制自由的制度的抗议，自由是一种批判，是在拨乱反正之中对解放的诠释。"敢"的力量将自由推行到一切人、一切行业、一切思想领域中去，成为法国以及欧洲历史在一定时期内的构成方式和内容。这场运动的珍贵遗产之一是对现代性包括资本主义生产方式在内的深刻反思，展开了对自身否定性向度的反思：非理性、碎片化、解构性、多元性……五月风暴摧毁旧制度建立新制度的精神催生了各种对现存思潮的否定和解构，也催生了女性主义运动和思潮的又一次发展。在考察法国后现代女性主义的问

---

① Pascal Bruckner, "La Tentation de l'individualisme", in *Magazine Litteraire* (Hors Serie), 1996：16-17.

② ［德］康德著，何兆武译：《答复这个问题："什么是启蒙运动？"》，《历史理性批判文集》，商务印书馆1990年版，第24页。

题时，我们无法忽视"五月风暴"及其带来的新元素和精神思潮。最初的法国女性主义运动团体就在这样一种政治化、革命化的背景中培养了自身的知识结构。哲学家必然身处、面对活生生的"今日"去思考"未来"，那么法国的女性主义理论家的诸多关注和理论特征必然与所处的那个时代精神和空间等因素有关联。

1966 年，拉康出版《文集》，福柯出版《词与物》，巴特出版《批评与真理》，这些大师的成绩结合现象学、西方马克思主义、存在主义对法国的女性主义产生了重要影响。同在 20 世纪 60 年代，德里达带来的解构主义就像结构主义这座火山的山顶喷发出来的火焰，不仅摧毁了结构主义，而且对自柏拉图以来西方不容置疑的形而上学传统大加责难，解构主义被应用于各种碎片式的思潮和主义之中，法国的后现代女性主义理论家们无一不受到了德里达的影响。五月风暴前后涌现出来的思想理论成为巴丢所谓的 12 世纪法国的"文化资本"，永久性地影响着之后的法国学者。①

除了革命的激情以及各种思潮的融会，法国女性主义也遭遇过尴尬。当女人们与男人们在街垒里并肩作战，结果却发现人们仍旧希望她们用性的、秘书式的和厨房里的服务来装备她们的男性同志们。不难预料，她们受到了美国妇女的启发，于是便组织起她们自己的唯有女人参加的团体了。在首批团体中，有一个团体选择了以"心理分析与政治"的名字来称呼自己。后来，随着女权主义的发展，这个团体在建立起那家知名度很高的"妇女"（des femmes）出版社的同时，又重新命名自己为"政治与心理分析"（politique et psychanalysis）。这样不仅将政治和心理分析的前后位置作了调整，突出了政治的重要性，而且还将表示等级制的大写形式也永远抛弃了。对心理分析的关注标志着巴黎知识界的中心关注点。②

为了防止后现代女性主义作为时尚被消费，应该去探讨其得以

---

① ［法］布迪厄著，宫留记译：《一种新资本》，《世界哲学》2008 年第 1 期，第 78~79 页。

② ［挪］陶丽·莫依著，林建法、赵拓译：《性与文本的政治——女权主义文学理论》，时代文艺出版社 1992 年版，第 123 页。

产生和崛起的现实依据。社会思潮总是社会历史的反映。处于各种当代思潮影响和女性主义自身既崛起又遭遇困境的复杂而混乱的局面之中，伊丽格瑞吸纳西方形而上学各个流派的主要观点，从内外两方面解构父权和建构女性主体，并在与家庭、社会共同体，与女性视角中的自然界、与东方瑜伽呼吸术的关系中，开辟了独树一帜的后现代女性主义道路。

三、伊丽格瑞与女性主义

1. 对法国传统女性主义的批判继承

"吵架的时候，人们无法很好地推理"，这是法国女权主义导师波伏娃在《第二性》的开头写到的。且不说她将女性的历史描绘为循环往复、喋喋不休的争吵的历史，就连其因为无法很好地推理就贬低吵架的作用来说，其语境仍然是逻辑的、父权制内部的话语体系和评判标准。另外，按照伊丽格瑞"女人腔"推测，吵架也是女性表达自我、与他人交流的一种表达方式，没必要和推理挂钩，甚至我们也可以说吵架中有女性自己独特的一套推理方式，女性在吵架中也是在思考，只是这思考不同于男性而已。难道这不就是女性有别于男性的言说方式吗？而争吵在历史上永远不可能消除，正解释了差异性的永恒存在和同一性的覆灭。

在《我，你，我们：朝向一种不同的文化》中，伊丽格瑞在开篇有一番对波伏娃的描述承认包括自己在内的女性主义者都受到波伏娃影响的情况："有哪一个女性没有读过《第二性》？又有哪一个女性不会觉得它鼓舞人心？或许作为结果，会成为一个女权主义者呢？西蒙·波伏娃的确是 20 世纪最先提醒我们对于妇女的剥削程度，同时去鼓励每一个有幸读到她书的妇女从阅读中感到没那么孤单，也更确定没有被压迫，或者说将她自己也算进来"。① "波伏娃通过对自己生活的记述帮助了很多女性，也许也有很多男性？更加提倡性自由，尤其是为人们提供一种社会文化角色模式，并在一定时间内接受它，可以是一个女性的生活，一个教师的生活，一个

---

① Luce Irigaray. *Je*, *tu*, *nous*: *Toward a Culture of Difference*. trans. Alison Martin. Routledge, 1993: 10.

作家的生活，一对爱人的生活。我认为她同时也帮助了他们在生命中不同时刻将他自身摆放得更客观。"①

虽然这是伊丽格瑞少有的对他人的赞美，然而紧接着伊丽格瑞又说："尽管我读《第二性》，但是我从未亲近波伏娃。"②并声称不是代沟的问题，而是立场的不同。她还进一步解释了想通过友情和互相帮助来化解但并未成功，因为她曾经将自己被逐出拉康精神分析讨论小组的成名作《他者女性的窥镜》寄给波伏娃，幽怨地说"就像寄给一位姐姐"，而这位姐姐"从未回复"，一直盼望波伏娃可以仔细并充满智慧地阅读自己的著作，并在学术上能够答疑解惑有所寄托，最终波伏娃让伊丽格瑞非常失望和伤心，伊丽格瑞总结说"我们从未在妇女解放问题上有过只字片语"。③在《他者女性的窥镜》这一让伊丽格瑞成为独树一帜的女性主义斗士的著作所受到的批判声中，有的就来自波伏娃创办的杂志《女权问题》，比如柏拉扎(Monique Plaza)的《阳物词态的威力与女人心理学》。④ 除了经历上的受挫，事实上伊丽格瑞清楚波伏娃跟自己由于学术背景的差异所导致的立场和观点的不同。在她看来，"波伏娃和萨特都对心理分析不置可否。我作为心理分析师接受训练，认为那对于将作为性别的身份理论化很有价值。我也有哲学的背景，心理分析在哲学中提供了一个舞台去理解意识和历史的发展，尤其是提供性别化的决断的参考"⑤。

2. 与英美女性主义的差别以及对其影响

伊丽格瑞除了参加女性运动之外，作为拥有三个博士学位的理

---

① Luce Irigaray. *Je*，*tu*，*nous*：*Toward a Culture of Difference*. trans. Alison Martin. Routledge，1993：11.

② Luce Irigaray. *Je*，*tu*，*nous*：*Toward a Culture of Difference*. trans. Alison Martin. Routledge，1993：11.

③ Luce Irigaray. *Je*，*tu*，*nous*：*Toward a Culture of Difference*. trans. Alison Martin. Routledge，1993：11.

④ 转引自 Toril Moi. *Sexual/Textual Politics*：*Feminist Literary Theory*. London and New York：Routledge，1985：190.

⑤ Luce Irigaray. *Je*，*tu*，*nous*：*Toward a Culture of Difference*. trans. Alison Martin. New York & London：Routledge，1993：12.

论家，重点还在于从形而上的理论方面建构性别差异的理论，从而重构家庭和社会模式，走的是自上而下的同父权交锋的道路。在理论方面，从精神分析师的社会经验中将现实案例提取并归纳为理论现象，倚重精神分析和西方哲学传统重新定义话语中的既定概念，尝试女性写作和建立"女人腔"，颠覆父权符号系统，反对在女权运动中简单的"平等"要求，指明只有在共识差异的基础上，尊重彼此差异、建立性别差异的意识才能够真正达到两性平等，而英美女性主义高声呼吁女性要有与男性平等的权利和地位，重视女性在社会、政治领域中的参与意识，比如美国女性主义专注于解决与妇女相关的问题，如参与民权运动等。伊丽格瑞因受到法国哲学传统的影响而重视理性思辨，认为阅读和抒写具有颠覆性和政治性，参加社会运动是为了最终形而上的女性主义理论建构。所以，当"英美女性主义者最早将后现代女性主义视为法国女性主义"，而没有将这个后现代的标签贴给自己，这本身就说明了英美女性主义者们意识到并肯定了法国女性主义的理论视角。①当然，我们说法国女性主义重视理论建构而英美女性主义注重社会实践，并不是说法国的女性主义不参加和领导女性主义运动，或者说英美女性主义没有理论，而是强调二者比较而言，法国女性主义更加重视从实践和运动中提升出来的基于形而上学传统的一种哲学思考和反观，而英美女性主义的理论往往是针对社会和政治领域中的问题而阐发的，是为了支持和发展女性运动，为了有助于争取女性在社会中的权利和地位。② 随着

---

① Tong, Rosemarie. *Feminist Thought—A More Comprehensive Introduction.* Westview Press, 1998：193.

② 英美与法国女性主义的差异在多处可见。1980 年，马尔克斯和康迪维侬出版《新法国女性主义》(Elaine Marks and Isabelle de Courtivron. *New French Feminists：an Anthology.* Amherst：University of Massachusetts Press，1980：28-38)是最早在英语界引入法国后现代女性主义，并且与英美女性主义进行交流和对比的专著之一，在开篇处介绍了两派区别。肖瓦尔特在《荒原中的女性主义文学批评》中也对法国和英美女性主义之间的分歧作了精辟总结，参见 Elaine Showalter. *The New Feminist Criticism.* Patheon Books，1985：249. 2001 年，托尼·莫伊在《性别/文本政治》一书中，阐释过"英美女性主义漠视甚至敌视文学理论，并将其视作一种无望的、抽象的、男性的活动"。参见 Toril Moi. *Sexual/Texual Politics.* Routledge，2001：71.

法国女性主义理论的传播，英美女性主义对于理论的态度也开始发生变化，"20世纪80年代之后也开始在女性主义批评的领域里开展理论思考"。① 近来，法国女性主义理论对英美女性主义的影响日趋明显，比如美国的后现代女性主义者创建《符号》，提出"女性论述符号论"就是受到伊丽格瑞和克里斯蒂娃"将性的论述彻底符号化的策略"的影响。②由于英美对法国女性主义理论日益增长的研究兴趣，对其译介也越来越多。

此外，单就学术思想方面而言，格鲁兹(Elizabeth Grosz)在《性别颠覆》(Sexual Subversions)一书的序言中比较了法国和其他地区女性主义理论，认为法国当代的女性主义者还是沉浸在反人类中心主义、反本质主义以及差异理论上面，而英美和澳大利亚的女性主义者们似乎更关心女性主义可以与其他理论和政治立场相融合的方法，尤其是马克思主义和自由主义，所以一般讲自由主义、激进主义、马克思主义女性主义实际上是英美女性主义阵营的说法，是一种不包括法国女性主义在内的、不完整的学术概括。

有一位批判继承了法国思想的美国女性主义者与伊丽格瑞思想的渊源值得关注：斯皮瓦克这位从印度进入到美国学界的以后殖民语境中《属下可以说话吗》一文闻名的理论家，由于其著作理论性较强最初将她视为法国女性主义者之一，其在反思与法国女性主义的关系时对克里斯蒂娃进行了批判，但对伊丽格瑞却情有独钟。其论文《国际框架下的法国女性主义》剖析了法国女性主义的不足之处，针对克里斯蒂娃《关于中国妇女》一书没有超越种族和阶级进行了批判，认为其对中国妇女的研究有局限，并未真正彻底地考虑东西方的差异，"不过是把18世纪欧洲中心论者对中国妇女的看法进行老调重弹"。③当她赞扬法国女性主义解决问题的巧妙方法

① Toril Moi. *Sexual/Texual Politics*. Routledge，2001：71.

② 高宣扬：《当代法国思想五十年》下卷，中国人民大学出版社2005年版，第654页。

③ 李平：《斯皮瓦克的女性主义研究》，中国人民大学博士学位论文，2008年，第49页。

时，她想到了伊丽格瑞的很多著作。当斯皮瓦克"到达美国学术圈之时"，也承认自己是"深受法国学者伊丽格瑞和德里达的影响"①。斯皮瓦克坚决地反对本质主义，并为伊丽格瑞被指责为有本质主义倾向辩护。伊丽格瑞拒绝为女性下定义，也抵制任何定义，所有形而上学的定义是她可以用来颠覆的靶子，她说："研究关于女性的理论，我认为研究男人足够了。"②而斯皮瓦克说："我对女人的定义十分简单，它取决于在各种文本中使用的'男人'这个词……对任何事物下严格的定义最终都是不可能的。"③这与伊丽格瑞可谓一脉相承。她还提出重写弗洛伊德关于性的文本——不取缔菲勒斯中心论，而是创造另一个与之对应的女性中心论——这不得不说与伊丽格瑞构建两个主体的两性关系的思想是契合的。当表述自己的学术路径时，她说："一个 20 世纪 50 年代加尔各答的上层社会年轻的女优秀大学毕业生的'选择'本身就具有浓重的多重决定色彩……女性主义理论实践的轮廓通过雅克·德里达对菲勒斯中心主义的批判和露西·伊丽格瑞对弗洛伊德的解读变得清晰起来。可以预见到，我把发现'女性学者'和女性主义本身作为我的起点。"④

四、伊丽格瑞与印度文化

近期，伊丽格瑞在理论转向上的重要资源就是东方印度文化。伊丽格瑞在《东西之间》中谈到自己在瑜伽学院修炼的十年经历，以及其间对于佛教、印度教经典的研读。西方学者对印度文化的讨论不是没有，但都停留在理论层面的思考之中，并未得到印度文化的精髓，因为印度文化本身就是不提倡理性思辨或者说根本就忽略

---

① 李平：《斯皮瓦克的女性主义研究》，中国人民大学博士学位论文，2008 年，第 1 页。

② Luce Irigaray. *This Sex Which is Not One.* trans. Catherine Porter with Carolyn Burke. Cornell UP, 1985：123.

③ Gayatri Chakravorty Spivak. *The Spivak Reader：Selected Works of Gayati Chakravorty Spivak.* Routledge, 1995：54.

④ Gayatri Chakravorty Spivak. *In Other Words：Essays in Cultural Politics.* Methuen, 1987：134.

了理性的思辨，单独从实践中抽取出来。印度传统文化中毗湿奴（Vishnu）、湿婆（Shiva）、女神和男神和谐共尊的模式启发伊丽格瑞构建了自己的"女性神圣"学说，以及每个人都应该朝向"神圣"的"成为"去发展的理论。从佛对一朵花的凝视中，发现凝视本可以无欲望，无他者对象性，花也可以在看我，我对花可以毫无欲望，就是一种单纯的凝视，以此也批判了列维纳斯对欲望的解读从一开始就是男性立场的、父权的。从灵性导师（Krishna）的讲授中，从瑜伽和呼吸术的修炼中，发现通过呼吸可以沟通身体和精神，或者说可以通过身体思考，这为伊丽格瑞女性主体性的建构和性别差异的学说都提供了现实依据。如果说早期伊丽格瑞致力于从自身的理论背景解构父权和建构女性主体，那么到了后期，伊丽格瑞一方面通过女性抒写方式创作其著作，一方面通过瑜伽修炼体验身体与精神的沟通，这些践行了其思想，并为其思想增添了更为丰富的论证依据。东方因素不得不说是近年伊丽格瑞理论和思想的一个标志。

第三节　伊丽格瑞研究的现状

一、国外研究现状

第二部博士论文《他者女性的窥镜》的出版，使伊丽格瑞作为一个独树一帜的理论家获得了其在女性主义阵营不可或缺的地位。在四十多年的时间里，伊丽格瑞著述颇丰，以平均一年出版一本的速度，共有四十余部理论著作分别以法语、意大利语和英语出版，另有几十篇学术论文发表，其代表性著述已经译成"英语、西班牙语、德语、荷兰语、希伯来语、希腊语、土耳其语、日语、韩语、印尼语等"，在世界范围产生了重要影响，对其研究也从哲学和心理分析领域渗入到语言学、教育学、社会学、文学、宗教、法律、电影、建筑等各个学科领域。①

---

① 刘岩：《差异之美：伊里加蕾的女性主义理论研究》，北京大学出版社 2010 年版，第 14 页。

　　1991 年，由玛格丽特·威特福德（Margaret Whitford）编辑的《伊丽格瑞读本》是对伊丽格瑞研究的第一本专著，同年玛格丽特出版研究专著《伊丽格瑞：女性中的哲学》（*Luce Irigaray Philosophy in the Feminine*），这使其一举成为研究伊丽格瑞的著名专家，该书分为"精神分析"、"哲学"两部分，很多学者遵循了这个对伊丽格瑞理论研读的最初模式。然而，玛格丽特·威特福德的研究被后来者缇娜（Tina Chanter）批评为"在形式上分了精神分析和哲学两个部分，其实重点还是在精神分析领域，而没有在哲学领域深入"。①1995 年，缇娜撰写了一本《爱欲伦理学：伊丽格瑞对哲学家的重述》（*Ethics of Eros：Irigaray's Rewriting's of the Philosophers*），书的第一部分以性/性别研究的草图追述了哲学上伊丽格瑞一直遭到质疑的"本质主义"问题；之后五个章节中，在伊丽格瑞的哲学关注之内分别讨论了其对波伏娃、黑格尔、海德格尔、列维纳斯、德里达的重写；有趣的是，缇娜在这本哲学著作的后记部分以"伊丽格瑞、弗洛伊德、拉康"为标题花了十页笔墨论述"自己未涉及的重点"②，即精神分析。作者强调虽然这样做会"疏离伊丽格瑞理论的哲学基点，但还是愿意冒着改变本书的着眼点的风险"③。对于缇娜这本著作，我们可以模仿缇娜对玛格丽特·威特福德的评价口吻：虽然缇娜承认研究伊丽格瑞不可避免地要涉及哲学和精神分析两个领域，但书中还是要重点讨论哲学中的伊丽格瑞理论。直到20 世纪末，距离伊丽格瑞第一部著作诞生（《精神错乱者的语言》，1973）二十多年后，对其研究仍然停留在精神分析抑或哲学两个阵营里，而她已经出版了二十几部著作，其内容已经涉及了语言学、社会学等学科。这也难免，伊丽格瑞说：一个人必须质疑和困扰的实际上是哲学话语，因为它为所有其他话语制定了规则，因为它构

---

　　① Tina Chanter, *Ethics of Eros：Irigaray's Rewriting's of the Philosophers*, 1995：preface 13.

　　② Tina Chanter, *Ethics of Eros：Irigaray's Rewriting's of the Philosophers*. Routledge，1995：255.

　　③ Tina Chanter, *Ethics of Eros：Irigaray's Rewriting's of the Philosophers*. Routledge，1995：10.

成话语的话语。所以，首先解除研读伊丽格瑞理论的困扰，一定要了解其理论背后的哲学话语。其次，值得指出的是由于精神分析对整个西方哲学的影响，也由于女性主义尤其是后现代女性主义哲学家的天然立场，女性主义哲学无法避免地将精神分析纳入了讨论中，并且进入了性别讨论的更深层次。弗洛伊德、拉康、梅兰妮·克莱因提出的阳物崇拜、镜像、对象关系等理论对女性主义有重要启发，获得了精神分析师执照的伊丽格瑞必定是深悉这一脉思想精髓的。

　　进入 21 世纪以来，欧美评论界对伊丽格瑞理论的翻译速度变快，探讨更趋于多元化，也更细致和深入，不仅仅局限于精神分析和哲学领域，对其著作的研究横跨了哲学、语言学、精神分析学、社会学、法律、宗教、伦理学、生态、建筑、美术、文学等学科。这一学术现象不禁让人惊讶，更令那些忽视了伊丽格瑞的学者觉醒，它体现了伊丽格瑞理论本身的可挖掘性，以及她的思想对这个时代在各个方面的反观作用。具体地说，2003 年，由摩尼（Morny Joy）、凯思林（Kathleen O'Grady）和朱迪斯·L. 鲍克森（Judith L. Poxon）联合编辑出版了《法国女性主义思想中的宗教：批评的视野》（*Religion in French Feminist Thought：Critical Perspectives*），书中依次收录了研究伊丽格瑞、克里斯蒂娃、西克苏、柯雷萌、惠特阁五位法国当代女性主义者宗教态度的论文，尤其针对英美学界费解的法国理论和思想中的宗教观进行了阐释。2006 年，艾莉森（Alison Stone）撰写《露西·伊丽格瑞和性别差异哲学》（*Luce Irigaray and the Philosophy of Sexual Difference*）一书，标志着学界开始关注伊丽格瑞的后期哲学，为伊丽格瑞被质疑是"本质主义者"而辩护，为其对自然与文化的重新反思加以阐明和梳理。与早期研究者不同的是，艾莉森展开了伊丽格瑞与英语世界女性主义者的对话，比如与巴特勒的对话，涉及巴特勒的反本质主义立场；提供了原始的女性主义视角，那就是对自然和身体的关注，展开了对感知体验的讨论。同年，摩尼出版专著《神圣的爱：露西·伊丽格瑞、妇女、性别和宗教》（*Divine Love：Luce Irigaray，Women，Gender and Religion*），这是第一本研究伊丽格瑞对于东西方宗教女性观研究的著作。2007 年，派格·罗斯(Peg Rawes)撰写《伊丽格瑞与建筑学》(*Irigaray for Architects*)，将伊丽格瑞理论置于建筑设计和历史理论当中，讨论了"两个与多个"、"洞穴、欲望与流动物质"、"抚摸与感觉"、"桥、视野和相似性"等问题。2011 年，瑞琪儿(书上署名为：rachel jones) 出版了研究专著《伊丽格瑞》(*IRIGARAY*)，作者名字的小写和伊丽格瑞名字的大写——这一排版方式意味着伊丽格瑞成为一个重要的哲学理论家浮出了历史地表。书中梳理了伊丽格瑞早期对柏拉图、亚里士多德、笛卡儿、黑格尔、弗洛伊德、拉康思想的解构，同时关注了近期伊丽格瑞思想的变化，专门讨论了"风格的重要性"、"爱的智慧"、"当我们的双唇一起言说"、"女性身体"等，以及对于女性主体和家庭社会共同体模式具有建构意义的学说。作为邓迪大学的高级讲师，作者得到了缇娜和艾莉森等研究伊丽格瑞专家的肯定。在电影学领域，2008 年麦克米伦出版公司出版《一种女性电影学：伊丽格瑞、妇女和影视》(*A Feminine Cinematics：Luce Irigaray，Women and Film*)。2011 年，列克星敦出版社，亨克与纽约州立大学比较文学系教授艾娃一起编辑出版了《彼此中心：哲学、艺术与政治》(*Intermedialities：Philosophy，Arts，Politics*)，收录了蒙特利尔大学媒介学研究中心、伊拉斯谟(Erasmus) 大学哲学系哲学与艺术研究中心的"媒介学：哲学、艺术、政治的边界"项目研究成果，该书从跨学科的视角出发将德里达、斯皮瓦克和伊丽格瑞等人的研究拓展到媒介和艺术层面。但是伊丽格瑞的理论在文学领域的研读和运用仍处于起步阶段：(1) 2007 年，朱莉·凯尔索(Julie Kelso)———一位青年学生在伊丽格瑞的指导下完成并出版博士论文《哦，母亲，你在哪里？〈圣经〉的一种伊丽格瑞的解读》(*O Mother，Where Art Thou? An Irigarayan Reading of the Book of Chronicles*)，提出伊丽格瑞对于西方文化原典希伯来和旧约的解读是一种可行的供女性去读、写、听、说的范本，不仅对父权制和诸多文本进行宗教的、女性主义的分析，而且提供了一种更为慈爱的使得女性以不同的模式阅读过去，寻找有待发现的，尤其是发现历史中被遗忘的未来。(2) 伊冉(Irene Marques)在 2011 年出版比较文化研究著作《关于社会等级、性属、文化身份的跨国对话》(*Transnational Discourses on Class, Gender, and Cultural Identity*)中，涉及了伊丽格瑞理论在跨文化的文学文本细读中的运用：借鉴了文学的规律，引入了当代东西方文学和思想界的诸多理论来分析跨文化、跨国，基于种族、性别、文化身份的小说作品分析。在第二章和第四章，作者分别运用列维纳斯的"关系性和他者性伦理"、"整体性和无限性"中的他者、同一(sameness)等伦理概念和伊丽格瑞对列维纳斯"爱的现象学"批评解读提出的观点，来对小说提出问题从而解读女主人公的性别和文化身份，另外作者在阐发文本的时候采用了佛学的研究视角和例子，这与伊丽格瑞近期著作中对佛教灵修的关注也有契合，比如伊丽格瑞在《东西之间》(*Entre orient et occident*, 1999; *Between East and West*, 2002)中提出"(佛)对一朵花的凝视"中不带有主体对客体的干涉，也不带有男性哲学家的肉欲视角。[1] (3) 2011 年，西蒙·罗伯特(M. F. Simone Roberts)撰写出版《一种成为二的诗学：伊丽格瑞的伦理学和后象征主义诗学》(*A Poetics of Being-Two: Irigaray's Ethics and Post-symbolist Poetry*)，作者是比较诗学与女性主义哲学方面的独立学者，同时也是诗人，她颇有新意地将伊丽格瑞的研究拓展到了后象征主义的领域，并抓住了近期伊丽格瑞诗学转向和成为二的性别差异伦理学，"采用伊丽格瑞伦理范畴作为一种阐释学框架来赏析象征主义实验诗歌"[2]。批评家指出罗伯特用幽默和富有美学意味的笔触研究了伊丽格瑞性别差异理论对文学批评的有效影响，并强调了性别差异理论对于开启女性主义、环境主义和当代文化批评与实践各个层面在哲学意义上和政治意义上的可能性。[3]这大概是第一本集中讨论伊丽格瑞理论与文学批评间关系的论著。2013 年劳特利奇(Routledge)出版《儿童文学中的女性主

---

[1] Luce Irigaray, *Between East and West*, trans. Stephen Pluhacek. Columbia University Press, 2002: 87.

[2] Luce Irigaray, *Between East and West*, trans. Stephen Pluhacek. Columbia University Press, 2002: 3.

[3] M. F. Simone Robets. *A Poetics of Being-Two: Irigaray's Ethics and Post-symbolist Poetry*. Lexington Books, 2011.

体》(*The Feminine Subject in Children's Literature*)，第一次将伊丽格瑞女性主义理论的运用范围拓展到了儿童文学中。

除上述专门研究伊丽格瑞的专著，散见于各种评论集中的对伊丽格瑞著作的译介越来越多，并开始将其与同时代、当代西方重要的哲学家、思想家作比较和关联。巴特勒(Judith Butler)在其论文和著作中多次谈到伊丽格瑞，比如在其《安提戈涅的声明》(*Antigone's Claim*)一书中借鉴了伊丽格瑞的理论思想，对伊丽格瑞解构黑格尔思想给予了积极评价。1998 年，凯瑟润(Cathryn Casseleu)的专著《光的质地：伊丽格瑞、列维纳斯和梅洛-庞蒂的视觉和触觉》(*Textures of Light：Vision and Touch in Irigaray，Levinas and Merleau-Ponty*)，从伊丽格瑞、列维纳斯、梅洛-庞蒂著作中汲取现象学灵感，关注西方哲学的一个重要议题"光"，讨论"活着的肉体"、"肉体的可见"、"触摸肉体"、"触摸的轻微"、"激发激情"等话题，成为第一个从现象学角度研究伊丽格瑞理论的范本。2000 年，《与酷儿理论的联系：以伊丽格瑞、克里斯蒂娃、维蒂和西克苏重读性别的自我定义》(*Relating to Queer Theory：Rereading Sexual Self-definition with Irigaray，Kristeva，and Cixous*)出版。2001 年，道格拉斯(Douglas)编撰《差异的理论》专门讨论西方思想界，甚至也是东方思想界的"一个重要的，却常常被疏离的、被边缘化的，关于差异和身份的反思"，其中收录了海德格尔、梅洛-庞蒂、德勒兹、德里达、伊丽格瑞的主要作品选读。[1]将伊丽格瑞与海德格尔、德里达并置讨论足见此时伊丽格瑞被英美研究者逐渐重视的学术地位。2009 年 H. T. 罗素(Helene Tallon Russell)出版《伊丽格瑞与克尔凯郭尔：关于自我的建构》(*Irigaray and Kierkegaard：on the Construction of the Self*)，大胆地将 19 世纪宗教哲学家与法国后现代女性主义心理分析理论家并置讨论，尝试通过比较研究两位独特的哲学家对人类自我(selfhood)多元性和人际性(multiplicity and relationality)的另一种概念化诠释，发现二者之间的关联和相似，

---

① Douglas L. Donkel, ed. *The Theory of Difference：Readings in Contemporary Continental Thought*. State University of New York Press，2001：1.

拓展了伊丽格瑞研究的理论维度。2012 年,《内在的超验:重绘欧洲哲学中的唯物主义》(*Immanent Transcendence*:*Reconfiguring Materialism in Continental Philosophy*)在唯物主义视野下将德勒兹、斯宾诺莎、阿诺德和伊丽格瑞放在同一个内在性和超越性的主题下讨论。另外,近十年英语国家硕博论文中聚焦伊丽格瑞的也渐多,伊丽格瑞专题研讨会层出不穷。

　　国外关于伊丽格瑞的研究论文涉及学科领域甚广,以下举例说明:最早在 1988 年,罗伯特·博格哈德(Robert de Beaugrande)在大学英语(*College English*)发表论文《女性主义话语研究:露西·伊丽格瑞的"困难的"案例》(*In Search of Feminist Discourse*:*The "Difficult" Case of Luce Irigaray*),在语篇分析领域运用伊丽格瑞的理论来研究女性话语的本质和功能。1989 年,托马斯 F. P.(Thomas F. Puckett)发表论文《朝向女性言说:拉康、伊丽格瑞和克里斯蒂娃关于女性言说视角的说明和批评》(*Toward Womanspeak*:*Explication and Critique of Lacan*,*Irigaray and Kristeva's Perspectives on Women Speaking*),从语言学角度横向对比拉康、伊丽格瑞、克里斯蒂娃等哲学家对于女性话语的视角。1993 年,狄安娜(Diane Mowery)发表论文《阴茎女性的措词》(*The Phrase of the Phallic Feminine*:*Beyond the "Nurturing Mother" in Feminist Composition Pedagogy*),将伊丽格瑞的研究范围拓展到了作文教学法中。1995 年,莎伦(Sharon Todd)发表论文《介入课程理论:伊丽格瑞和身体语言》(*Curriculum Theory as In(ter)vention*:*Irigaray and the Gesture*),在性别教育、教育哲学与理论方面深入探讨了伊丽格瑞的"话语",是关于言语习得方面的探索。2007 年,莎瑞(Shaireen Rasheed)在《教育理论》(*Educational Theory*)上发表论文《公共场所中的性别化空间:伊丽格瑞、列维纳斯和一种爱欲伦理学》(*Sexualized Spaces in Public Places*:*Irigaray*,*Levinas*,*and an Ethics of the Erotic*),从伊丽格瑞与列维纳斯关于伦理与情欲的话题引申至公共场所中的性别空间的讨论。2008 年简·肯文(Jane Kenway)和乔纳森(Johannah Fahey)在《性别和教育》(*Gender and Education*)上发表论文《忧郁的母性:母亲、女儿和家庭暴力》(*Melancholic Mothering*:*Mothers*,

Daughters and Family Violence），通过伊丽格瑞理论分析教育与性别、教育中母女关系以及家庭暴力间的关系问题。2012 年，切瑞斯（ Chris Peers）在《教育哲学与理论》（*Educational Philosophy and Theory*）上发表论文《弗洛伊德、柏拉图和伊丽格瑞：教学的形态逻辑》（ *Freud*，*Plato and Irigaray*：*A Morpho-Logic of Teaching and Learning*），将伊丽格瑞与弗洛伊德和柏拉图并置讨论教学与习得中的形态学。然而应该引起注意的是，她的著作并没有非常快速地被英美国家翻译和研究，至少不像"在荷兰和意大利被认真地接受和认识"①。按照《哲学的想象》（*The Philosophical Imaginary*）的英译者在 20 世纪 90 年代的说法，"比起法国男性理论家对英美女性文化的影响和占有，那些已经是职业哲学家的法国女性主义作家的翻译却相当少见"，这甚至导致"英美读者对法国后现代女性主义持有不准确的、歪曲的"理解。②到现在为止，伊丽格瑞法文著作有 19 部被译成英文，其余大部分还没有英译本，英语世界对其法文著作的研究大多局限于几本早期的译著——《他者女性的窥镜》、《性别差异伦理学》、《此性非一》等，对其近几年直接用英文出版的著作也有待深入研究。伊丽格瑞的成名作《他者女性的窥镜》出版于 1974 年，英文本比法文本晚了十年于 1985 年出版。这不是例外，伊丽格瑞理论著作英译本大多比法语原著出版晚十年或者更长时间，有的至今没有英文译本。英美学界对伊丽格瑞的研究论文包括硕博论文的数量和深入程度都不及克里斯蒂娃、西克苏等同时代的女性哲学家，但近年随着其理论著述的翻译和传播，对其研究也呈现日渐增多的态势。欧洲尤其是东欧学者对伊丽格瑞的研究开始得很早，不仅因为伊丽格瑞理论可以与唯物主义契合，也因为她是在欧洲参加的女性主义运动。近来，日本也逐渐发现了伊丽格瑞理论中的东方因素，开始了对伊丽格瑞的研究以及与本土文化和学者

---

①　Whitford, M. Luce Irigaray. *Philosophy in the Feminine*，Routledge，1991：31.

②　Michele le Doeuff，*The Philosophical Imaginary*，trans. Colin Gordon. Atholone Press，1989：1.

的对比研究。首先，对于伊丽格瑞理论的传播和研究的现状有如下三个层面的原因：第一，其文以法语、意大利语发表，有意无意地使用了大量不可翻译的语句，不仅导致英文版本翻译的滞后、流传不畅，也导致其著作或翻译本艰涩难啃。这与伊丽格瑞反自传立场、不愿意接受采访或者公开个人生活有关系。她担心读到她著作的人会用生活中的她影射著作，随意揣测文本，破坏或者忽视了她想传递的真正内容，她曾提到过这个心理的形成原因是有前车之鉴的，这难免会让人联想到波伏娃的情况，波伏娃《第二性》在英美学界以及社会各个阶层、学科的影响和传播是法国女性主义传播的例外，而波伏娃的名字总是与萨特在一起的，这大概是伊丽格瑞不想效仿的。她的这种态度或许会确保研究的纯粹性和个人生活的隐私性，但也加大了研究者的难度。第二，其思想与英美女性主义截然不同，既不符合英美派分析、逻辑、求真的科学性要求，也不符合英美派强调争取权利和利益的实践性传统。第三，伊丽格瑞在其理论发表的最初即被逐出大学，长久以来不在大学教学和从事学术活动，使得其思想仿佛被藏深山，难以一窥庐山真面目，更难以传播和研究。在《露西·伊丽格瑞：教学》开篇处，她说明了为何出版这本结合了博士生校园讨论和国际研讨会论文成果的集子，她说：因《他者女性的窥镜》一书出版被迫离开教职，她就一直在法国国家科研中心工作，没有机会教授自己的思想。这一点是她个人的困扰，也对其思想是一种伤害。这导致了其思想以不完整和有失偏颇的方式传播，另外，她也没有机会面对研究者回答应该被解释清楚的问题。所以从 2004 年到 2007 年，在英国伯明翰和利物浦相继举办过关于伊丽格瑞的博士生论坛和课堂研讨活动，伊丽格瑞本人参加课堂讨论、回答问题，并发表公开演讲、主持国际会议，就是为了让在寂寞中举步维艰地研究伊丽格瑞思想的博士生找到对话的对象以排疑解惑，并在这个"人际关系匮乏和淡漠的世界里，除了智慧交锋，也能找到一个与他者相处和交往的地方"①。所以我

---

① 　Luce Irigaray & Mary Green ed. *Luce Irigaray*：*Teaching*. Continuum, 2008.

们现在能够查到的关于伊丽格瑞的研究著作很多得益于那四年的"博士生论坛暨伊丽格瑞国际研讨会"。

21世纪以来关于伊丽格瑞的研究逐渐升温，这跟法国哲学在英美的逐渐传播有关系，1988年，有法国学者已经专门研究过法国女性主义者由于被迫去寻找实验性话语形式而试图建立和实践一种特别激进的不同的交流模式，所以提出女性主义的著作需要特别仔细地考虑而难以研读，至于法文本身的模糊歧义导致的难以翻译更是加大其在英语世界的传播难度，所以传播速度和热度都需要时间。另外，与时代背景有关，跟后现代语境下英语研究者的思考和关注点与伊丽格瑞的契合相关——后期伊丽格瑞著作中关注的两性的重构、家庭的重构、全球化带来的问题等生存危机和思想困惑等，都成为后现代视域下整个西方世界思考的重点，翻译的加速表明英美学者渴望共同讨论、渴望有新鲜语料加入，也表明伊丽格瑞研究的重要性被重申。那么在后现代文化转向的阶段，用一种文化尤其是文学视角来重读伊丽格瑞的后期理论成为本书的基点，从人/女人作为存在产生三个向度关系，即与人、与自然、与神的关系出发重新挖掘伊丽格瑞后期女性主义理论，同时也会站在伊丽格瑞理论之外看到她对于其他领域的影响以及如何与其他学科关联起来的，比如伊丽格瑞的理论与建筑艺术的互文性就是具有创新性的有趣话题；当然，如何将这些不同领域里的文献资料进行整合，且使其具备逻辑关系是本书的难点所在。

二、国内研究现状

国内对伊丽格瑞的介绍始于20世纪90年代，翻译始于21世纪初，作为与克里斯蒂娃、西克苏并驾齐驱的法国女性主义哲学家，伊丽格瑞在国内的译介远不如后两者。由于伊丽格瑞深厚的西方哲学、古典文学的知识背景和后现代诸多思想的杂糅并用，加上其理论著作大多用法语以及意大利语写就，有些著作译成英语后仍然晦涩难懂，所以目前国内对其研究仍处于起步阶段，值得进一步深入研究。目前，国内对其名字的翻译没有统一和固定下来，Irigaray曾被译为：伊丽格瑞、伊利加瑞、伊里加拉、伊里格芮、伊瑞盖莱、艾瑞格瑞、依利加雷、依利格瑞、伊瑞葛莱、伊丽加莱、依希葛黑，本书采用伊丽格瑞的译名。

翻译情况：2003年12月《二人行》由朱晓洁翻译、三联书店出版（法文版1997年出版，英文版2000年出版）。第二本中文译著是2005年的《此性非一》（法文版1977年出版），由李金梅翻译、台湾桂冠图书出版社出版。2013年由屈雅君、赵文、李欣、霍炬翻译的伊丽格瑞首部重要著作《他者女人的窥镜》，在河南大学出版社出版（法文版1974年出版，英文版1985年出版），屈雅君老师组织了几位当时的硕士生翻译该书，翻译过程长达十余年，足见伊丽格瑞研究的深奥、艰涩，同时其研究的意义也可见一斑，说明其研究的重要性逐渐得到了国内学界的重视。除了三本译著，另见个别散篇的摘译于以下出版物发表：张京媛主编的《当代女性主义文学批评》中，收录了朱安翻译的《性别差异》（北京大学出版社1992年版）。汪民安、陈永国、马海良主编的《后现代性的哲学话语——从福柯到赛义德》中，收录了两篇选自《非一之性》的文章《非"一"之性》和《话语的权力与女性的从属》，由马海良翻译（浙江大学出版社2000年版）。汪民安编撰的《生产》第三辑中收录了伊丽格瑞的《动物的同情》短文，由李茂增译、王炎校（广西师范大学出版社2006年版）。

研究状况：目前，国内对伊丽格瑞的研究成果有两部研究专著和十篇核心期刊论文。国内哲学界已经开始了对伊丽格瑞的研究，但是研究数量不多也不够深入，而国内英文背景的学者多少由于哲学理论的匮乏而大多将研究停留在翻译和简单介绍层面上，也有运用伊丽格瑞的理论对英语文学作品进行解读的相关论文。（1）2008年，方亚中出版其博士论文《非一之性》，重点研究了伊丽格瑞的"性别差异伦理学"、"女性谱系"、"女性写作"理论学说，从标题可以看出其研究集中于对《此性非一》等几本伊丽格瑞早期著作的研究，而没有对伊丽格瑞后期的著述进行深入研究。2006年，中国台湾黄逸民博士学位论文《论阴性：西苏、依莉伽睿、克莉丝蒂娃与巴赫停的连结》将伊丽格瑞与另三位女性主义理论家并置讨论，未作单独的深入研究；2009年，北京大学法语语言文学专业王迪博士学位论文《法国 20 世纪 60—80 年代的女性言说：西克苏、威蒂格和伊利加雷》，在文学研究的视野下，讨论三位女性主义理论家以研究其女性文学写作。截至 2014 年 1 月，专门研究伊丽格瑞的博士论文只有一部，是对其女性主体性建构这一阶段以及其早期理论的研究。(2)2010 年，广东对外经贸大学的刘岩教授撰写了较为全面地研究伊丽格瑞的专著《差异之美：伊里加蕾的女性主义理论研究》，标志着国内学界开始将目光聚焦于这位法国的后现代女性主义理论家。书中分为对伊丽格瑞女性观、理论旨归和运用其理论到文学批评实践这三个主要部分，除了对伊丽格瑞理论发展的基本介绍，用伊丽格瑞理论分析文学文本的第三部分用去了大部分笔墨。刘岩及其学术团队选摘过伊丽格瑞理论著作的部分章节，散见于其编撰的《女性身份研究读本》、《母亲身份研究读本》中。刘岩采访过伊丽格瑞，曾在核心刊物上发表过关于伊丽格瑞和女性主义的论文。与伊丽格瑞研究专家威特福德对伊丽格瑞的第一本研究专著类似，该书从精神分析和西方哲学这两个视角对伊丽格瑞思想作了介绍，刘岩在书中有一个部分是运用伊丽格瑞的理论对英美文学文本中女性人物的分析解读，是国内外国文学领域里惯常的运用理论分析文本的实践方式。当然，也有学者认为其主要是作了些翻译和介绍，研究过于表面化，并未在理论层面有所深入。无论是刘岩还是方亚中都没有论述伊丽格瑞近期的理论转向问题，而"性别差异"理论的提出是克里斯蒂娃和西克苏也关注的问题，并未彰显伊丽格瑞的理论特色。(3)其他评介散见于外国哲学领域的法国哲学专业参考书，比如高宣扬主编的《法兰西思想评述》第 4 卷中，用了很短的篇幅简单介绍了伊丽格瑞；在高宣扬著的《当代法国思想五十年》著作中，对法国的女性主义和伊丽格瑞也作了简单评述。(4)2010 年 3 月刘岩在《外国文学研究》上发表论文《女性主义、性别化权利与性别差异的伦理学：露丝·伊里加蕾访谈录》；将《伊丽格瑞对话录》等数篇论文收录在其专著《差异之美》中；2013 年 6 月在《文艺研究》上再次发表访谈录《性别主体与差异伦理——露丝·伊里加蕾访谈录》。方亚中近年在国家级期刊上发表了近十篇有关伊丽格瑞研究的论文，关注了伊丽格瑞早期的思想如

《从波伏娃到依利加雷的他者》、《依利加雷的性差异理论与精神分析理论》，也关注了其中期的思想如《依利加雷女性写作中的双唇与黏液》、《依利加雷的女性演说与神秘主义和否定神学》、《从巴特勒的性属操演看依利加雷的性别特征》，还有几篇论文属于运用伊丽格瑞理论分析文学文本的研究范畴。2013 年，也是在伊丽格瑞成名作《他者女性的窥镜》译成中文的同一年，夏可君在其著作《身体：从感发性、生命技术到元素性》中用了约 1/4 的篇幅从"性态化身体：性别差异"、"爱抚的诗学：阴唇与乳房"、"抚摸的烦难与生命的繁衍"、"元素化的身体与气化的工夫论"四个部分集中讨论了伊丽格瑞理论中身体的自然性和元素性问题。

与国内研究伊丽格瑞的情况不同，国外研究者大多是哲学背景，理论功底扎实又谙习精神分析，既可对其译亦可对其论。而目前国内对其进行译介和研究的主要是外语专业背景的学者，哲学专业的硕博论文有将其与克里斯蒂娃和西克苏一起放在法国后现代哲学的语境中讨论的，但到目前为止，尚没有作伊丽格瑞近期理论研究的博士学位论文，更没有全面和系统地研究其近期理论风格和近期主题转向问题的专著，没有关注到伊丽格瑞女性主义对自然的强调与对生态学的贡献，没有研究伊丽格瑞作为一个基督教教徒，印度瑜伽术和东方宗教研读、修炼对其自身理论的发展和拓展起到的重要作用。国内学界对伊丽格瑞理论的研究还处于起步阶段，还有许多的工作要做。作为与克里斯蒂娃、西克苏齐名的后现代女性主义理论家，国内评论界还远没有给予这位作家足够的重视，这不能不说是一个遗憾。

有趣的是，即便国内对伊丽格瑞的研究尚有待展开，但是国内的女性作家写作已经受到伊丽格瑞理论的影响，在中国女性作家写作的影响研究中可见端倪。比如：2005 年周曾博士学位论文《西方女性主义理论对中国女性写作的影响及其变异》中，提到伊丽格瑞作品《此性非一》中提倡"女人腔"写作对女性语言建构取得的成绩是世界公认的，以其理论为代表的西方女性主义理论为中国 20 世纪 80 年代末和 90 年代女性作家带来新视角，引发了强烈的反传统创作，使女性话语呈现众声喧哗的局面。"陈染用自己的小说演绎着伊瑞格瑞的理论"，"林白以反经验的话语方式营建了对传统男性话语与权力巡视的规避与抗拒"①，陈染和林白都创造了自己的"女人腔"。

总体而言，国外对伊丽格瑞的研究更加深入和全面，而国内的研究则明显单薄，停留在翻译和介绍阶段，停留在早期心理分析和建构女性话语层面上，还没有全面掌握伊丽格瑞理论的起伏变化，也没有深入的理论探讨。无论国内还是国外，都缺乏对其近期思想和理论的深入梳理和总结。目前对她的研究，要么是从心理分析和哲学这两个基本方向入手，要么仅讨论她的理论在文学、电影、建筑和绘画等方面的应用，忽视了作为一个后现代时期理论家在全球化语境下，对处于各种关系中的人/女人这一基本人学问题的深切关注。无论是对女性的主体性的重建，还是对男性传统的批判；无论是对自然和土地的歌颂，还是对工业化、科技化带来毁灭性破坏的呐喊，以及对西方宗教的反省、对东方宗教的期许，所有的问题无不落入女人与男人和家庭、女人与自然、女人与神这永恒的三种关系中。研究伊丽格瑞任何一部作品或是她提出的任何一个概念，如果仅从不同的侧面去研究，就会缺乏对她的思想的总体认识，就很容易产生将伊丽格瑞归为本质主义者的错误理解；有了这三种向度的人学总体观，我们可以清晰地发现伊丽格瑞作为一个女性主义理论家的人文关怀和对世界问题的思虑。她尝试为女性主义研究和后现代理论的研究提供新的方法，展开新的维度，也以此彰显后现代女性主义对现实和历史的介入问题。

第四节　选题意义、本书结构和观点

1974 年伊丽格瑞出版成名作《他者女性的窥镜》，当时法国女性主义理论已经进入了一个蓬勃发展的阶段，然而从伊丽格瑞著作的翻译速度可以看出，法国女性主义理论传播到英美两国经历了较

---

①　周曾：《西方女性主义理论对中国女性写作的影响及其变异》，中国人民大学博士学位论文，2005 年，第 49~50 页。

长的一段时间，在当时对英美理论界的影响也是有限的。这其中的主要原因是法国女性主义著作理论味太重，以致延迟了在普通读者间的传播。巴黎革命的经验使得法国后现代女性主义者们论述的口吻好像是面对着与自己并肩的巴黎读者，而让没有欧陆哲学背景的读者望而却步。用陶丽·莫依的话说：西克苏那些扑朔迷离的双关语，伊丽格瑞对希腊字母令人发指的热衷，克里斯蒂娃用词飘忽不确定含义的习惯都挑战了读者的智力，在增加了研究难度的同时也增加了研究的意义。①

　　当然，从另一个层面来说，只要克服了这种最初阅读中的文化上的障碍，随着对欧陆哲学家思想理论的逐步理解和学习，不久英美学者就开始关注到了法国后现代女性主义者，并就其理论方面的贡献加以讨论，这些理论很快也影响到了英美女性主义运动。而国内的研究现状则是，对克里斯蒂娃和西克苏的研究远超过对伊丽格瑞的研究，至于对伊丽格瑞近期的著述研究更是无人问津。在全球化的形势下，在多元文化的语境下，讨论伊丽格瑞近期的东方主题和诗化风格转向，不仅有助于我们掌握西方当代女性主义思想的脉络，而且有助于我们认识西方形而上学传统在现代的困境以及资本主义文化内的矛盾和危机，从而更好地思考自己相应的文化策略。②

　　性别差异理论是露西·伊丽格瑞的思想核心，围绕它展开的人/女人主体与宇宙、世界的各种关系，是统筹其各个阶段思想脉络的一条重要线索。尤其是在近期，伊丽格瑞将学术触觉从对男女两性的关注铺开来，转向关注动植物（比如花鸟猫），关注全球化引发的危机和科技的大发展带来的精神空虚、疾病骤增等社会问题。文学关注的是人与自身和外界的各种关系。伊丽格瑞质问，"为什么并且怎么能使得前苏格拉底时期的大师在构建西方哲学逻

---

① 参见 Toril Moi. *Sexual/Textual Politics*：*Feminist Literary Theory*. London and NY：Routledge，1985：97.

② ［加］帕米拉·麦考勒姆、谢少波编，蓝仁哲、韩启群译：《后现代主义质疑历史》，中国社会科学出版社 2008 年版，第 1~6 页。

辑的起点时，在阅读巴门尼德、赫拉克利特和恩培多克勒时遗忘了她——女人、自然、女神？"①所以，无论伊丽格瑞的理论圆盘铺展得多么大，她的关注点始终是围绕人/女人而生发出去的，归纳为三个维度的关系：人—人；人—自然；人—神。

在《露西·伊丽格瑞：主要作品集》(2004)中，伊丽格瑞提道，这部作品与她和威特福德在1991年联合撰写的《伊丽格瑞读本》相比，关注点明显不同，前者提供了伊丽格瑞著作的新视野和新观点，当然也展示了与之前著作是如何关联的。伊丽格瑞认为"关键"的几部著作是：《我爱向你》、《二人行》、《东西之间》、《爱的道路》，这也是本书关注的近期伊丽格瑞思想的重点。

以法国当代女性主义者伊丽格瑞的近期作品，尤其是上述四部著作为本书的主要研究对象，根据中外文献，尤其是英法等资料的梳理和总结，将其思想在上述三个维度上进行研究和评价。一方面，展示伊丽格瑞作为一个出色的理论家对女性主体性问题在向内和向外的关系中，即女性与人、自然、神的关系中挑战和解构了身心、男女、天地的二元对立模式，从而完成其女性主义理论的构建；另一方面，展示伊丽格瑞将性别差异理论从男女之间延伸到家庭和社会模式的重建上，并从东西方宗教文化中的女性观提取"成为神圣"的灵感。

---

① Luce Irigaray. *Luce Irigaray*：*Key Writings*. Routledge，2004：Preface vii. 关于对于"她"的这三方面遗忘在《从一开始，她就在》(*In the Beginning*, *She Was*)(2013)第一章中有详尽论述。参见 Luce Irigaray. *In the Beginning*，*She Was*. Continuum，2013. 恩培多克勒，公元前5世纪后半叶人，古希腊著名哲学家、医生、自然科学家。

第二章　两个主体间的"性别差异"女性观

　　自古希腊起，"逻各斯"一词渐渐代表了事物的真相、真理、本质、存在、上帝等一系列西方哲学的中心概念，在不同的历史阶段和不同的层面占据着权威的地位，法国传统更是自笛卡儿以降以主客二元对立的两分法为其工具，构建了一个庞大的话语体系和权力机制，并以此为真理标准，排斥、驱逐、压抑、省略、抵制一切与"同一性"标准相悖的事物和思想。女性主义到了伊丽格瑞的时代，也就是进入了后现代的语境，开始意识到一味追求平等其实是对女性主体的消解，人类由有性别差异的男女构成；而试图突破女性内在束缚从而得到自由的理想本身就是男性哲学影响的产物，为了摆脱女性主义理论在逻各斯内部挣扎的窘境，不仅需要解构父权思想，而且需要的是建构非二元对立的新模式。当英美女性主义坚持权利的争取和对文学文本的分析时，法国当代的女性主义理论已经将解构的触角探入了西方形而上学的内部，成为西方父权文化彻底重构的主要动力。克里斯蒂娃善于将哲学、文学和符号学结合起来，揭示社会生活和文化中所显示的男女不平等的现象，而伊丽格瑞则关心社会生活和文化中的男女不平等的哲学根源问题，她认为批判父权制的核心、传统形而上学是整个女性主义要解决的一个关键问题。她讨论差异的目的是为了更好地将女性特质，包括女性言说、女性身体经验、女性书写等因素纳入主体性的重建之中，并在重建女性主体和主体性的同时为危机中的西方的、父权的主体疗伤。在她看来，"性别差异问题如果不是我们这个时代唯一的哲学命题，也是最重要的哲学命题之一"①。伊丽格瑞从一开始就树立了与英美女性主义者和法国传统的、波伏娃那一代女性主义者不同的性别差异女性观。在她看来对差异问题的彻底思考，包括在艺术、诗歌、语言等方面创造一种新的诗学，将使我们在理智层面得到拯救。然而，阻力在于"这一事件的发展受到在哲学、政治、宗教和科学领域中被强制重申的同一系统的反复抵制"②。

第一节　对生存意志、爱欲的重新定义

一、解构叔本华男性"意志"下的印度观

在近期重要著作《东西之间》中，伊丽格瑞用大量篇幅对尼采口中的"他"——最早的"教育者"叔本华进行了批判。叔本华可以说是第一位全力讨论"意志"这一概念的现代大思想家。精神分析学自我、本我、超我的提出就吸取了叔本华对意志的阐释，弗洛伊德"把叔本华看作有史以来最伟大的六位人物之一"。③尼采对生命的悲观理论是叔本华生命意志悲观论的延续，尼采的生理学还原论也正是叔本华对身体的一些生理学意见引发的，比如："对咽喉和痉挛、惊厥和癫痫、破伤风和狂犬病所作的粗略的唯物主义思考，引发了尼采的冷酷的生理学还原论。"④伊丽格瑞指出，叔本华对从大学选修课上学来的生物学进行改造已经不是准确的生物学的方式，比如，叔本华认为新生儿的意志遗传自父亲，而智慧来自母亲，容貌神态更像父亲，而身材大小因母亲子宫的大小而多半更像

---

① Luce Irigaray. *An Ethics of Sexual Difference*. trans. Carolyn Burke and Gillian C. Gill. Cornell University，1993：86.

② Luce Irigaray. *An Ethics of Sexual Difference*. trans. Carolyn Burke and Gillian C. Gill. Cornell University，1993：86.

③ [英] 特里·伊格尔顿著，马海良译:《历史中的政治、哲学、爱欲》，中国社会科学出版社 1999 年版，第 269 页。

④ [英] 特里·伊格尔顿著，马海良译:《历史中的政治、哲学、爱欲》，中国社会科学出版社 1999 年版，第 267 页。

母亲，这显然是没有充足遗传学和生理学依据的一种自大的推断。无论从自然的角度，还是从遗传的角度来看，伊丽格瑞都认为叔本华处理性别差异的方式之所以有偏差是因为他混淆了基因（起源）与物种。

这位对当代思想有着重要影响的哲学家，除了意志论外，还对女性有过论断，对印度文化作过评述。叔本华说，"女人只是为种族的繁衍而生存"，"女性的美感实际上只存在于性欲中"，"女人实在是平凡俗气得很，她们一辈子都不能摆脱俗不可耐的环境和生涯"。①叔本华认为印度的摩门教之所以可以赢得众多信徒的追随，就是因为废除了一夫一妻制，他认为一夫一妻制是反自然的，废除它可以得到所有人的共鸣，认为欧洲的婚姻法主张一夫一妻制从出发点就错了，让女人与男人取得同样的地位是对男人权利的削弱和对义务的增加。用现代的眼光看叔本华，实际上这不仅是对女性的一种压迫和蔑视，而且是对男人能力的一种不自信和逃避责任的心理，说到底还是悲观的女性观。此外，叔本华通过阅读《摩奴法典》认为印度的女人也都是不独立的，尤其在经济上是不独立的，倘若丈夫为了家庭和子女穷其一生积累的财富在死后被寡妇和情妇共同分享，这是叔本华所不能接受的。他认为原始纯粹的母爱可以随着子女长大不需要照顾而消失，取而代之的是"以习惯和理性做基础的母爱"，而父子之间的爱则可以持久，这不仅不符合西方弑父和恋母的深层语法，更不符合常识。

可以说，《论女人》是一篇不折不扣的可以激发女性反抗斗志的文章，它会引起任何一位女性的强烈不满。伊丽格瑞给予了叔本华前所未有的嘲讽，然而也没有纠结于此，没有抓住这些荒唐的评价不放，而是针对叔本华对于印度文化中女性的地位和处境的解读给予了回应，这是伊丽格瑞近期思想中东方文化转向的关注点，是她批判深入的重点。伊丽格瑞称叔本华为"生物唯物主义"，表示不屑于讨论叔本华对女性的贬损和排挤，而是对其形而上学核心部

---

① ［德］叔本华著，范进等译：《叔本华论说文集》，商务印书馆 2010年版，第 63~66 页。

分论述进行了驳斥，批判叔本华《作为意志和表象的世界》中的"两性之爱的形而上学""论生命的虚荣与痛苦""品质的遗传本质""论认识物自体的可能性""论在自我意识中的意志的重要性"等学说，兼及讨论《论视觉和色彩》和《论自然意志》。在《东西之间》第一部分"生命的时间"一章主要就是解构叔本华的意志学说和对印度的误读，以及建构印度女性观的目的，值得一提的是与早期的戏仿和解构有所区别：解构父权思想是为了更好地建构和重塑一种良好和谐的、尊重两个主体的女性主义思想。对叔本华的批判，不仅在于其"意志"学说中对女性的定位，更在于伊丽格瑞认为叔本华误读和误用了印度文化和思想，而后者恰恰是伊丽格瑞近期女性主义思想转向后的重点关注对象，重点阐明了印度传统中男神、女神、生育、实践、时间等学说和概念。之前，伊丽格瑞解构男性哲学家的意义在于在内部瓦解父权制，从而为建构女性主体打基础，而这时，对叔本华的批判更是为了引出对印度传统的推介和女性主义解读。

　　伊丽格瑞对叔本华"生物唯物主义"的"意志"学说有如下批判：首先，叔本华认为意志是个体化的，意志导致了盲目的、痛苦的染色体的生育，而常识一般认为意志属于超越感性和物质的精神现象。其次，叔本华认为生育是人类，尤其是男性最根本的、最模糊的激情，而常识一般认为生育是属于女性的一种责任。再次，叔本华认为激情属于男性气质而智慧属于女性气质，而常识一般认为女性是激情的而男性是智慧的。不仅如此，他还认为男性的激情可以战胜智慧、改变智慧，而智慧是意志的一种消极涌动，所以女性不能够抵抗意志，也不能够抵抗男性的激情。从"意志"指涉的逐渐推演，可以看出叔本华的"意志"是属于男性个体的，出于生育的激情，但这激情是痛苦的，奇怪的是，这种悲观的"意志"却可以凌驾于女性的"智慧"之上。当然，也可以看出叔本华的意志论是违背常识的，认为男性而非女性主导了生育、人类的繁衍，不符合"一般认为"的社会现实，我们通常认为女性负责生育后代，也通常认为女性更有感情和激情，而男性更有智慧。在叔本华对于女性的评价中，有这样关于艺术鉴赏能力的判断：最优秀的女人也无法在艺术上面有伟大的或者有创造性的成就，原因是"精神的客观化"是绘画的重要因素，而女人却"事事陷入主观"。①也就是说，叔本华认为女人主观，而男人客观，主观的女人拥有智慧，而客观的男人拥有激情，在另一处他又说到男人是理性的，这样看来叔本华的学说从一开始就是荒谬的。男女之间强烈的吸引，在叔本华看来也不过是"生存的意志"而已，这是一种消极的悲观意志论，这种悲观的另一面就是自大，是一种对女性的蔑视和诋毁。

除了批判叔本华是"物质生物主义"和"意志"学说，伊丽格瑞在解构的基础上校正了被叔本华误读的印度传统。在伊丽格瑞看来，叔本华不曾认识真正的印度，或者说，叔本华认识的只不过是一个被西方文化扭曲变形的印度、一个男性哲学家眼中的印度。因为西方哲学家，无论是叔本华还是其他试图讨论印度文化的西方学者们，除了瑜伽练习者之外，对于印度传统大部分是不了解的，即便通过欣赏印度的艺术、阅读印度瑜伽和佛教经典也只能是断章取义地让理解停留在西方哲学家自己既有的思维模式中，或者为既定的形而上学思想服务。印度的传统实在与西方传统不同，它重视的不是理性逻辑的层层推理，重视的不是所谓的真理知识的传授，它重视的是从经验、实践、行动中领会和感悟身体和精神的融合，用身体去思考，它甚至不重视或者说忽视了理论的大权。所以，唯一正确认识印度传统文化的方式就是进行瑜伽和经文的学习，伊丽格瑞抛弃了前面西方哲学家对于印度思想的纸上谈兵，直接在印度瑜伽学院修炼了十年，这期间听大师讲授并阅读《奥义书》②，练瑜伽和阅读佛典使她真正成为对印度文化最有发言权的西方哲学家之一。

叔本华对印度文化的误读在伊丽格瑞看来与没有认清性别差异

---

① ［德］叔本华著，范进等译：《叔本华论说文集》，商务印书馆 2010年版，第 63 页。

② 《奥义书》为印度教古代吠陀教义的思辨作品，是后世各派印度哲学的依据，是印度最经典的古老著作，用散文或韵文阐发印度最古老的吠陀文献，是印度哲学的源泉。其最后一部分讲人与宇宙的关系。

的学说是有关系的。出现于中世纪的印度教派代表了一种综合推理，即两个实体的组合推演和创新，这是印欧和前雅利安人的一种原始文化的因素，这种两个实体互动、互相促进上升的过程，恰好证明了伊丽格瑞的两个主体之间"性别差异"的爱的学说。在伊丽格瑞看来，印度教文化是可以抵抗父权制的影响的，因为它是"田园的"、"游牧的"，是"天空的"，也是"大气的"，这些是母系社会重要的特征，人类通过对土地、植物和食物的保护，也通过对母亲和女性传统的尊重，来体现具体生活层面对生命的忠诚。① 而在西方，伊丽格瑞称之为"父权化的印欧"则持久地将忠诚贡献给了宗教仪式，贡献给了哲学和宗教形而上的东西，抛弃了大地、母亲，遗忘了空气、田野，导致了越发展越面临生态的危机，越来越缺乏对生命具体生活层面的观照，精神也随之匮乏。所以说整个西方的当代危机实际上是父权制统治的必然结果，是抛弃母亲、遗忘大地的必然结果。幸运的是，印度有尊女神和女性的传统，这才抵抗了形而上学的抽象化、父权化过程，保留了前父权制文化的痕迹。在印度，男神和女神同时受人尊崇，共同创造世界、创造宇宙和人类。无论是毗湿奴还是湿婆，都有相亲相爱、互尊互敬的恋人，无论是存在于彼此关系中还是在宇宙的神界，他们都保持了一种恒久的关系。五芒星教也是如此。这些神仙眷侣的形象一般不伴随孩子的形象出现，这与黑格尔的"家庭始于三"从出发点上就是不同的。印度教的神尊传说暗示，他们是爱人、是宇宙间的恋人，并不因为有没有孩子而增多或者减少相爱，这就是伊丽格瑞说的家庭始于二，提倡"二人行"的主体间的相爱模式。至此，我们发现伊丽格瑞批判叔本华的"生物唯物主义"学说，不仅为了驳斥其不符合常识，而且揭示一种可能存在和发生"性别差异"的哲学、智慧、宗教，而印度或许就是伊丽格瑞认为的一个重要的发生地。

因为叔本华缺乏对印度文化的实践性研究，他虽然提到了一些基本概念，但所有的解读是出于西方的思考模式生搬硬套给印度文

---

① Luce Irigaray. *Between East and West*: *From Singularity to Community*. trans. Stephen Pluhacek. Columbia University Press，2002：35.

化概念的，而且在伊丽格瑞看来是以"不熟悉、不习惯的词和方式来解释"印度文化的词和概念的。①伊丽格瑞举了6个叔本华用西方方式解释印度词语的例子：（1）严格意义上的暂时性；（2）哲学实践；（3）痛苦的解释和生之所乐；（4）生存意志的目的；（5）个人独特性问题；（6）知识的地位问题。②在进一步阐释之前，从字面上就很明显可以发现叔本华仍然在制造"自己的困惑"，他对印度文化的解读没有跳出或者说也没有想跳出他那痛苦的"意志"。

第一个问题，对于时间问题的东西方差异。生命的时间对于叔本华而言，对于大部分西方哲学家而言不过是一种抽象的概念，对叔本华而言，"没有此刻，也没有在场"。叔本华将物种的存活阶段——置于出生前和死后阶段之间，生命不过是一场不幸的际遇，除非在生死之间能够有一种先验的框架可以逃离意志，不然生命的时间就是消极地、痛苦地忍受一种暂时性。③相反地，对印度教的神、佛陀、瑜伽修行者来说，修行就是从此刻开始，寻找一种方法去"修复、重建一种被撕下的一块一块的广大无边的时间"，他们关心每时每刻，他们的任务是在此刻和永恒之间制造和表达一种连续性，当此刻呈现一种连续性就趋向于永恒和不朽。《吠陀》、《奥义书》、《瑜伽经》中都有确保时间的暂时性和永恒性交错相继的办法。比如，通过日常生活习俗建立了与宇宙的联合体，对应于日、月、季节、年的此刻的习俗建立了一种连续性而沟通了宇宙的永恒性。《瑜伽经》和《奥义书》中也有通过控制呼吸而达到一种不朽的状态，现实中也确有瑜伽修炼者真正实践了某种程度上生命的"不朽"——延迟生命的衰老和死亡。为什么此刻不能是连续的、永恒的呢？东方印度追求的是此刻，而基督教追求的是彼岸。东方印度的启示是把人的身体和宇宙连接起来，把瞬间和长久联系起来等。

---

① Luce Irigaray. *Between East and West*：*From Singularity to Community*. trans. Stephen Pluhacek. Columbia University Press，2002：33.

② Luce Irigaray. *Between East and West*：*From Singularity to Community*. trans. Stephen Pluhacek. Columbia University Press，2002：34.

③ Luce Irigaray. *Between East and West*：*From Singularity to Community*. trans. Stephen Pluhacek. Columbia University Press，2002：34.

他们意在充盈、意在获得那种不朽的状态，超越时间的不连续性，他们通过每日的信奉而助力实现个人的幸福和全人类的幸福。

第二个问题，叔本华对于印度传统中实践的重要意义是不理解的。在西方形而上学中，哲学是至高无上的，真理、理性、理论高于包括实践在内的一切，而印度传统重视的是行动，去行动甚至大于直接相信宗教信仰。因为，"现在、时间性、瞬时性和不朽或者永恒之间的关系是由行动构成的，而不仅是由话语、逻辑关系和语法关系构成"①。对于修行者来说，西方先验、既定的形而上学话语、富有逻辑的推理全部失效，理论的东西是被淡化的、忽略的，行动被给予了高度重视。同时，行动也不是简单的重复，就好像今日的此刻不会重复出现，每一日都不同，正是这种连续性构成了不朽的时间意义，而无需被提升至一个形而上的理论高度，生活存在于每时每刻的连续体验中，而不存在于哲学所谓的真理意义之中。

第三个问题，在印度传统中，语词（word）保持是一种肢体语言，是一种发声的话语，是动作或者运动不能与之分离的。佛祖让自己有肢体语言，甚至放弃了言说，毫无疑问，因为言说与呼吸同步进行是破坏和谐节奏的，除了唱歌和朗诵诗歌。对于佛祖来说，"放弃代表一种靠近连续性和和谐的路"，而不是痛苦的、虚无的悲观主义。②他放弃的是欲望、与主观欲望相联系的对客体对象的欲望，放弃的是会破坏呼吸和谐的欲望——这呼吸以自己的节奏与整个生物界的呼吸相协调，放弃的是将自身撕碎的欲望，换来的就是身体、呼吸的连续性和和谐。所以伊丽格瑞除了给予呼吸以重要地位之外，对于唱歌以及唱歌的鸟儿给予最高赞誉。而西方传统不懂得放弃的幸福和谐，一味地追求，欲望不得或欲望填满都会换来痛苦。

---

① Luce Irigaray. *Between East and West*：*From Singularity to Community*. trans. Stephen Pluhacek. Columbia University Press，2002：34.

② Luce Irigaray. *Between East and West*：*From Singularity to Community*. trans. Stephen Pluhacek. Columbia University Press，2002：35.

　　第四个问题，与第二个、第三个问题犯有类似的对印度实践的理解错误，印度传统文化告诉人如何幸福，而意志的终极是痛苦。印度的哲学和宗教呈现出来的是对于尽最大可能去幸福地生活的一种意图（intention）的训练，尤其是与宇宙间生物的过去、现在和将来的和谐相处。这些实践的目的主要是为了实现无处不在的自我和宇宙的不朽与永恒。哲学与宗教实践的意义被很多包括叔本华在内的西方哲学家误读了，他们认为是其对生命时间的担忧以及对不朽和永恒的绝对幸福的寻觅，而实际上，在印度文化中追寻最大的幸福、永远接近于最大的幸福才是永恒的一种状态，而不是"绝对"幸福。对于西方人来说，所谓超脱不过是对与父权制的真理有关的不幸、厄运、幻觉的一种终结策略，对绝对真理的追求变成了"目的"性的、功利性的。当然，也不是说印度修炼和哲学实践没有目的，这个目的不同于西方的目的，而更倾向于意图，它不指向一个外在的客观对象，对它进行消费、拥有，或者使对象变得对自己合适，意图是以一种完善的内在性建设为目标的，而这内在性保持了与世界持久的结合。佛对花的凝视就传递了这种意图的本质，不是西方父权思想预设的占用、欲望、对象他者等概念的涌出，而是佛在凝视花的过程中提升了内在的自己，而不对花进行客体化、对象化改造或者臆想、臆断。

　　第五个问题，对叔本华引用的印度文化中的基本传统问题，伊丽格瑞指出，毗湿奴、湿婆和克里希纳婆罗门教、印度教最重要的神祇不比其他的宗教的代表神明逊色，在一些流行的印度瑜伽练习中也有重要地位。这三位神更接近于女性的原始的文化，所以对于西方哲学家来说实际上是更为陌生而难以涉身其中加以理解的。这在叔本华对印度传统的解读中表现得很明显，在印度文化中呈现的毫无疑问是为族类而牺牲个人的精神，而叔本华强调的是个体性，尤其是男性的个体性，比如男女平等不可取因为会削弱男性的权利，而增加男性的义务。在印度文化中，一切生物包括人、动物、植物、宇宙中的物种都得到尊重，没有谁是更高级的。而且，印度教徒根本没有繁殖崇拜。印度教徒结成相爱的夫妇后出于对生活秩序的考虑通常生育两个孩子。父母是两个人，再生育两个孩子，有趣的是，这就是他们对世界时间的贡献：死亡和不朽的交错，父母总是会死去，而孩子总是会将生命延续。

第六个问题，知识在西方文化中的地位自古希腊起便是高于生命、高于伦理、高于一切的，知识等同于真理、真相、精神性、上帝之言、科学和逻各斯。在印度，梵天神位于诸神的顶部，是神族中最后降生的，常以一个孩子的形象呈现。梵天神不是绝对万能的神，而是常常要思考问题。他的天赋不是要他懂得一切，而是要他能够解决下一个问题。万能的神能够决定一切、知道一切，而梵天神不仅总是不确定，而且总是处于思索和质疑之中。这与西方的宗教和哲学的功能和特征恰好相反。所以，当西方哲学家叔本华按照自己的生物学理解将梵天神置于人类和其他物种之上的金字塔尖时，印度的梵天神恰恰是通过其他神侣来确定其自身位置的，而且，与西方强调神的精神性不同，梵天神强调的是其肉身在诸神中的位置。神创造了万物，基督耶稣是世人的救世主，对于包括死亡和流血在内的肉体上的折磨都无所惧，拥有的是至高无上的、高于世人的先验的精神性。然而，梵天神害怕自然元素，尤其是风。"当风神威胁他、恐吓他时他就向一片草叶来寻求庇护，他又生了根。他不再争论，他放弃了他的顶端，重新返回大地。"①按照伊丽格瑞的解释，风是精神的又一个特征。那么，以肉体位置判断在诸神中位置的梵天神对精神是恐惧的，这是印度传统拒绝从宇宙万物的"肉体"上抽离开来的一种隐喻，也是伊丽格瑞驳斥西方父权的、神的逻各斯系统的有力证据。"梵天神要保障连接天与地"，但是他仍然有调节变化的神的天赋，他可以是孩子、花、草叶、宇宙的元素，而不是说他就是一种固定的实体。他不主宰宇宙苍生，而是屈从于宇宙，尤其是呼吸的意志。梵天神想要达到从空气过渡到大气，他只能依靠调节变化的能力。这个过程中，梵天神的调整变化案例与叔本华的意志论是不符合的。按照前面叔本华的"生物唯物论"中"男性的意志超过女性的智慧"预设梵天神的话，便会出现可

---

① Luce Irigaray. *Between East and West*: *From Singularity to Community*. trans. Stephen Pluhacek. Columbia University Press，2002：41.

怕的后果，一旦梵天神的"意志超过了他的智力，风神就会生气。为了挽救他的生命、生命本身和智力，梵天神就必须再次变成一片草叶、一片植物"。①

总体来讲，伊丽格瑞以对印度文化有所研究的叔本华为西方哲学家的代表，对西方形而上学的父权思想进行了批判，从而阐明了印度传统文化对原始女性文化的继承和与西方相悖的对肉体、对此刻、对最大幸福、对未知、对实践、对宇宙集体的重视，这对伊丽格瑞进一步阐释瑜伽术和呼吸术，以及讨论宗教和自然的问题是一种理论上的铺垫。

二、解构列维纳斯肉欲的"爱欲现象学"

萨特在《存在与虚无》中对爱欲的问题就有过细致的阐述，他将自我与他人的冲突引入爱欲的阐述中，具体地说是以极端的施虐和受虐的方式表现出来的，而在列维纳斯看来，"冲突并不是我与他者的本真关系，爱是一种既'享受'，又超越享受指向未来的活动"。②然而，列维纳斯认为"'我'从世界元素中诞生之后，他首先遇到的就是有性别的她者，也就是'女人'"，很明显"我"是男性。③尽管德里达对列维纳斯用"他者"概念反逻各斯中心的解构路线很感兴趣，尽管以"他者"为核心的伦理学说反对吞噬个体性，然而在伊丽格瑞看来，无论是差异性还是反逻各斯都还是从列维纳斯的男性身体内部发出的呼唤，伊丽格瑞解构了列维纳斯对逻各斯的解构。列维纳斯论述爱欲想象学的一段话被伊丽格瑞认为是从一开始就是男性视角的：

爱抚就是毫不占有，就是要求获得从形式中不停逃向未

---

①　Luce Irigaray. *Between East and West：From Singularity to Community*. trans. Stephen Pluhacek. Columbia University Press，2002：42.

②　Levinas，Emmanuel. *Totality and Infinity*. trans. Alphonso Lingis. Duquesne University Press，2002：41.

③　Levinas，Emmanuel. *Totality and Infinity*. trans. Alphonso Lingis. Duquesne University Press，2002：41.

来——一个永无止境的未来——的东西，获得已然逃遁却似乎未曾存在的东西。爱抚(我还想补充一句：这是列维纳斯这位男士的爱抚。作者注)…… 表达了爱情，但又苦于无法言明。它对这种表达如饥似渴，日益强烈……带我们回到女性的永无瑕疵的贞洁……隐藏在爱抚中的亵渎和缺乏空间的独特性完美呼应……在爱抚这种从某个角度上说仍属于感觉的关系中，身体已经摆脱了它的形式，一丝不挂，性感诱人。身体在肉欲的温柔乡里脱离了在者的身份(这不再是佛凝视的那朵花了。作者注)。①

"带我们回到女性的永无瑕疵的贞洁"，显然是以男人为出发点的一种论述，这种"享受"和"超越"都属于男性，至少首先只能考虑到男性，而女性的赤裸和贞洁是帮助其完成这一享受的过程，并试图达到超越的目的，也只有在男性的伦理学认知中这爱抚才有可能是亵渎的，要超越它。列维纳斯用其肉欲的爱抚作为通向他人的一种模式，他人虽然与同一的逻辑站在了对立面，然而他人或者他者仍然是女性，爱抚和爱欲体现出来的仍是肉身的描述，这是伊丽格瑞要批判的。伊丽格瑞认为这种并不以两个主体为先在条件，更不是在主体间性的维度中来思考爱抚和爱欲，仍然是父权制逻各斯传统的，在爱抚的丰富多样性面前显得狭隘，是对女性的一种削减。在伊丽格瑞看来，爱抚符合女人的意愿，也更关注主体间性，具有以下五个方面的功能：第一，爱抚的唤醒功能。在爱抚中，身体的皮肤、肌肉、感官、神经和器官在长期被限制、催眠、压抑，甚至奴役的工作生活中被唤醒和解放。身体和精神不得不在工业化以后的时代顺应周围环境而求得生存，然而这期间却失去了太多的感受，渐渐变得机械。于是，爱抚唤醒的是一个不同于平时面对集体和社会艰辛的另一个生命，使之回归到本真的自我。第二，"爱

---

① 转引自[法]吕西·依利加雷著，朱晓洁译：《二人行》，三联书店2003年版，第38页。

抚是超越自我亲密的界限或距离的动作—话语"。①爱抚开启了被集体生活掩盖了的自我情感的释放，你或者我由一个集体中的人通过爱抚的动作向对方靠近，进入亲密的范围。无论是城市化进程，还是全球化的现实都导致人越来越在集体中而不是在家中度过生命，身体敞开的维度发生变化，精神随身体一起紧张地面对外界的公共环境，每个人变得很难被靠近也很难进入别人的私密空间。然而，爱抚帮助了两个主体在时间和空间的维度缓下来，穿过衣服、超越外在的自我在亲密的关系中实现主体间性。第三，爱抚可以抵抗普遍性。公共空间、集体生活导致个体的身体语言和话语趋于同一化，也要求同一化——当然这也是不可避免的一种社会历史进程发生的问题——但是为了人类的生存和延续，"差异"是必须保存的。那么，爱抚就在私密的空间和时间里展示、启发并提醒"差异"的存在，在这一过程里需要的是更为隐私的身体语言和不同于公众话语的话语。"爱抚是给你的魔咒，是对集体生活所要求的相似、普遍和相对中性化的不妥协。"② 第四，爱抚是礼物。"我的身体想去爱和被爱，想走出自我和回归自我。我想走向你，又想回到我自己。我探寻你我内在性之间的复杂联系，无法替代我、永远外在于我的你却是我内在性的存在之本。"③ 在现实中，这是一个多么困难的问题，一方面，我根本无法回归到自我，就好像人类根本无法真的回归到古希腊之前，无法回归到苏格拉底之前；另一方面，你和我的关系存在着永恒的不可知性，亲密也无法互换。爱抚打开一条通往未来的不可预知结果的道路，提供了一种回归的可能性，而这可能性也是不可预知的，这种不可预知和无法实现达到了德里达要求的超越理性和经济的算计维度，这种从未知领域里发射出来的期望之外的爱抚变成了礼物。第五，爱抚引导每个"我"走向"你"，

---

① ［法］吕西·依利加雷著，朱晓洁译：《二人行》，三联书店 2003 年版，第 40 页。

② ［法］吕西·依利加雷著，朱晓洁译：《二人行》，三联书店 2003 年版，第 41 页。

③ ［法］吕西·依利加雷著，朱晓洁译：《二人行》，三联书店 2003 年版，第 44 页。

是一种主体间的交流方式。"我爱向你"（I love to you），你不是我的宾格/客体，我也一样。"这个相对于我的你，你还是你，你是'对于'我的，——请回想一下，'我爱向你'中的'向'，它和占有是不同的。"①也就是说，我是一个主体，而你也是一个主体，"我们两个是身体和话语编织成的，既是在者又是存在"，而不再是被谁掌握主动权的，也不必在贞操情结中枯萎。爱抚实现了两个主体间互动和交流的宁静而无权力意志的倾斜。

所以，两性关系并不是萨特在《存在与虚无》中描述的痴迷、占有，女性的身体也不是列维纳斯在《总体性和无限性》中论述的那样"暧昧"，伊丽格瑞拒绝说是欲望/爱欲使得"痴迷"、"暧昧"，她强调是两个主体间的互动关系，是双方都持有的一种自相矛盾的意愿成就了神秘的爱的关系：我既想回到我自己，又想和你在一起。如果痴迷了、迷糊不清了，也不是因为对一种肉欲的迷恋或者丧失了人性的智慧，而是因为在两个同样拥有身体和语言的主体之间该如何生活，这本身就是个难题。

那么，如果爱欲不是肉欲的，它是什么呢？在另一篇专门讨论列维纳斯"爱欲现象学"的文章中，伊丽格瑞对爱欲（Eros）赋予了丰富的内容和期许：

> 爱欲可以抵达那种与他人一起的天真无邪状态，那种与他人一起非但不退缩却还无限神往的状态，那种无论面对任何必需的消费都可以感知到无法消减的胃口，那种与他人间的吸引力无法满足又不可名状的味道。这魅力永远停驻在门口，甚至进入房子内仍在。这魅力将会保留一个住所，延续和跟随他人的一个栖身之地。②

---

① Luce Irigaray. *I Love to You*. trans. Alison Martin. Routledge, 1996：23.

② Tina Chanter ed. "The Fecundity of the Caress：a Reading of Levinas, *Totality and Infinity*, ' Phenomenology of Eros ' ". *Feminist Interpretations of Emmanuel Levinas*. The Pennsylvania State University Press, 2001：119.

关于爱欲可以达成的美好状态要依赖感官，因为"感官快乐可以重新开启、定义和建构(肉欲)"①，因为感官不仅可以感受和体会肉身的欲望，同时也可以唤醒内在的精神：

> 抚摸重新唤醒了我身体的生命：唤醒我注意皮肤、感官、肌肉、神经，以及各种器官。在多数时间里，这些被禁止，被颠覆，处于休眠状态或者被日常活动、被各种需要、被劳作的环境、被生活的强制和限制所禁锢。②

伊丽格瑞建议回到没有定义主客体的时代，那时人类对于女性没有压抑和偏见，对一切的感受是自然而然的，而非理性和逻辑的推理分析，爱本就与理性无关。爱之丰富的最基本表达是身体语言，就是爱抚。在言语形成之前，抚摸已经存在，而言语也具有"抚摸的气息"(在《我爱向你》中有"用话语抚摸的气息"一章)。"食、色，性也"，在伊丽格瑞看来"没有任何食物可以替代抚摸的作用和恩宠"③。抚摸作为一种爱的表达已经与饮食对于人生命的存在同等重要。如果饮食可以让人保持身体健康的话，那么抚摸可以提供给人什么呢？"抚摸可以让等待、积聚力量成为可能"，这样他人便会不断地回到爱的姿势中来，而对我生命来说最敏感和必要的守护是他人的肉体，以此达到了我生命的细致安放。④并且，抚摸的作用细致到拉近了我与他人之间的关系，使得恋人间变得更为亲密。而我也在他人/爱人的最亲密的照料下——由于恋人的爱

---

① Tina Chanter ed. "The Fecundity of the Caress: a Reading of Levinas, *Totality and Infinity*, ' Phenomenology of Eros '". *Feminist Interpretations of Emmanuel Levinas*. The Pennsylvania State University Press, 2001: 119.

② Luce Irigaray. *To Be Two*. trans. Monique M. Rhodes and Marco F. Cocito-Monoc. The Athlone Press, 2000: 52.

③ Luce Irigaray. *To Be Two*. trans. Monique M. Rhodes and Marco F. Cocito-Monoc. The Athlone Press, 2000: 52.

④ Luce Irigaray. *To Be Two*. trans. Monique M. Rhodes and Marco F. Cocito-Monoc. The Athlone Press, 2000: 52.

抚私密地记住了自己的身体和身体的轮廓——我开始变成我从未是的样子，开启了未知的自己。这样便赋予女性另一次诞生，非父权压抑下的、不是天使也不是荡妇的"可爱女人"。我们应该将我们的敬意给予感知。

关于两性关系的维系，按照伊丽格瑞的观念，恋人们彼此占有、拥有对方实际上是不道德的，因为他们并没有在建筑爱情也没有在爱中栖息，所以导致不能长久的两性关系，这是对彼此吸引的一种亵渎。在伊丽格瑞那里，爱抚甚至对家庭矛盾和社会问题发挥重要作用，它毕竟是先于语言诞生之前的，人类最初的沟通方式。关于现代社会夫妻关系是否止步于现实的盖棺定论，即没有孩子的夫妻关系就是危险而紧张的，伊丽格瑞意外地没有摆出女性代言人的姿态去指责在爱中抛弃妻子的男人，却长叹了一句：一个女人如果无能力爱抚的话，那么至少对他而言，她已经死去。在一定程度上，由于爱抚加强了一种隐秘的亲密感觉，便可以决定两性之间爱情关系的存续。实际上，伊丽格瑞也看到了恋人间关系的神秘比任何关系更为复杂和可怖，但却不能因此让位于同一性带来的毁灭：

> 同一性会叫嚷着需要多少空间，会占据我的肉体（而这在伊丽格瑞看来是亵渎神灵的），会将我的空间划界分割，在我的视线中画地为牢、安营扎寨——最终让我无法栖息，让爱人无法进入。①

伊丽格瑞意义上的爱抚传递的能量挑战了视觉中心、语言中心的西方传统，更挑战了列维纳斯的理论。在列维纳斯的"他者"理论中，"面孔"首先是他者的标识，"甚至在我与他者联合时，他者仍是面对我的"，为了获得他者在伦理学意义上的绝对他性，这张

---

① Luce Irigaray. *To Be Two*. trans. Monique M. Rhodes and Marco F. Cocito-Monoc. The Athlone Press, 2000：124.

面孔与我只能是面对面地呈现，只能是可见的。①对于伊丽格瑞则不然：在暗夜中爱抚的经历吞没了面孔，却加强了爱抚的神秘感，成就了爱。②一种神秘莫测被光源之外的所在遮住了面纱，这神秘既可见又不可见。不可见，由于它定要从不可见和夜晚之中不停地保护自己。可见，由于面孔需要呈现其已经在光源下呈现以外的部分使自己重生使关系成长。面孔的可视效果在爱抚以及爱的行动中被削减、被吞噬。"爱人的面孔不仅在脸上也在整个身体每处"，情感通过整个躯体得以表现，并随着爱抚这一动作的持续重新塑造着色香生活。③于是，一种崭新的开启思考的重生通过回到感知的源头——爱抚那里得以展开。所以，在这样一种忽隐忽现、可见又不可见的不完美状态下，每一个生命都处于未完成的状态，有太多可能性去想象和思考，每两个关系等待在神秘中继续彼此的吸引。

实际上，已经有从女性主义视角批判列维纳斯的研究，在列维纳斯的著作还没有被广泛认可、其作为一个哲学家的重要性和创造性尚未被发掘时，波伏娃就将其放进一系列男性哲学的名字中批判其"故意采用了一种男性视角，无视主体和客体之间的交互作用"，并使用《第二性》序言中的一条核心信条支持这一批评："女性是作为男性的参照物而被定义的，而不是男性是女性的参照，她是附带偶发的，是非本质的。他是主体，他是绝对真理——她是客体。"④在列维纳斯哲学著作中，女性（feminine）即使不是不可或缺的，也占据了很重要的位置，而他的犹太人出身使其对女性的看法受到了很深的影响。也就是说，列维纳斯的女性观既基于其哲学立场，又

---

① Emmanuel Levinas. *Totality and Infinity*: *an Essay on Exteriority*, trans. Alphonso Lingis. Duquesne University Press，1979：199.

② 详见《伊丽格瑞对列维纳斯爱欲现象学的重新解读》一文。参见：Tina Chanter. *Feminist Interpretaions of Emmanuel Levinas*. The Pennsylvania State University Press，2001：124.

③ Tina Chanter. *Feminist Interpretaions of Emmanuel Levinas*. The Pennsylvania State University Press，2001：125.

④ Tina Chanter. *Feminist Interpretaions of Emmanuel Levinas*. The Pennsylvania State University Press，2001：2.

受到了宗教观的影响，其"爱欲关系的观点就是遵从了犹太法典"①。与波伏娃的批判不同的是，伊丽格瑞另辟蹊径，批判性地继承了现象学的方法，从身体感官的触觉"爱抚"与这一动作发生中爱人的"脸"的可见与不可见出发，批评的同时提出了伊丽格瑞的重要概念"爱欲"和"抚摸"。在主题内容上，波伏娃担心列维纳斯的他者是女性，而伊丽格瑞则担心列维纳斯以及其追随者都没有将性别差异考虑进其著名的他者概念中，伊丽格瑞关心的是女性将被置于一种怎样的角色——作为恋人是一个被轻视了的人，而这个被轻视了的人却成就了别人/男性的超验。伊丽格瑞声称，女性成就了列维纳斯在西方哲学史的华章。②

第二节　性别差异的"二人行"

我试图定义主体间自身关系的可能性。在西方传统中，这个问题通常是缺失的。但是它却代表了一种主体建构的非常重要的维度。男性主体没有比女性主体更多地参与这一建构。这可能就解释了为什么在哲学层面处理主体间的关系成为一个女人的任务。③

伊丽格瑞对西方哲学的批判实际上是对一种遗忘的批判，对还有一种区别于男性的主体即女性主体存在的遗忘。这种遗忘同时也遗忘了人的本性、自然以及女神的存在，如伊丽格瑞新书的书名，其实"从历史的开端处，她一直都在那里"，遗忘了性别差异是万事万物的起源这一重要议题。

---

① Tina Chanter. *Feminist Interpretaions of Emmanuel Levinas*. The Pennsylvania State University Press，2001：151.

② Tina Chanter. *Feminist Interpretaions of Emmanuel Levinas*. The Pennsylvania State University Press，2001：146-147.

③ Luce Irigaray and Stephen Pluhacek ed. *Conversations*. Continuum，2008：13.

从一个主体中心到两个性别差异主体的主体间性，伊丽格瑞有没有沿着解构主义的道路走到尽头？伊丽格瑞试图抵抗这种单向度的彻底解构带来的女性主义内部混乱的局面。如果继续使用菲勒斯/逻各斯系统的语言来建立女性主义，主义本就是父权系统内部的词汇，那么这种抵抗和解构是失效的，如何站在看不见的地方宣称自己怎样被"听见"？所以，连"女性"这个词本身也是虚构的，女性不是一个可以确定的身份。伊丽格瑞也没有沿着传统女性主义的道路走到底，没有像波伏娃那样停留在哲学的父的语境中阐释"女性不是天生的"，也没有走进"本质主义"对女性特征的禁锢困境中。在西方形而上学和传统女性主义面临尴尬时，伊丽格瑞的突围方法是提出并坚持了性别差异理论，用差异性代替整体性、同一性，任何有差异的两者都不能够被二分法对立起来，差异的两者——无论是两个主体的人，还是两个概念或者范畴——在伊丽格瑞的思想体系中都可以互相沟通，握手言欢，和谐共处。有趣的是，一些女性主义者在突围中落入了自相矛盾的尴尬境地，而伊丽格瑞却在东方印度的呼吸和瑜伽修炼中，体会到了身体和精神的沟通的实证，也在瑜伽经典文本中找到了二元和谐的思想依据。这不禁让人想到中国传统思想中的阴阳、天地、君臣、男女的万物和合的文化内核。伊丽格瑞的这次突围，不仅超越了西方的解构主义理论，而且在实践上提供了突围的有力武器。

在伊丽格瑞的著述中，性别差异至少有以下两种含义：第一种，性别差异是暴力的性化等级制度悄然偷换了概念，开创了逻各斯中心主义的形而上学；第二种，性别差异是对思想和生命的开启，标志了男人和女人处于一种非等级制度的关系中。早期伊丽格瑞用代表女性生理特质的意象代替男性生理特质的意象，即用阴唇隐喻的多元性取代男根隐喻的同一性，从而建构了一种脱离父权菲勒斯中心主义的性别差异的女性主义理论。

> 我认为男人和女人是最神秘和最具创造力的一对。那并不是说其他成对的事物内容不丰富，而是说男人和女人是其中最神秘和最具创造力的。你能否理解我说的话呢？性别差异的人

57

类，创造了一个与世界不同的关系。①

伊丽格瑞这段话反复强调的不是人类中心，而是强调作为性别差异的男女因他们与世界关系的不同而"最神秘"，这一两性的"神秘"在《二人行》和《东西之间》均有描述：《二人行》开篇的诗性散文中，大地是"神秘"的；在结尾章节"照亮黑暗的神秘"，用神秘对抗上帝的光，等等。因为不同而神秘，因为神秘而具有创造力。实际上，或许是太熟悉男性哲学家如何固执自负地描述男人和女人的关系从而导致观点的偏颇，或许是受到天主教家庭和教育环境的熏陶，这种描述恰恰体现了伊丽格瑞作为一个女性主义理论家的谨慎和对未知的敬畏。

一、从"他者"女性到"差异"他者

1. 从"他者"到主体：女性主体的建立

伊丽格瑞强调两个主体之间非等级高低的关系，以性别差异的主体和空间的伦理理论为其基础。深悉心理分析和西方哲学的伊丽格瑞发现，男性的主体性是以与他人的等级差异为前提定义并与他人区分的。作为后现代女性主义者，她受到后现代以来德里达"延异"理念、海德格尔"差异"概念和波伏娃"第二性"理论的明显影响。即便伊丽格瑞明知波伏娃不喜欢自己的著述，也仍然分享了"他者(otherness)"，这个被传统的结构主义忽视了的"优先的差异主体性和关系的基本政治策略"。②

在早期，伊丽格瑞以语言学、心理分析以及对传统女权主义的继承为基础，挑战并破除了"女性即他者"根深蒂固的形而上学理念，从而建立了女性主体性学说。

表 2-1 显示了在伊丽格瑞早期作品和派格·罗斯对伊丽格瑞论

---

① Luce Irigaray. "An Interview with Luce Irigaray", *Hecate* 9, 1983(1-2)：199.

② Peg Rawes. *Luce Irigaray for Architects*. London and New York：Routledge, 2007：26.

表 2-1

1 父权传统	2 传统女权主义	3 伊丽格瑞女性主义
消极等级的 非性态化二分法	积极非等级的 性态化二分法	他者(非两分) 性态化的主体
男性　　女性	男性＝＝女性	女性
主体　　他者	主体＝＝客体	主体
完整　　不完整	完整＝＝不完整	不完整
原始　　摹仿	原始＝＝摹仿	原始
同一　　他者	同一＝＝他者	他者
父亲　　母亲	父亲＝＝母亲	母亲
母亲(－)他者	母亲＝＝他者	女儿
他者(－)他者	他者＝＝他者	多样

述中对其"他者"的三层理解。①第一栏中，在父权等级制度下女性他者是消极压抑的，即便作为母亲有其积极意义，但在父权制度下母亲形象总是负面的，母亲的意义被消解。并且，与拉康的镜像理论一样，女性他者仍然是男性主体的一个镜像摹仿品。在第二栏中，第一波和第二波的传统女性主义虽对父权制的消极打压有反抗，争取男女各方面平等，但实际仍然是停留在二分法理式中，将两种价值主体置于二元的两端。在第三栏中，是伊丽格瑞突破了一直以来的二元模式，建立了一种令人向往的他者模式、不依赖于二元对立模式，并且性化(sexed)主体各自保有独特的差异性。

　　实际上，这是伊丽格瑞对于建构女性主义性的最初构想。有批评家认为，伊丽格瑞的性化主体其实是一把双刃剑，它虽然跳出了二元论，摒弃了优与不优的等级评价，尤其是对女性价值的消解，但如果试图建立一个西方文化中没有的新型女性主体模式，那么找参照物的过程很可能又将女性想象带回到二元的模式中。伊丽格瑞

---

① Peg Rawes. *Luce Irigaray for Architects*. London and New York：Routledge，2007：26.

近期理论对这种质疑有很好的回答：她不仅要建构"女性神圣"模式，而且要每个主体都有自己心中的"神圣"，并朝着那个不可企及的方向去"成为"（becoming）而不是"存在"（being），成为的过程是无限的，存在可以有限。至于这个参照物，伊丽格瑞已经在东方的女神文化中、在非二分法的前雅利安和今天的印度文化中找到了。目标有了，参照物有了，途径就是通过呼吸和瑜伽的修炼，使身体与精神沟通或者说使身体思考，在呼吸中体会自身能量的聚合是一个特殊而独特的经验，让每个人对自己作为一个主体充满信心，同时开始思考在呼吸中彼此联系的男和女，感受每个主体的差异。

2. "差异"的他者理论

在从心理分析和语言学层面建构了女性主体性之后，后期的伊丽格瑞更是从社会文化和宗教传统等方面来深入地思考他者的问题。伊丽格瑞提出，"他者是谜，我也是谜"，"他者是不可超越的"，她不是要反对他者。①传统的女性主义呼吁女性走出家庭，像男人一样工作、思考等。然而，在伊丽格瑞看来，女人如果不走出自我，不像男人那样行事和思考，那么女人在其自身内部就能成为自己，因为这样就可以免于被逻各斯中心同化，免于被父权体系的一切标准，比如理性、独立、可观等影响而改变属于女性性别差异的特质。男人喜欢技术世界，通过技术将一切赋予外形，以生产精神和物质产品来满足自己的特定意图，包括核电站和人工受孕。所以，男人渐渐地在男人和女人之间创造了一个世界，一个形式的、功能的世界。

在近期的理论中，伊丽格瑞强调他者的复杂性和他者的重要性。他者作为他者，实际上远远超越了我们可以企及的范围，甚至远比上帝难以企及。上帝是我们想象出来的，可以说，上帝是一个主体、一个我们的主体。并且，上帝太完美以至于我们与上帝之间不存在可比性，不存在可比性对我们的完善又有什么建设性意义

---

①　[法]吕西·依利加雷著，朱晓洁译：《二人行》，三联书店 2003 年版，第 161 页。

呢？但他者则不同，构想他者和探索他者的他者性对于同样都不完美的每个人来说都有积极意义。而问题的困难在于：在某种程度上，我们可以想象上帝，但却无法想象他者，他者是那么的不同。而且在种种不同中，伊丽格瑞认为"性态化身份"①是人与人之间最主要的差异。也就是说他者的他者性主要通过"性态化身份"的差异得以显现和复杂化。我们可以在一种纯粹的、绝对的意义上讨论上帝，但却无法将一个实际的存在绝对化，也就不敢轻易地下结论。他者是另一个主体，也是一个不同的主体。当他者被认作另一个与我们有差异的主体时，"我们进入了另一种超验的关系"②。西方哲学史上已经有了诸多对于他人/他者的定义和重新定义，从萨特的"他人"到列维纳斯的"他者"，在伊丽格瑞看来都是男权和父权框架之内的一种定义——无论是指上帝还是指同一性标准的主体，主体性的讨论中从没有讨论过女人的主体性——他者永远指向女人。所以为了建设女性主体性，除了早期的对于女性生理和心理以及言语的建构，伊丽格瑞意识到了该建构还有另一种超验的时候了。在她看来，"超验的拓展、提升和保障"对我们来说是"义不容辞"的，正如希腊哲学家也曾义不容辞地去定义各种超验，而我们现在"不得不放弃"那些旧的定义。③的确，西方哲学一直在因循苏格拉底的教诲，然而却没有像苏格拉底一般将现存的旧秩序捣毁，拼死去建立一套创建性的，也许不容易被世人接受的新秩序。从这个意义上说，伊丽格瑞是忠实的苏格拉底学生，她试图建立一套正在、已经遭受诸多质疑的新秩序，即性态化差异的文化。这需要：一方面，不再努力去接近一个不可能触及的、在我们的主体性之外又在我们的世界之外的、代表一个父权模式的完美的超验形式；另一方面，也不再努力去将我们自己转变为我们时刻要保持敬意和畏

---

　　①　sexuate，性态化。参见《身体——从感发性、生命技术到元素性》第四章对伊丽格瑞理论的翻译。

　　②　Luce Irigaray and Mary Green etd. *Luce Irigaray*：*Teaching*. Continuum，2008：239.

　　③　Luce Irigaray and Mary Green etd. *Luce Irigaray*：*Teaching*. Continuum，2008：239.

惧的"同一性"的主体/他人。伊丽格瑞提出对另一个与我们自己不同的主体的靠近实际上难度大于对上帝的靠近，所以对他者或者说另一个主体也用了"超验"一词，毕竟靠近这个过程对两个截然不同的主体来说的确如历史一直显现出来的那样困难。此一种超验的旅程此刻更为内在，他者不再是一个唯一的、我们不得不成为的一个，即便我们明知道那个神圣的他者永远无法企及。相反，他者是一个我必须保持与我不同的主体。通过保持我们两个主体间的差异，我们构建了超验，这是我的超验，也很可能是他人的超验。这种超验的提升不可能像对旧日偶像那样只是心灵的。它的发生要通过我们全部存在，"聚集我们全部"，即身体、呼吸、心灵、语言、思想以及它们转变为更完善的人性时需要的物质转换，当然，"物质仍保持其为物质"。①

二、从爱智慧到智慧的爱的"二人行"

1. "性别差异"的"二人行"

男人和女人在言说方式和内容、颜色、声音、冷热等方面显示各自的多样性，倘若尊重并忠实于自己的性别，而不是被中性化、同一化，就可能开启另一种成长的方式：女人成为女人，男人成为男人，彼此尊重并共同成长。瑜伽术认为，每个男人和女人，传递的精气都是不同的，呼吸和休养方式也不同，这种精气别人是拿不走的，而且不会因为彼此的交流就停止继续产生精气。如果我想要拿走别人的精气也不可能，对方的精气到了我这里就会溜走，不会变成我的；但神奇的是，如果将他人的精气当做他人的东西来接受，他人的精气便会附加到我身上。瑜伽这种神秘莫测的精气解读对西方逻辑来说或许是不可理解的，然而却与中国"养精蓄锐"的传统文化有着某种程度的契合，中国的养生之道也讲究对精气的修炼和聚合，与瑜伽术强调的一样，也注重身体对四季等自然时令变化的调控。

---

① Luce Irigaray and Mary Green etd. *Luce Irigaray*：*Teaching*. Continuum，2008：240.

伊丽格瑞认为西方逻各斯主义通过对精神和肉体两分，遗忘了其他爱情的道路。站在西方哲学"爱智慧"的起点，亚里士多德认为女人是冷的，而男人是热的。德谟克利特认为世界是一团永不熄灭的活火。于是男人代表的火和热成了世界的主宰，而冷成了女人要依附和臣服于男人的原因，也是天然缺陷——为了赢得温暖、火的照耀，女人要去引诱男人。颜色中有专属于女性的颜色——粉红色，这简直就是当代女性读物的封面标准色；男人则是冷静的天蓝色。声音也不例外，男性拥有更为深厚、理性的声音；女性拥有的是更为尖细、冲动、起伏不定的声音。在印度文化中，"女人内心火热、外表冷漠"，而男人则相反。男人向女人指出一种方法"让她找回炽热精气的本源"，同时，女人也帮助男人找回"他那部分阴冷的精气"。① 在笔者看来，西方男人和女人的关系是一种偏执的、倾斜的性别观念的体现，印度的男女是互帮互补的性别关系，而在中国文化看来，男女如同需要互补的阴阳，只有阴阳和合才使万物得以生长、繁衍。于是，我们的确发现了不同于西方逻各斯中心主义的另外世界和另外的男女性别观念以及生存智慧，"东方主义"是西方的东方，远东也是西方的远东，在这样思考之前，它并不成为它自身的印度或者中国。同理可证，全球化是西方中心的全球化，多元文化也属于以一种白人文化为中心的多样性，就像伊丽格瑞反对的那样。

所以，西方男女性别观念的恶果是：因为意识不到内在的"性态差异"，"我们通过两种外在性来体验性别间的差异"，即男人在母亲身上寻找自我，而女人则在男人身上寻找自我，于是有俄狄浦斯情结和阳物恋癖好。当思想家们还一头扎进男女冲突、宗教冲突、种族冲突中苦苦寻觅端倪时，伊丽格瑞已经跳出了这个可怕的逻辑，这个逻辑会将人类不断循环式地带入困难、痛苦、无处不在的对立和冲突之中。笔者的问题是，当一个西方哲学家从东方模式中找到了跳出二元对立的痛苦和困境时，我们，作为中国学人，是

---

① ［法］吕西·依利加雷著，朱晓洁译：《二人行》，三联书店2003年版，第83页。

否依旧会义无反顾地跳进西方逻辑中，是否还会将西方的模式当做解药呢？

2. 两个主体之间的"亲密"的爱

摆脱同一性从而回归自己（与别人不同的自己），是为了更好地接近差异的那个他者，也是为了更好地尊重处于神秘之中的他者，他者是不可超越的。这里，西方传统的视觉中心、语音中心和日光之下的真理似乎无法发挥作用，或者说不仅仅是看和听，强调被西方传统遗忘的是可见、可听的身体语言"抚摸"，它在亲密关系中起到了重要的延续吸引力的作用。当消费主义作为资本主义技术理性逻辑的一种独具魅力的形式时，服装、形象、时尚用词等变成一种与他人接近的大众消费文化模式，鲍德里亚在《消费社会》中认为身体已经成为一种文化事实而被消费。然而，人与人的邂逅和亲密关系的建立不应该被削减到、沦落成这种消费模式，否则一旦消费的欲望达成或者没有达成，彼此间神秘的空间和亲密的感觉都将消失殆尽，随之而来的是无尽的空虚。那么如何保持两个主体间这种神秘或者说保持持久的亲密关系呢？伊丽格瑞在《重建世界》①一文中指出，通过肢体语言和语言，用心、用词语、用抚摸——这些自古以来就属于人的、人性的优势，去触及和发现差异的另一个，两个不同世界的主体的差异唤醒了一种天然的吸引力，而非一个屈从于另一个的冲突。东方的精神传统注重对差异的圆融并包和相互转化，而西方的精神传统则强调将不同的两个概念或者两者对立起来。问题在于，西方的精神传统要求对唯一真理的追求和普遍规律的发现，这是自古希腊哲学起就扎根在西方形而上学潜意识中的，只要追求一种同一性标准，我按照我对他人的想象去接纳和理解他人或者靠近他人就是不可能的，毫无疑问，男女尊重差异的相爱的神话将被亵渎。必须要克服这种传统思维，尤其是人与人的亲密关系与人与事物的不同，前者是互动的，而后者不是，它是属于人自己的一种关系。因为事物与我们的不同不代表它们要隐

---

① Luce Irigaray. *The Way of Love.* trans. Heidi Bostic and Stephen Pluhacek. Continuum，2002：150-159.

匿什么隐私，但人有保密的能力和保护隐私的潜意识。也正是出于这种隐秘、神秘，伊丽格瑞提出要由一种"诗意的栖居"来"保护和培养"人类的这种神秘以使其长久存在。①对他人的方式也该如此，如果对他人能够继续保持因神秘带来的惊讶，而非试图将其削减为我们自己都厌弃的熟悉的价值符号，那么吸引就一直"诗意"地持续。诗意因为它隐秘、神秘，诗意因为它不可企及、无法超越，诗意因为它充满魅力。为了摆脱西方传统的试图将他人化为同一的思维定式，必须要发现另一种发现他者、靠近他者的方式，在发现和靠近他者的这场邂逅中，在一个新开辟的空间，每个人都要有所遮掩，不是找到一种适合所有人的方法，而是在每个自我和每个他者的不同邂逅中一点一点地揭示自己、揭示他者，这个过程就是伊丽格瑞强调的"成为"大于"存在"的过程。在此过程中，为了发现差异的他者，每个人首先要接受并回归了自己，修正了了自己，连两个主体栖居的住所也要改变其结构框架，以保证"成为"回忆。接着的问题是如何保证这样一个靠近他者的亲密过程呢？它只有在一种彼此的共识中才能实现，即两个人之间不可削减的差异。差异提供了一条从一个到另一个的爱的道路而不是压抑和控制，差异使得能量和空间可以共享，两个主体都自信而独立地实现更好的自己。也只有当对他人的影响依旧保持独立时，神秘和亲密才能被保证。

为了保证是一场"神秘的传奇邂逅"，而不是单纯的一方妥协于另一方，"沉默是良方"。②"对于这种还需从历史角度来思考和实践的异性间的情爱关系，沉默是基础"，因为爱本身就是无法言表的，而两性之间的差异更是无法言表的，也由于这种无法言表的爱或差异的存在维持了它的长久性，沉默存在于男女的主体性质之间，"无论从语言上还是从表现形式上，都不该超越它，而是要去

① Luce Irigaray. *The Way of Love*. trans. Heidi Bostic and Stephen Pluhacek. Continuum，2002：150-159.

② ［法］吕西·依利加雷著，朱晓洁译：《二人行》，三联书店 2003 年版，第 93 页。

保护它，孕育它"。①伊丽格瑞的沉默的内容"至少是三"：保护自身的沉默，并尊重他者的沉默，沉默是二；沉默创造了二者的变化及其关系的变化，沉默是创造者，是三。三也是表明伊丽格瑞对于爱情能够超越二者的一种不认可的观点，因为"我的变化和他者的变化不能混淆"，所以，超越他者在她看来是永远也不可能的。②伊丽格瑞的沉默的观点并不是横空出世的，而是受到了东方哲学家的教诲并由此联想到西方近代哲学家们的思考：尼采笔下的查拉图斯特拉在山中寻找的东西，"永恒轮回意味着什么？""不可言说之言"又指什么？海德格尔在诗性语言和日本思想家的自然语言中寻找的东西，黑格尔在科瑞翁的话语中试图揭示的东西，在她看来都可能是对"已然逝去的沉默的记忆"、对沉默的怀旧以及回归沉默的心中呼唤。③西方哲学家们提出了问题，但似乎并没有给出确定答案和令人满意的回归路线，伊丽格瑞首先在东方哲学文化中找到了第一条能够重拾沉默的文化之路——佛和瑜伽的道路。瑜伽的修炼是一个和自身、自然，有时和他者相关联的沉默的文化。通过在沉默中联系呼吸、屏气凝神的这种文化联系了人与自然，帮助自我的实现和满足。注重呼吸节奏的朗诵、歌唱都比具有逻辑却多少有些压抑的、"忽视气息的话语"更让人身心愉悦。此外，另一种捍卫沉默的方法是"牢记被我们抹去的一种生命文化"，即伊丽格瑞强调的性别差异的"性态"文化。在当今全球化、文化多元化的语境下，不再可能有一种绝对权威可以摧毁一切与之不同的差异，无论是性别的、种族的，还是宗教的层面。后现代的背景下，一切中心等待着被瓦解。伊丽格瑞提醒我们，瓦解之后不是荒原和迷茫，而是要牢记每个个体的性别差异是人类的起源，也是一切的根本。可是，如何把握差异的两个主体之间是和谐共处的，而不是冲突的？当我

① ［法］吕西·依利加雷著，朱晓洁译：《二人行》，三联书店2003年版，第93页。

② ［法］吕西·依利加雷著，朱晓洁译：《二人行》，三联书店2003年版，第93页。

③ ［法］吕西·依利加雷著，朱晓洁译：《二人行》，三联书店2003年版，第94页。

们想要守护和尊重自己和他者生命的不同时，为了避免矛盾甚至一方的死亡，未来"二人行"的关系重建中必不可少的是"沉默"。沉默需要保持，为了关注到他者的不同从而发展关系；沉默需要灌溉，为了回忆一个对他者的记忆和对自己的记忆从而让关系持久。沉默的历史性意义在于：它让建立在二元对立之上的那些生死搏斗变得不必要了，它能避免一方对于另一方的强力控制欲望，避免二变为一。当女性在男性的沉默中、尊重中逃脱变成一或者一的影子的历史命运时，当男性可以说"你不是，且永远不会是我，或我的"时，妇女就真的解放了。①

　　基于控制的欲望和对理解力的追求，西方传统偏重于对真理的揭示，将一切神秘不明的东西置于光亮处探出究竟，而这阻止了通过肢体语言或其他形式，在隐匿的黑暗中向他者的靠近。他者只有在隐蔽处、在可见与不可见之间才保持新鲜、生动和灵活。所谓的智慧只能将差异抛弃，只为了寻求一种同一性的和解。当代的问题是，同一性意味着人性的丧失，意味着每个生命失去其自身的价值，这也是哲学中主体性问题的困境。放弃了对话的丰富性，放弃了每个个体的差异性——这本可以成为永久创新的源泉，他、她说都不重要了，也都无意义了，唯一、绝对的权威面临着死亡的终结。所以，无论那至高无上的真理有多么理想，都不要放弃自身隐秘的、神秘的差异，不要被某一种观点所俘虏，并且在被俘虏的沦落过程中通常都是敌意的、被对方打压消减的气氛，而非友好的、相互吸引的气氛，后者更能够激发身、心的交流从而让一个个差异的个体敞开，后者才能不断激发差异个体间的无尽魅力，使得个体间的关系长久。承认他者的神秘永远不能被揭示，这是一个至今为止不为西方思想所理解的现实。

　　伊丽格瑞坦言"构思和写作《我爱向你》一书就是要让人们牢记两个人的相遇，让他们继续创造他们的故事和人类的历史，以获得更大的欢欣"，这不同于父权或母权单方独裁另一方受压抑的历

---

　　①　[法]吕西·依利加雷著，朱晓洁译：《二人行》，三联书店2003年版，第98页。

史,两个主体的相遇和人类的繁衍从喜悦开始,也更应该在彼此相悦中延续,而这一切的基础是要承认并保持性别差异。

三、二人行的建筑学:两个主体相爱的空间

在《重建世界》一文中,伊丽格瑞提出一种"二对二"的建筑概念,第一个"二"指两个人,第二个"二"指既平等又差异的两个方面。"二"的存在就是在肯定差异,每个人都是独立的个体,以身体、意向与语言来接近对方,但却无法永远拥有对方。可以看出,此时伊丽格瑞的目光已经转向建构尊重性别差异基础之上的主体交互性,以寻求男女之间理想的异性关系模式。但是,如何找到一种方法,让两个人既在一起生活,又彼此保持两个差异的完整的主体性?如何实践"二人行"?这种模式的实现对建筑有要求,对建筑学是一种启发。现代化以来,人类追求的建筑哲学是越高越好,每天不断地在世界每个角落涌现新的第一高楼,人类建筑的高度不断被打破,在这种情况下,伊丽格瑞警示我们"忽视甚至忘记了人类成长的平面维度",为了建立一种新的共同体,作为形式和方法,需要居所的建设考虑"二对二"的理念。①而且,我们的父权秩序文化已经在居所的设计上加强了不平等的同居者的关系,需要启动新思维创造新的建筑理念去实现"二人行"的空间现实。那些指责伊丽格瑞理论太过理想、天真的批判者,此时应该看到建筑学对伊丽格瑞这种性别化的居所理念给出的积极回应。②

在伊丽格瑞"二人行"爱的道路实践中,提出了性态化主体和

---

① Luce Irigaray and Mary Green ed. *Luce Irigaray*: *Teaching*. Continuum, 2008:64.

② 2007年Routledge出版的"建筑学的思想家丛书"第三本就专门在建筑哲学的意义上研究了伊丽格瑞相关理论,包括伊丽格瑞理论在身体、时空、政治和文化方面对讨论建筑的价值。作者是伦敦大学学院Bartlett建筑学院的老师。这本书主要意图是向建筑设计和建筑历史与理论专业推介与建筑实践相关、跨学科的先锋思想。系列的前两本书分别是:《德鲁兹和瓜塔里建筑学》(*Deleuze and Guattari for Architects*)和《海德格尔建筑学》(*Heidegger for Architects*),参见Peg Rawes. *Luce Irigaray for Architects*. Routledge,2007.

性态化空间的概念。"成为二"预设了一种在性化差异中相互依赖、共存、共属的复杂性。这一近期标志性学说将伊丽格瑞与同时代其他思想家区分开来。这意味着不仅要像早期那样去解构，从女性自身去建构，而且要策划一场在两个不同性化主体间的邂逅，从而制造对建筑学、对哲学来说能立住脚的学说。

我们先看伊丽格瑞的性态化主体的生活和行为方式。时代发展到今天，父权制的社会也意识到不同人、种族、地域等方面都存在着差异，如何解决呢？在伊丽格瑞看来，多元化和全球化是西方父权社会对差异问题的一种敷衍的解决，其实质仍然是以它的模式为核心的多元化和以它为标准的全球化，实际上是对差异性的一种抹杀。"只发展多样化"的"风险是在与他人关系上保持一种不变的规律"，也就是说将问题单纯地归结到风俗习惯、道德标准、宗教等问题上，扣个大帽子，而并没有考虑"同一性"理念的文化有没有"与他者相遇的能力"。①而且，人类从原初以来最根本的差异仍然是性别上、性态上的差异，始于性别差异，一切他者和他者性才得以保障在文化和自然之间、在我们之间架构桥梁。所以，首先要跳出这个"同一性"的主体模式，转到两个主体之间，那样相遇才是可能的。同时，在与他者的相遇中，我们又不能为了相遇、为了接受他者的影响而全天候、无条件地向不同于我们的人敞开自己。也就是说，我们需要回到自己，"回归"是伊丽格瑞在近期提出解决人类困境的一个重要途径。我们回归了自己，才能保存自身的完整性和总体一致性，只有这样才能在性态化的差异中相处和自处。

再看伊丽格瑞关于性态化空间的阐述。等级制的性别差异，即父权文化中的男女等级差异加强了"拒绝负责任的"哲学建筑学概念。②具体地说，男人和女人由于性态化主体性的差异应该以不同

---

① "About Being-two in an Architectural Perspective." *Journal of Romance Studies*. 4：2(2004)：93. 转引自 Luce Irigaray and Mary Green ed. *Luce Irigaray*：*Teaching*. Continuum，2008：66.

② Luce Irigaray and Mary Green ed. *Luce Irigaray*：*Teaching*. London：Continuum，2008：113.

的方式构建居所，要求建筑的形式既要符合人与人之间的组织形式，符合男女相爱在一起居住的形式，又要有内向型和外向型空间以符合伦理上身心对私密和公开的需求，还要在哲学和心理分析的意义上实现可触摸性、可视性。这两个主体的空间要求能够保证性态化主体间交流的活跃性、多向性。实际上，在这些看上去抽象化的要求中包含着伊丽格瑞的潜台词，那就是传统的建筑空间里女人是被压抑的，这压抑就来自父权秩序对所有空间功能的规定和限制，而女性需要一种"流动的"、"多向的"建筑结构。①物理科学、数学和建筑学的系统形式将空间赋予的特征是："正式、客观、分割、理性、静止、对称、不变、定量、程序化、外向或离散几何学数字化的"。②这样，两个主体的爱的空间就变成了几何区域分割，加上物体理性地摆放的科学化而非人情化的空间，并且每个主体或者每两个主体似乎总是被置于类似的、对称的、没有差异的空间。如果有这样一个无序、抽象的空间，那么这个空间一定会被认为具有女性特质。结果，在爱的建筑学中，同一性又占了主导，从而抹杀了个人差异和性态化差异，并且很容易落入二元论中。

伊丽格瑞将"二人行"两个主体相爱的关系描述为"性态化差异"的关系，这是在西方文化中没有想到的差异，这也恰恰是比父权谱系关系维持人类生存和繁衍的更为基本和自然的关系。如何保证在一种西方没有的性别差异模式中自处以及与他人相处呢？伊丽格瑞认为，这需要"一种倾听和回馈给他人的欲望"，这种倾听与回馈与社团实践活动中培养的所谓综合素质不同，"去培养的不再是意味着简单复制、命名、教育、建设和创造已经存在的宇宙秩序，而是接受它对我的影响的同时也离开它，不让它剥夺我的独特性"。③所以，

---

① Peg Rawes. *Luce Irigaray for Architects*. London and New York：Routledge，2007：29.

② Peg Rawes. *Luce Irigaray for Architects*. London and New York：Routledge，2007：76.

③ Pettigrew, David & Francois Raffoul. "From Forgetting of Air to To Be Two." *French Interpretations of Heidegger：an Exceptional Reception*. State University of New York Press，2008：314.

在这个模式中有两个动作必须保证：一个是构建自身的动作，女性建构从来没有主体性，男性要接受有母亲在场的主体性。另一个是离开的动作，从一种既定的文化身份离开，"从一片错误地将男女分离的流放的土地上离开"。①

近期的伊丽格瑞，已经不强调女性的感知，而是强调男性、女性都要培养感知去思考；已经不强调女性与男性的生理和心理的诸多差异，从女性他者的辩白中解脱出来，开始讨论两个主体或者任意性别的他者。如果说早期的他者还是针对传统女性主义意义上的女性，到了最近，他者已经指任何一个不同于"我"的"你"。对于不同性别之间的相互性或者叫主体间性包含一种可能性，以感觉为基础的交流不仅存在于女性之间，在男性、任何性别之间都可以实现，并且肯定了通过感觉去思考的价值。所以，对于空间的感知也不仅是针对女性的，而且对每个主体都是很重要的、"道成肉身"的问题。对于伊丽格瑞的女性主义理论的解读，空间问题是一个不应该被忽视的问题。

第三节　构建两个主体的和谐共同体

在建立了女性主体，确保了两个主体而不是一个主体和一个他者之后，伊丽格瑞在近期将"二人行"的观点推及家庭和社会，集中讨论了东西方的婚姻和爱的模式，以及对社会共同体重建的构想。这是对主体危机的一种挽救，你不是要与我保持同一的你，你的差异性使你具有一种不可消减的魅力，你和我之间的神秘的空间使得我们保持一种相互吸引的关系，持续培养两个主体间相爱的智慧便会让家庭和社会共同体长久。这也是对西方"人性已逝"残酷现实的一种建设性的回应，呼唤结束黑格尔以降这几百年间被法律和制度束缚的婚姻状况，因为法律的保护不是爱和情感的维系，婚姻成为交换权钱地位的一场买卖，西方的婚姻让人充满对金钱和权力地位的欲望追求，而渐渐远离人与人最真挚的情感，它让妇女成

---

① Luce Irigaray. *I Love to You*. trans. Alison Martin. Routledge，1996：46.

为一种在市场上交换的商品！

在《东西之间》中，以"作为我，作为我们"、"家庭由二开始"、"靠近作为他者的他者"和"重建共同体的原则"四个章节分别从主体本身到家庭中的主体再到与他者面对的主体，最终试图建立一种在集体中彼此互动同时每个主体能够保持其个体属性的模式和文化。在《爱的道路》中，"话语的分享""与他者在一起""多亏了差异""重建世界"四章分别从语言学、词汇学、社会学、哲学层面，指导两个性别差异主体之间的互动实践，包括时空对建构两性世界的指导意义等。总之，本书深入地讨论了如何构建有爱的、尊重彼此差异的、新的共同体问题。在 2013 年出版的《一开始，她就在那里》第一章"我们之间的迷狂"，批判了西方文化对女神的遗忘以及对同一性封闭性的谴责，最终提出"人类是作为关系中的存在而存在"，而这关系因为你和我的不同而让我深深地着迷——这是出于两个主体的考虑，而一旦落入同一性就意味着对另一个差异主体的忽视，从而容易走向今天西方社会普遍存在的偏执的正义带来的种种危险。

一、解构黑格尔"由三开始"的家庭观

实际上，首先对传统的性、性别理念进行全面批判的是马克思。早在 1848 年，马克思和恩格斯在《共产党宣言》中就痛斥了资本主义制度下家庭中一夫一妻是"娼妓制的补充"，揭示了父权中心主义的实质，认为女性一直受到男性和资本的双重压迫。马克思从资产阶级运转过程中发现了女性在这期间处于工具的地位，那时，妇女连成为他者的地位都算不上。所以在马克思推进共产国际工人运动时，同时结合社会民主活动推进了妇女解放的运动。德国社会民主党领导人、妇女解放运动的领袖克拉拉·蔡特金在 1910 年哥本哈根第二次国际社会主义妇女代表大会上，建议将每年 3 月 8 日定为国际妇女节。直至今日的法国，马克思的思想仍然是女性主义吸取革命力量的源泉。

在黑格尔看来，家庭秩序通过具有整体性和普遍性的伦理守护，个别性和普遍性是对立的，为了伦理秩序往往需要牺牲个体，

每个成员个体的行为目的应该是为了家庭的目的。① 黑格尔要牺牲的个体属性正是伊丽格瑞近期特别强调的。此外,伦理关系并不是情爱的关系。家庭关系中第一种关系为夫妻关系,他认为结为夫妻的男女不在自身而在孩子身上实现其夫妻的关系,又在孩子的形成中消逝,并认为夫妻之间这种实现和消逝的更替变化正是人类生命存续所在。在孩子与父母的关系上,黑格尔认为并不是快乐而自然的一种关系,因为个体的实现是以与父母关系的妥协为代价获取的。在伦理家庭中,作为妻子和母亲的女性与丈夫和孩子之间的关系也不是情感第一位的,而是基于一种普遍意义的伦理生活——完全不同于个体的纯粹欲望和冲动。在黑格尔这个无瑕疵、无分裂的完美统一的伦理家庭关系中,他将男女的联合体描述为一种上下运动的统一:男性的、人的规律是一种下降运动,而女性的、自然大地的规律则是上升的规律。可见,虽然都要遵从普遍性的真理意义的伦理,但是要在男女之间分出高下。黑格尔关于女性的观点,"是以家族的伦理进入普遍性的道德秩序为入口,从兄弟的自然血缘的纯洁走出,进入公共法律的门槛",这是典型的男性哲学家的立场和观点。②在黑格尔的伦理王国中,男人和女人都沦落成了没有感情,或者压抑感情、漠视感情的动物,丧失了原始时代的美好感情,取而代之的是责任、义务构建的伦理和法制秩序,而这一切掌握在男性权威手中。普遍性也是男性的普遍性,伦理也是男性秩序的伦理。

伊丽格瑞不同意黑格尔家庭始于三的说法,这样的组合在伊丽格瑞看来是泯灭差异的组合体:男人、女人和孩子在家庭中失去、疏离属于自己个体的身份,最终成为一种由成年男子掌控家庭中优势权力和制定标准的模式。这样一来,本来由男女双方共同意愿缔

① 此处黑格尔对家庭的论述参考:《精神现象学》第六章中"伦理世界"一节。[德]黑格尔著,贺麟、王玖兴译:《精神现象学》,商务印书馆1979年版,第108~114页。

② 夏可君:《身体——从感发性、生命技术到元素性》,北京大学出版社2013年版,第213页。

结的承诺，本应属于每个个体具有特质和吸引力的属性，在共同生活中渐渐被男性主导的观念模糊，男性变成了权力代表，女性和孩子都是出于自然生育的需要。而每个家庭又是屈从于社会、国家生产的必要单元。家不再代表一个有爱、有温暖、有精神传递的地方——就像古希腊的方式，建构一个围绕着中心壁炉的、围绕着温暖的栖居之所，一家人围绕它吃饭、取暖、聚会，而是成为父权制的产物，被父权和财产权控制。

　　在现实的社会生活中，很显然黑格尔以降以法律约束的父权家庭制度已经遭遇了危机，这种家庭联合体的每个成员的个体属性都受到了这样或者那样的压抑和消减，婚姻关系在不同时期以不同程度表现为权力、地位和财产的交换和联姻。"女人是男人使用和交换的产品，她们的地位就是货物，是'商品'"而被男性转卖。① 西方的婚姻在一个时期——或许现在也存在——变成了一场商品交易：父亲在婚礼上将女儿交给新郎，递交过去的是属于父亲的金钱、房产、名誉、地位等。我们在西方的文学作品中经常看到为了一个爵位或者为了一笔财产而发生的婚姻关系而不需要经过女孩的同意，由此引发了诸多人生不幸。妇女根本没有所谓的真正的公民身份，表现为国家、宗教或者强大的家族都有权力来对妇女事宜制定立法。后现代以来，一切中心和权力都面临挑战，那么父权的家庭模式已经不合时宜，家庭的成员之间越来越呼唤尊重个体性的一面。妇女已经拒绝被视为生育后代的工具，除了强调在家庭中担当的责任和义务，妇女开始要求表达自己自由和爱的权利，对欲望有了新的认识而不是一味地压抑，也有对精神和灵魂的追求。当代的妇女，无论在西方还在东方，都不能够被简单束缚到家庭伦理之中，被父权绑架。妇女的个体意识逐渐加强，无论在公共场合还是私人寓所，妇女都已经不能接受将其视为无差别的女性/生殖机器。值得一提的是，家庭中的孩子越来越不会像从前那样对父权乖乖屈膝，对父亲的权力和制定的规则不会依照伦

---

　　① 转引自刘岩：《差异之美：伊里加蕾的女性主义理论研究》，北京大学出版社 2010 年版，第 262 页。

理要求去遵守，他们更需要父母像朋友和伙伴一样。这一切要求一种新的家庭模式的出现。伊丽格瑞提出重建一种彼此相爱的、尊重并保持各自差异的家庭模式。这种模式的家庭诞生于两个人相遇、相爱之后决定长期共同生活，重新建构一个美好的由二开始的家庭。作为一种自以为是更高级的物种，人类将自由、爱放进了法律中进行约束，男女关系被暗示成为一种标准、规则的形式，这是后现代生活中人类精神危机的一个根源所在。无论是法律，还是宗教，任何有执行力的形式都不应该框住男女关系和家庭构建，伊丽格瑞提出的新的"性别差异"的家庭模式应该在男女的个人意识中得到加强，应该在儿童的教育中开始培养，不是无感情、无个体性地遵从父权的伦理秩序，也不是一味地让欲望停留在本能的层面，而是建立真正的性别教育，让男孩和女孩从成长开始就意识到彼此的差异，并根据设立的课程和训练学会彼此沟通的方式，从语言学、社会学、心理分析等方面调动资源帮助性别教育的实施，保障性别教育的有效性。①

伊丽格瑞认为，男女之间应该重建一种更有个体意识、更文明（不同于父权文明）的联合体，这不仅是我们这个时代的呼唤，而且是对女性主体性进行重塑的一种保障。具有个体意识而不是遵从普遍的家族伦理责任，更文明而不是要回到原始本能欲望那里去。伊丽格瑞认为当务之急是妇女要建立自己的文明身份意识，即摆脱长久以来被强加的生育者的自然身份，这对于妇女来说将是"最激进也是最不可避免的一场进化论"，而且这比起批判父权更为重要。②这需要妇女突破历史语境的影响，认识并掌握自己的女性本质，重要的是还要积极地赋予自己的女性本质以"一个目标、一种

---

① 伊丽格瑞在法国国家科学研究中心做顾问，在学校的实验中，设置过男生女生的对话练习，涉及如何分享不同主体之间的语言、空间和环境等主题。详见 "Teaching How to Meet in Difference." *Luce Irigaray*: *Teaching*. Continuum，2008：203-218.

② Luce Irigaray. *Between East and West*: *From Singularity to Community*. trans. Stephen Pluhacek. Columbia University Press，2002：112.

倾向和一种灵魂"。①对于近年涌现的各种各样的妇女解放运动取得的成果，没有一种是符合伊丽格瑞要求的"赋予女性本质以灵魂"。在她看来，无论是将女性与男性世界对立起来批判男权的妇女运动，还是强烈呼吁在社会待遇方面与男性平等的妇女运动，都局限于主观的、感性的层面，而没有寻求建构一种客观的维度，能够确保自身的女性身份，同时允许与男性联合起来，让天与地、身体与语言握手言欢。不同意父权，不是说就要建立一种母权；不服从于父权，也不能够服从于自己的女性本质；不被生育机器的认知束缚，也不是不生养子女；而是从男女、女男之间的爱出发，有能力选择爱，也有能力选择做母亲；有能力选择坚持二人个性而不是被同一化，有能力在精神的道路上分享肉体的喜悦。

伊丽格瑞的这种认为两个主体之间是爱的关系而不是别的关系的观点，与西方形而上学的主体困境有关，与当今人类所面临的前所未有的精神虚妄有关，"爱"在她看来是维系人与人之间最本真的情感纽带，是解决主体和另一个主体矛盾的关键，足以填补科技和资本无节制地发展带来的灵魂空虚。父亲神圣的权威时代行将过去。广义来说，父亲的权威不仅在家庭中，而且在政治、宗教等各个方面受到了挑战。我们正在亲眼见证这个衰退的过程，随之而来的是妇女对于自身神圣权利的呼吁。在女性主义纷乱的局面中，也许正是在这种转变期的动荡之中，最好的和最坏的会同时出现，一种新的文化革命即将开启，希望它是属于差异的性别文化革命。

二、从个体到共同体的和谐、多元文化

伊丽格瑞在《露西·伊丽格瑞主要作品集》的前言中强调她一直致力于提出一种可行的关于两个主体的哲学，也就是两个主体如何在一起组成共同体的原则。

---

① Luce Irigaray. *Between East and West*: *From Singularity to Community*. trans. Stephen Pluhacek. Columbia University Press，2002：113.

首先，共同体由"意识到与他人关系的自主的个人组成"。①这个共同体不再是父权体制中一个领袖组织的共享，同一种意愿和同一种观点的无差别的公民总和，无论这个领袖是部落、族群、教堂，还是国家的领导者。这种文化上的领袖实际上与家庭中的父亲类似，领袖和父亲拥有决策和制定标准的最高权力，为的是确保家庭和国家、部落、宗教等在整体上的完整和团结。西方传统的集体观念会让每个家庭成员，无论男女老幼，为了整体性而疏离自己独特的个体属性。渐渐地，被称为是本性的意愿，也就是属于个体性的东西就成为"隐私"而从文明的共同体中抽离出去，不便再拿出来欣赏自己或者他人这种最原始的本性上的差异，个体属性被忽视或者抹杀。同时，被称为是文明的那种"概念上的意愿"就成了公共的、可见的、被提倡的，并且是被以父亲为代表的男性公民所掌控——最好的情况是被所谓的"中性/阉割公民"所掌控。②这样的一种家庭模式是需要调整的，伊丽格瑞建议重建一种基于两个主体间联合契约的家庭模式，即男女基于自身同时也基于共同体的需要而作决策，确保"作为我"、"作为我们"，以及"作为我们的关系"这种转变。在传统的家庭和团体文化中，做自己和做公民是不同的，个人意愿总要服从于集体意愿。换句话说，个人意愿总是被压抑的、被削减的，个人意愿与集体意愿总是表现为二者的对立。而伊丽格瑞认为，应当在尊重个体彼此差异的前提下去要求共同体的利益。因为个体差异是自然的，是先在的，而共同体是文明发展的产物，而眼下的现实是文明让我们遭遇了前所未有的困境。

事实上，社会作为一种关系而存在，而不是作为一种本质而存在。人类之所以为人类也是通过进入或者建立各种关系而存在的。现在的人类不再以自身最基本的存在历史而建构和发展，不是去考虑怎样才是适宜人类物种的发展，而是在高科技的迅猛发展和对科

---

① Luce Irigaray. *Between East and West*：*From Singularity to Community*. trans. Stephen Pluhacek. Columbia University Press，2002：102.

② Luce Irigaray. *Between East and West*：*From Singularity to Community*. trans. Stephen Pluhacek. Columbia University Press，2002：102.

学的膜拜之下让自己身心疲惫、精疲力竭。这种情况下，主体需要辩证发展。由于对"一种预设的客观绝对"盲目执着，主体已经被同一性侵犯，即便要回归自己的主体，也已经不允许主体是一个简单具备个体属性的主体了，不是一个简单地将个体属性放入主体身上的过程。①要发现并发展最隐秘的自己是对回归主体性的一种呼唤，这个过程被伊丽格瑞称为"成为"，如果人类的存在是与自身、与世界、与他人间的关系，那么"成为"就是关键的一个步骤。在哲学史的开端，阿那克西曼德将阿派朗(apeiron)②放进逻辑中，通过复制二元一对的概念来控制消极的另一方，比如存在与不在就是一对关键的二元。在伊丽格瑞的著述中，她将在与不在的二元对立替换成了"存在"与"成为"之间的差异，这差异包含今天存在与明天存在的差异，我是谁与他人是谁之间的差异。然而更重要的是，向死而在是明显的危机，所以需要激发成为，需要激发差异，这样才能真的永久。比起"存在"来说，"成为"才是无限的。伊丽格瑞认为，既然哲学必须要考虑"关系身份的培养"，以决定我们自身的"成为"如何，那么哲学家就必须要重视作为关系中存在的主体。③这就要求我们辨识由种种关系中的存在构成并生存于其中的人性，这种关系的形成和在其中生存的成立意味着包含了诸多差异，性别的差异辨识尤为重要。其中，最隐秘的自己实际上是与现实中公共的自己极为不符的，与客观的同一性是极为不符的，也是建立差异的自己的主体性最宝贵的、不可或缺的部分，当崭新的主体性被建立，当每个人都是一个主体，家庭和社会文化模式才真的以不压抑人性的形式呈现。此外，成对的概念不是不能存在，而是

---

① Luce Irigaray. *The Way of Love*. trans. Heidi Bostic and Stephen Pluhacek. Continuum，2002：85.

② 希腊语"阿派朗"(英文 Apeiron)意思是"无限""无定""无定形"等。阿那克西曼德(Anaximander)(前 610—前 545)前苏格拉底哲学家，泰勒斯的学生，认为"阿派朗"因无限无形没有开端而成为万物的本原。"万物从它产生，又消灭而复归于它"。

③ Luce Irigaray. "The Ecstasy of the between-us. " *In the Beginning，She Was*. Bloomsbury，2013：19.

不能以二元对立的状况存在，世界由无限的成对的概念组成，让我们彼此有了参照，了解彼此差异才更加了解自己，所以在伊丽格瑞看来，"成对的概念应该继续，并且能够确保从本能到文化的传承"，尊重彼此本性。①在《我们之间的迷狂》一文中，伊丽格瑞举了两个例子来说明成对概念与二元对立的区别。首先，爱与恨的关系。与爱对立的另一端的词汇不是恨，而是不爱。在现实生活中，爱与恨往往是交互发生在同一个人身上，甚至爱与恨可以同时发生在一个人的身上。爱需要付出能量，让两个主体组建同一个小世界，彼此靠近，而恨类似，所以爱与恨都是有张力的与他人构成小范围内的互动。而不爱，则不需要付出力气，不需要与他人组建小世界，相反地，不爱需要远离与他人的互动。另一个例子是，近与远，西方文化的逻辑是用命名取代一种感官上和情感上与实际事物的邂逅，伊丽格瑞指出巴门尼德和海德格尔是用命名了的"存在"来代替活生生的现实的存在，这种命名的后果是包括人类在内的宇宙万物都将进入同一个命名的体系中，这个体系控制着人类的思考和事物的呈现方式，比如近和远，在空间上远的东西在心理上和视觉上并不一定是远的，反之亦然。除了命名关系外，长久以来的西方传统文化和形而上学还致力于建构纵向的谱系关系，比如上下级、父子关系，这些是基于等级制度和父权制度的不尊重下级个体的成对关系。为了突破这种传统谱系，伊丽格瑞主张建立一种横向的谱系，即一种建立于两个主体之间的平行关系，两个性别之间的关系凸显了这种横向的平行关系，以此为模式试图实现私生活与公共生活、成人和儿童每个独立体同时共存的关系。这样，"作为我"，"作为我们"，即个体和共同体才可以同时被尊重和照顾，最终培养成为一种"处于关系之中的存在"，这是伊丽格瑞的两个主体观念拓展到集体和家庭中的一次应用。②无论从实证层面，还是

---

① Luce Irigaray. "The Ecstasy of the between-us." *In the Beginning*, *She Was*. Bloomsbury, 2013：19.

② Luce Irigaray. *Between East and West*：*From Singularity to Community*. trans. Stephen Pluhacek. Columbia University Press，2002：103.

超验层面,"关系将片刻联合成永恒",即尊重一个暂时的组织而保持独特个体性的永久。①这将是"一个尊重差异的关于爱的神话":"直觉到或者瞥一眼绝对理想而不宣称它客观",承认并尊重差异的另一个主体,同时忠实地去追求彼此相爱的道路,而这一忠诚绝对不是"对每个我和每个你的个体性的放弃"。②

在从个体走向共同体的理论之上,伊丽格瑞支持多元文化主义,但是强调这个多元应当是真正的在尊重彼此差异基础之上的多元,就像前面建构两性之间性别差异的爱的相处模式一样,建构不同文化、不同种族之间以差异为前提的多元,而不是西方形而上学父权内部的多元,不是围绕一个西方中心、白人中心的多元。事实上,这世界本没有唯一的起源,也没有地球人共有的一个起源,所以也不存在一个逻辑、一个文化作为权威而存在。我们不仅属于一个国家、一个民族、一个家庭或一种文化、一种传统,我们和我们之间还应该属于并存在"独特和多样的起源以及各种谱系关系"③。再加上其他因果关系的相遇和交错,每个个体,男人或女人,将会有多种相容、共存的可能性。

德勒兹也曾抨击男性—西方中心主义的文化多元论,认为这种多元论是设限的。"多元"一词并不是真正意义上的多元,而是有中心的多元,在深层语义上,它预设了某种标准:"他者恰如我一样,我们都是白人和西方人,大家都是一样的。其他文化唯一需要的是认同于我们"。④ 所以女性是针对存在的男性提出来的,多元是针对男性的西方世界提出来的。德勒兹著名的"褶子论"、"声称女性"和"少数族文学"一样是将差异提到了首位,与他者、多元、性别、种族、阶级等问题关联起来。不仅如此,个体身份也可以不

---

① Luce Irigaray. *Between East and West*:*From Singularity to Community*. trans. Stephen Pluhacek. Columbia University Press,2002:103.

② Luce Irigaray. *Between East and West*:*From Singularity to Community*. trans. Stephen Pluhacek. Columbia University Press,2002:103.

③ Luce Irigaray. *Between East and West*:*From Singularity to Community*. trans. Stephen Pluhacek. Columbia University Press,2002:85.

④ Glaire Colebbrook. *Gilles Deleuze*. Routledge,2002:139.

仅是单数的，也可以是复数的，个体在不同语境中、不同的关系之中多元起来。正如，伊丽格瑞通过自身体验证明女性作为一个主体，具有不同于男性的、多元的女性快感。此外，女性主义文化批评家哈拉维在其产生强烈反响的论文《赛博人宣言》中，也有关于女性主体问题的创见。所谓的赛博人指的是机器与有机体的组合，既是人又非人，既有生命又无生命。在科技与性别政治的讨论中，哈拉维以赛博人的隐喻消解西方哲学传统二元对立本体论，即消解男性/女性，白人/黑人、生物/机器等二元对立范式。正是这些哲学家一次次地挑战二元理念，使得西方形而上学传统的基石布满裂缝。

第三章　回归自然双极性的
"性别差异" 女性观

在对伊丽格瑞的相关研究中，自然与人、自然与女性的关系问题被忽视了，在 2008 年与各学科学者对话编辑而成的《谈话录》中也没有一位研究者关注到自然的问题，即便是关注其晚年思想的专著也没有涉及自然与人、自然与女性的关系问题。就好像伊丽格瑞说的那样，对自然的遗忘就是对女性的遗忘，所以研究女性与自然互动是梳理她的女性主义性别差异理论的一个重要维度。与伊丽格瑞的"二人行"主题和东西宗教主题相比，研究她关于"自然"的主题具有一定难度，究其原因，首先，伊丽格瑞近期重要著作《二人行》中大量自然主题以诗性散文写成，其表达方式模糊、隐晦，研究者难以把握文字背后的伊丽格瑞的思想，实际上，这种风格的运用都是对其女性主义理论观点的一种实践行动。另外对其自然主题的研究方法不能套用在伊丽格瑞身上，因为她的观点和表述方式都是独树一帜的，她创建了自然的节奏、自然的双极性、人类身体的节奏、身体是由流体组成的等传统形而上学模式之外的学说。伊丽格瑞像推崇女性主体性特征、推崇女神崇拜那样推崇自然，认为人类应该像奥德赛和伊利亚特传奇那样，无论怎样与自然争取生存的空间最终都要回归自然、大地母亲并"诗意地栖居"。

自然在伊丽格瑞思想中的地位是提供隐喻性类比的证据，帮助两个主体间文化的建立。从广义来讲，人类生存、置身于自然之中并成为其一部分，无法脱离的是脚下踩的大地和呼吸的空气。狭义的自然，被人类视作威胁其生存并努力征服的对象，自然是女性的化身，大地等同于母亲，然而没有全知全能的父一切都不会诞生和存在。在伊丽格瑞的自然哲学观中，她认为自然是"二"：自然也体现男女性别差异的双极性特征，尤其在每个动植物的体内都是双极的，成长的生命过程是在双极间扩展—收缩变化的。这个自然必须是远离、摆脱西方哲学传统的预先定义的自然。伊丽格瑞强调，自然除了道成肉身的多样性，除了天然显现的各种形式外，至少是"二"：男、女。因为在伊丽格瑞看来，男、女的这种分类是所有生命体在所有领域中的切分法，没有这种性别差异，地球上将不再有生命。这种性别差异再加上空气是"生命生产、再生产的迹象和条件"，是性命攸关的两个重要维度。① 对人类是这样、对自然也是这样，并没有贵贱等级之分，然而忽视了它就等于走向毁灭。在伊丽格瑞近期"二人行"学说中，在与他人关系的重构中，自然界占有重要角色，两个主体之间想要彼此独立、互相尊重差异、和谐共处需要重要的自然空间。

第一节　伊丽格瑞是本质主义者吗?

伊丽格瑞有五本涉及自然元素的著作，分别是《尼采的海上情人》、《海德格尔遗忘的空气》、《元素的激情》、《二人行》、《东西之间》。就像《东西之间》的英文译者在该书的封面介绍中说的：伊丽格瑞关注水、火、气是为了通过回归到基本的人类经验，找到一条有别于当代思想中无尽的社会学化的抽象学说，从而反思种族、伦理和全球化的问题。自然在思想史天然地与女性和女性特质有着千丝万缕的联系，伊丽格瑞在关于自然的讨论中也带入了其性别差异的女性主义观点，认为自然也是双极性的，等同于人类的性别差异，并且人的身体与自然万物都遵从一种扩展—收缩的节奏，而女性身体的不可逆转的节奏与男性身体反复加强张力的节奏不同，女性身体更趋向于一种"成为"而非"存在"的过程。同时，伊丽格瑞认为在这样节奏中变换形态的物质是流动的、液态的，这一说法挑战了西方传统形而上学一直以稳定的、不变的真理要求一切事物同一化的压迫性力量，也由此树立一种女性主义主体性，重建一种变

① Luce Irigaray. *I Love to You*. trans. Alison Martin. Routledge，1996：37.

化的、流动的思考模式。既然身体是发展的、不可逆转的模式，那么思维为什么一定要被固定下来！也因为伊丽格瑞对于自然元素的激情是突破性的，对自然双极性描述是含混不清的，招致了英美批判界的质疑，然而这对于一位深悉古典文学、哲学和法国传统的女性主义者来说是多么自然的一种创作手法！为了更好地进入伊丽格瑞女性性别差异的自然哲学观，先要集中论述该自然哲学观是否本质主义的问题。

一、自然元素性

伊丽格瑞曾在题为"神圣女人"的一篇演讲中总结自己的著作，她讲到，"写《尼采的海上情人》、《元素的激情》和《海德格尔遗忘的空气》时，曾想过要研究我们与元素的关系：水、土、火、气"①。那么，伊丽格瑞为何如此热衷于对元素性的研究呢？因为她"焦急地要回到那些组成我们身体的、生命的、环境的最初的自然物质，组成我们激情的血肉"②。那么她又为何焦急地要回到最初的自然元素呢？不仅仅是因为人类的一切存在与宇宙"这种（元素与人类的）关系尚未被解码"③，仍然处于童话和故事当中，还因为"它们（水、火、土、气）或多或少地决定我们的吸引力、爱、激情、缺陷、呼吸"，而一旦科技改变了元素自然性，那么人类将面临伊丽格瑞在近期著作《东西之间》中痛诉的"死亡是唯一自然和正常的事情"④，一切变得异化而可怕。

虽然"本体论"一词的提出是到 17 世纪才有的，然而关于存在（being）的问题早在古希腊就有，也就是说讨论世界的本原是什么的本体论问题与哲学相伴而生。本原是事物存在、生存以及人们认识事物的出发点。"它们有的内在于事物，有的外在于事物。所

---

① Luce Irigaray. *Sexes et parentes*. Les Editions de Minuit, 1987：57.

② Luce Irigaray. *Sexes et parentes*. Les Editions de Minuit, 1987：57.

③ Luce Irigaray. *Sexes et parentes*. Les Editions de Minuit, 1987：57.

④ Luce Irigaray. *Between East and West：From Singularity to Community*. trans. Stephen Pluhacek. Columbia University Press, 2002：xi.

以，作为本原的本性，它是事物的元素、思想、意旨、本质和何所为目的……万物由它构成，最初由它而生，最后又化归于它。实体常存不变，知识变换它的属性。"①这就是万物的元素和本原。古希腊时期，伊奥尼亚哲学家认为世界万物的本原是水、火、气；德谟克利特认为世界万物的本原是水、火、土、气、种子和原子。虽然古希腊哲学家关于世界起源本质的讨论纷繁复杂，没有一个权威或者统一答案，但却都跟自然有关，都试图从自然世界出发去探寻宇宙中万物生成变化的起点。这个探寻的过程导致了人类开始寻找个体多样性中的统一性、共同性、必然性，对不变有了一种形而上学的追求，最终走向了本质主义。然而，除去本质主义的结果，对起源的质问和探寻本身并没有错。或许通过回到古希腊式对诸多元素的讨论，可以恢复被统一性控制了的历史真相的多样性、丰富性和偶然性，让偶然出现的(女性)站到历史舞台的中央——这也是伊丽格瑞沿着海德格尔摧毁西方形而上学的轨迹而去讨论元素性时为我们所展现的。

自然元素性在当今科技统管的时代究竟能显示怎样的重要性？伊丽格瑞在提到写作几本著作的初衷时阐明自己是想要回到自然基本物质元素与人类的关系中，并且是"遵从一种深刻的、黑暗中的、必要的本能"②，也许在心理分析的语境里深藏在潜意识里的本能是发挥最大力量的，然而就后现代女性主义所处的人文语境来说，这显然需要更有说服力、更有体系的答案。

详细地说，在伊丽格瑞题为"神圣女人"的演讲中(之后被收录在《性别谱系》一书中)，她解释了自己反复专注于四种元素以及围绕这四种元素设计的四部曲：《尼采的海上情人》集中讨论尼采避开的水的意象，《海德格尔遗忘的空气》剖析了在海德格尔思想中空气的重要性，《元素的激情》由情书构成，探索了在感官和元素术语方面男女之间的关系，而第四本书(尚未出版)将是关于马克

① [希]亚里士多德著，苗力田译：《形而上学》，中国人民大学出版社2003年版，第203页。

② Luce Irigaray. *Sexes et parentes*. Les Editions de Minuit，1987：57.

思和火的思考。在演讲中，伊丽格瑞声称：

> 我们依旧在一个由已知的水、火、土、气构成的宇宙中度
> 日。我们由这些元素构成并在其中生存。它们或多或少地随意
> 决定我们的魅力、我们的爱、我们的激情、我们的局限性和我
> 们的渴望。①

爱默生说："自然的规律就是他自己心灵的规律。"② 所以伊
丽格瑞焦急地想要回到"我们身体、我们生命、我们环境、我们激
情的肉身的原初"③。而这一切源于一种女性的内在呼唤，"遵从
于一种深深的、黑暗的、必要的直觉"④。夏可君认为伊丽格瑞思
考女性身体的元素性，从而走向了女性的本体论讨论，是"以母性
的元素性、流动生成性、水火土气等，重新开始哲学思考"⑤。用
身体的元素性和女性特质建构和展开新的关系，既是女性与自然、
人与自然的关系，也是人自身构成的关涉主体性的哲学问题。柏拉
图的《蒂迈欧篇》中几何学的元素构成，毕竟还是走向了同一性的
静止方式，伊丽格瑞则选择了永恒流动的元素讨论，这与巴什拉在
《火的精神分析》和《水与梦》中对元素性的讨论相通，德勒兹的《千
高原》中涉及的新的分形几何也是对柏拉图的挑战，而列维纳斯在

---

① Luce Irigaray. *Sexes et parents*. Les Editions de Minuit，1987：57.

② [美]爱默生著，博凡译：《自然沉思录》，上海社会科学院出版社
1993 年版，第 70 页。

③ [美]爱默生著，博凡译：《自然沉思录》，上海社会科学院出版社
1993 年版，第 70 页。

④ [美]爱默生著，博凡译：《自然沉思录》，上海社会科学院出版社
1993 年版，第 70 页。弗洛伊德在讨论"女人需要什么"这个问题时，曾描述
女性心理分析的巨大未知性，即未被发掘的黑暗大陆。对这一观点，伊丽格
瑞在《他者女性的窥镜》的开篇给予了冷嘲热讽、夹杂着愤怒的回应。

⑤ 夏可君：《身体——从感发性、生命技术到元素性》，北京大学出版
社 2013 年版，第 239 页。

《总体与无限》中也提出了身体的享受与元素性的关系问题。①

如果说伊丽格瑞急于回到身体和元素性的讨论是因为身体和自然元素与女性的关系，那么也可以说这是对父权制逻各斯中心的抵制。法国的传统自笛卡儿以降贯穿启蒙运动及其后来，所有的理论话语站在理性一边并以其为世界的中心，因为自古希腊起西方就有重视知识、真理、理性的传统，这三个词简直就是彼此等同的。②现代以来的历史时期，理性也为人类社会的建设，或在英、美、法等国家的民主革命中发挥了重要的作用，理性作为真理的近义词主持着社会公平和秩序。在这种背景下，伊丽格瑞用系列专著使元素性的讨论形成一个体系，一种围绕自然、元素、身体展开的对理性的拆解和抵抗。

二、本质主义者的质疑

接下来的问题更难回答，伊丽格瑞是本质主义者吗？我们必须要在陈述伊丽格瑞自然哲学之前解决一个首要的问题，伊丽格瑞是否本质主义者的问题，不然我们会在接下来不断地被打断而去解释它。伊丽格瑞遭到了巴特勒性别属性理论的挑战。

一般来说，性别本质主义认为男、女在本质特征上截然不同：理性、独立、强大、客观、善逻辑思维、擅公共领域活动等属于男性特征，而非理性、依赖、柔弱、主观、善直觉体验、擅私人领域活动等属于女性特征。很明显，这种本质主义划分将女性特征给予了负面价值，而对男性特征给予了正面价值。如果说，女性主义在一定阶段内都坚持要突破自身内在的束缚，无疑等于承认了女性在本质上的上述负面特征。所以，最近朱迪思·巴特勒、斯皮瓦克等人陆续提出反本质主义的观点。然而，同属后现代时期的伊丽格瑞一方面认识到了波伏娃一代女性主义者倡议女性克服自身束缚的思

---

① 详见夏可君在《身体——从感发性、生命技术到元素性》第四章第四节中对于元素性在哲学史中的推演。

② 参见拙作《从"诗言志"和"摹仿"透视中西文化中的伦理精神和科学精神》，《理论学刊》2014年第1期，第32页。

想仍然周旋于男性哲学内部，另一方面强调了"性别差异"的理论。于是，有研究者质疑伊丽格瑞大张旗鼓地构建基于女性特征的女性主体性学说是否也落入了本质主义之维呢？再者，伊丽格瑞近期对于将性别差异视为构成男人和女人，以及整个宇宙间在一张一弛的节奏中最基本的差异问题，自己创建了一套自然哲学学说，并通过现象学方法和伦理学方法加以证实。在伊丽格瑞研究者艾莉森（Alison Stone）看来，这是一种"令人信服的"在政治上激进的"现实主义本质主义"形式。①

本质主义的问题实质上体现的是英美与法国和欧陆女性主义理论的不同立场和态度。"对伊丽格瑞'本质主义'的攻击首先起源于美国的批评界，在美国直面种族身份政治的需要意味着某种差异的形式——包括了欧洲的差异——都是不被认可的。"②我们可以举出很多英美女性主义由于这种需要而产生与欧洲女性主义不同的理论倾向。比如：Christine Delphy 发表在《耶鲁法国研究》上（1995 年第87 期，第 190~221 页）题为"法国女性主义的发明：作为本质的转向"一文中分析了"新法国女性主义"这一称谓只存在于英美学术界，而不存在于法国。莫伊（Toril Moi）在 1988 年发表在《文化批评》上的一篇题为"女性主义，后现代和风格：最近美国的女性主义批评"的文章和斯皮瓦克的《国际框架中的法国女性主义》（载于 Routledge 出版社 1988 年版的《换句话说：文化政治散篇》）也都勾勒了不同地域坐标中女性主义理论发展的不同。③然而，"伊丽格瑞的立场是陷入本质主义危险根本就不是一个值得回避的问题"④，

---

① Alison Stone. "The Sex of Nature: A Reinterpretation of Irigaray's Metaphysics and Political Thought." *Hypatia*, Vol. 18. No. 3. Autumn, 2003: 60-84.

② Diana Fuss. *Essentially Speaking: Feminism, Nature and Difference.* Routeledge, 1990: 212.

③ Diana Fuss. *Essentially Speaking: Feminism, Nature and Difference.* Routeledge, 1990: 212.

④ Diana Fuss. *Essentially Speaking: Feminism, Nature and Difference.* Routeledge, 1990: 190.

否则她不会在自己几本著作中依次采用火、水、气的元素性主题，她不怕惹恼了英美女性主义者；就好像她从不规避女性性征的讨论、女人腔的建构、用半诗半散文的方式表述自己的哲学立场，哪怕女性的身体、话语和抒写从来都被关在哲学的大门之外。她用这样悖逆的方式去抗议西方哲学传统，也用这样突进的方式去建构属于自己的女性理论体系，这不但没有使伊丽格瑞被扣上什么主义的帽子，而且使她成为独树一帜、立场鲜明的当代理论家。

实际上，讨论伊丽格瑞是否本质主义者的问题并没有实际意义，我们需要的并不是将其归属于"是"或"不是"的答案，重要的是发现其理论的有益发展。就好像人道主义也落入了本质主义一类，原因是人类的"本质（nature）"很显然被认为与动物的本质不同，这种拥有了同一本质的高级物种，被赋予了高于自然的本质。于是人道主义变成了人类中心主义，也成为批判的对象，用上面的逻辑推理不难发现更具备人类完整特征的男性优于女性、西方高于非西方的状况，这样人类中心主义又成为性别歧视和种族歧视的垫脚石。应该看到的是，"尽管某些形式的本质主义无疑是错误甚至危险的，但有些例外，反而是批判的社会科学的重要源泉"①。此外，女性主义对本质主义的批判本身也面临尴尬甚至是陷入悖论的僵局中，一方面，女权主义的第一次浪潮、第二次浪潮的兴起之时，打的是"姐妹情谊"的标语，认同了女性的生理特征"同一性"，团结了全世界的女性，从而取得了巨大的成就；另一方面，早期认同的"同一性"否定了各种中间性属（gender），更让双性同体、两性和谐的乌托邦梦想成为不可能。巴特勒曾经对伊丽格瑞有过提问，她是彻底的反本质主义者，在20世纪80—90年代她得出了只剩下性属和文化的结论，这样就彻底否定了主体性，进而导致了理论上的僵局。但其在意识到这一点之后，也承认普遍性的必要，不然其理论的政治目的便无法展开。所以，"就其本身而言，本质主

---

① Andrew Sayer. "Essentialism, Social Constructionism, and Beyond", *The Sociological Review* 45（August 1997）：455.

义并无好坏之分，主要看它在特定环境中的政治和文本作用"①。进一步说，反本质主义一定是迈进了本质主义才能进而发起指控的，也就是说"反本质主义从根本上是依赖本质主义才发挥作用的"②。所以反本质主义本身是矛盾的，女性主义应该辩证地对待反对本质主义的问题，避免走进后现代的纯粹虚无。

在《从本质上说：女性主义、自然与差异》中，Diana Fuss 讨论了纯粹的本质和社会建构之争。正如 Dina Fuss 阐述的那样：那些在理论中迷失了方向的研究者虐待了伊丽格瑞的文本，伊丽格瑞理论的用途远远超过了本质主义。对于批评家们重要的问题不是伊丽格瑞的文本是否本质主义的，本质主义是否很糟糕，而应是"如果这个文本是本质主义的，那么是什么激发了该文本的生产？'本质'这个标签为何围绕着今日的各种论争？从哪，怎样，为何这个词被激发？所产生的政治和文本影响又是怎样的"③？

斯皮瓦克指出反本质主义的口若悬河的讨论恰恰是一种错位的症状："本质主义的批判在本土的、英美的意义上不应该被视为是批判的，恰好相反，在非常浓重的欧洲哲学意义上是一种批判，换句话说，是对其有用性的认可。"④很明显，与伊丽格瑞的立场类似，斯皮瓦克并不热衷于研究或者制造一种叫作本质主义的理论，而更愿意"寻找去认同和使用她称为一种'策略的本质主义'"⑤。"问题的关键在于如何生产策略，而不是焦虑于思考一种特定策略是否本质主义"⑥。

---

① Diana Fuss. *Essentially Speaking*：*Feminism*，*Nature*，*and Difference*. Routledge，1989：xi.

② Diana Fuss. *Essentially Speaking*：*Feminism*，*Nature*，*and Difference*. Routledge，1989：41.

③ Diana Fuss. *Essentially Speaking*：*Feminism*，*Nature and Difference*. Routeledge，1990：xi.

④ Gayatri Chakravorty Spivak & Ellen Rooney. *The Essential Difference*. Indiana UP，1994：157.

⑤ Hilary Robinson. *Reading Art*，*Reading Irigaray*. I. B. Tauris，2006：191.

⑥ Hilary Robinson. *Reading Art*，*Reading Irigaray*. I. B. Tauris，2006：191.

一直以来，女性主义致力于解构本质主义和颠覆二元对立的性别模式，有两种不同的倾向：一种是模糊两性差异，强调两性中共同人性的普遍性特点，一种是在承认两性差异基础上强调女性的特质。在长期的论争、实践中，英美女性主义者更多地持前一种倾向，而伊丽格瑞等法国女性主义理论家则倡导性别差异的伦理模式，重建两性和谐的社会文化。有趣的是，如果用中西比较的视角去看两种不同的倾向，前者更符合西方形而上学一直追求真理的普遍性原理，而后者更接近中国传统二元、阴阳调和的世界观。

在与 B. H. 梅迪堂（Birgitte H. Midttun）的对话中，伊丽格瑞提到"要拥有性别化的——不仅仅是性别的——身份并不是要有一种本质（essence）"，并且在伊丽格瑞两个主体的文化中，"本质这个词听上去奇怪，同时没有相关性"。① 在面对梅迪堂"什么是妇女的本质"这个问题时，伊丽格瑞显然对这个问题不满意，反驳道"你正在说的是鉴于传统西方文化之上的妇女（woman）。而不是我们在女性（feminine）这个意义上能够去接近的什么是人类或者存在的同一个术语"②。伊丽格瑞的不满也是有原因的，因为在对话之前出版的《东西之间》中，伊丽格瑞就提到过，由于心理分析文化对女性个人意识的启发和促进，妇女"拒绝接受作为私密的喜悦"，和作为"肉体和感性的负极"。③虽然伊丽格瑞拒绝解释关于本质主义问题的任何质疑，但在这里其反本质主义的立场还是明显的。正如看到了伊丽格瑞建构女性自身"神圣"典范模式的理论，鲍克森（Poxon）也反对将伊丽格瑞视为本质主义者，她赞赏伊丽格瑞建立了一套与自身同构的关系，即女人需要孕育一种新的女性的想象，区别于父给定的形象，而是"流动的""神圣"。

长久以来，feminism 一词要么被女权主义者的运动和理论推入激进的狂潮，坚决地与二元对立的父权制传统对峙，要么被鄙夷、

① Luce Irigaray. *Conversations*. Continuum，2008：156.

② Luce Irigaray. *Conversations*. Continuum，2008：156.

③ Luce Irigaray. *Between East and West*：*From Singularity to Community*. trans. Stephen Pluhacek. Columbia University Press，2002：109.

被轻视，甚至被认为是子虚乌有、自说自话。面对这两种声音，我们都将敞开怀抱，既接受对女性主义的挑战与批判，又对它某些夸大的、极端的表达方式提出怀疑和保留。拒绝偏执与独断，尊重多元与差异，是今天这个时代不得不做出的选择。要警醒和抵抗任何的中心论、权威、稳定性，因为这些将导致偏执和极端，总会由于不能容纳多元和差异而走向另一种法西斯主义。伊丽格瑞在某种程度上接受了海德格尔和德里达的"差异"观念，提出了性别差异的伦理学理论，认为男女应该在认识和尊重彼此差异的基础上，建立和谐的、神秘的、幸福的两性关系和家庭关系，既相互融洽又彼此独立。

在长达十余年的关于伊丽格瑞是否本质主义者的讨论行将枯竭之时，玛格丽特总结道：二元一对的本质主义和反本质主义一直被视为一个问题。这使得"本质主义被解读为一种立场而不是一种本体论，伊丽格瑞被解读为一个策略家……而不是一个本质的生物的或物理的差异的模糊的预言家"①。如今，对于伊丽格瑞关于女性本质特征描述的攻击大部分已经停止了。相反的是，她对于女性本质特征的描述重新塑造了传统对女性的描述，并被视为一种积极的女性价值，而非从前与男性特征相比处于消极的"黑暗大陆"的地位，甚至在中国作家身上也找得到受伊丽格瑞女性主义学说影响而创作出来的女性人物。

第二节　双极的自然和性别差异的身体

在伊丽格瑞那里，性别差异不仅发生在解构父权和建构女性主体的学说中，而且体现在她对自然的哲学观点中，她对自然和身体的问题进行重估，并取得丰硕的成果，也促进了一种社会变革，从而给予自然和身体以更丰富的表达和认可。伊丽格瑞认为：自然作为一个整体，遵循着双极的节奏，而人亦然，也就是说，男、女的身体也由自然的有差异的节奏组合构成。所有的自然现象都有双极

---

①　Margaret Whitford. *Irigaray Reader*. Routledge，1991：16.

性，它们通过互补的节奏，即吸入和排出流动物质（扩展和收缩），置于此消彼长的一种关系中，这一有节奏的双极性是自然固有的、客观存在于所有自然现象和过程中的，伊丽格瑞认为这使得自然"性态化"（sexuate），双极性与人类性别差异在结构上是相似可比的。每一极依赖另一极的方式，并遵循它自己独特的节奏，这与我们之前讨论的两个性别差异的主体既要保持自己的独特性又要尊重另一个主体从而与其产生互动这一说法是如出一辙的。伊丽格瑞的这个自然哲学的观念是前所未有的，也是像谜一样难解的。她并没有成体系的关于节奏的学说，从《民主始于二》、《我爱向你》、《二人行》到《爱的道路》，只是散见在其著作之中，尤其是第三阶段的著作中。其主要观点是：性别双极性渗透进入自然的每个方面，"自然是有性别的，而且到处都是"（la nature est sextee），既然所有的传统忠诚地认为宇宙有性别，大地是母亲，那么就将自然也考虑进了伊丽格瑞的性别差异理论中，在这个意义上也使得自然"性态化"了。[1]自然，除了它多样性的化身和多样性的呈现模式外，至少是"二"：男性气质的、女性气质的。在方法上，没有采用叔本华对于生物学的一股脑的热情，强调"性别的差异"（la difference sexuelle）与生物学上"性别差异"（la difference des sexes）的不同，她意欲将性别差异的问题视为本体论，但又不是传统意义上的本体论，而是更偏向于海德格尔说的"本体论的"，强调她阐释的不是一种生物学上的现象。但是她也没有完全抛弃生物学，有学者将其与达尔文的进化论相联系讨论，也有从现象学方面入手对伊丽格瑞自然观进行研究。总之，我们很难用科学的标准或者某一种学科的标准去面对伊丽格瑞的自然哲学，然而，也正因为这样，伊丽格瑞通过其自然哲学对人类身体的诠释是崭新的，为我们的"本体论的"（伊丽格瑞自己这样说）的讨论贡献了新鲜的理论视角。要理解伊丽格瑞的哲学自然观，先要理解自然是双极的、节奏性的，并且要理解人类性别的两重性是基于自然的模式上的。

---

① Luce Irigaray. *Sexes and Genealogies*. trans. Gillian C. Gill. Columbia University Press，1993：122.

一、自然界节奏的双极性(bi-polarity)

伊丽格瑞发展了一种非常新颖的理论学说：作为人类栖息之所的自然界中，所有的自然现象包含了两种节奏间的双极性。"它围绕我们，组成我们，作为身体、作为性态化身体、作为男女。"①两种节奏是指任何自然界的生物，包括动物和植物，都存在扩展和收缩这一个一张一弛的过程，并在两种节奏中不断变换。双极性指的是扩展和收缩到最大程度的两个点，在人身上体现的是两种性别。所有的自然都遵守这个扩展—收缩的两极的节奏。有研究者指出伊丽格瑞使用"自然"一词是在一个非严格意义的自然属性层面，并且认为只有动物和高等植物才会拥有伊丽格瑞这种扩展—收缩的节奏和过程，指出自然界很多生物是无机的，即便是有机体中也有一部分是无性繁殖的。但是，如果考虑到法语的模糊含混的特质，考虑到法国思想传统中的文学性，考虑到伊丽格瑞作品本身的特点，尤其是考虑《二人行》中诗性散文的风格，自然这个词就容易理解了，自然又是一种多么符合伊丽格瑞女性主义理论整体特征的存在！在伊丽格瑞看来，无论有机物还是无机物，自然界的现象都是有双极性的，比如一年四季、白天和黑夜，这些自然现象、自然力量都是有性别差异的，"植物、动物、上帝、宇宙元素，都有一个性别"，而且这种性别差异，或者在伊丽格瑞的自然哲学中成为双极性，并且是运动变化的。②一年四季、白昼和黑夜的自然变化过程是包含在双极性/性别差异限度内的，在其间不断更替发生。比如，气候包含干燥度和湿度，双极独立同时彼此循环更替。在这个过程中，双极的任一极通过参与呼吸，吸入和吐出空气，转变成另一极，交替发生，最终达到一极扩展时另一极消退、此消彼长的状态。这个状态在无机现象界，在动物体内，在植物的不同部分之

---

① Luce Irigaray. *Democracy Begins Between Two*. trans. Kirsteen Anderson. The Athlone Press, 2000：47.

② Luce Irigaray. *Sexes and Genealogies*. trans. Gillian C. Gill. Columbia University Press, 1993：108，122.

间，其至整个宇宙中，都是在扩张和收缩之间或循环吐纳之间存在或出现的。于是，我们发现其中不能忽视的是空气的不可或缺的重要性。在两极组成的现象和过程中，每一极规定了流动的物质，根据特定节奏进入一极和从一极出来。伊丽格瑞认为，构成宇宙的基本物质是多样的，可以是各种物质，但应该是可以在两极间循环往复地流动的，比如空气和水，她尤其认为空气是这些流动物质中最基本、宇宙物质中生存最首要的物质。①

其中，空气不仅构成了自然界两极此消彼长、更替变化的要素，而且是有性别差异的男女无条件共同分享的首要物质。在《海德格尔遗忘的空气》中，伊丽格瑞将空气解释成是许多流动物质中的一种组成了自然的物质，这种"最基本的资源"或许是"一种逻各斯的逻辑所不知道的"，是被包括海德格尔在内的思想家们所遗忘了或者忽视了的，却是为女性主义者所关注的自然的基本资源，"空气可以是逻各斯、思想的在身体和灵魂上的一种调停和斡旋"②。在《二人行》的开篇等多处，伊丽格瑞赋予空气以诗性来隐喻其在男女之间互动和分享和谐关系时发挥的重要作用：

空气，这种流体，为一切的成长提供了空间。这是一种本身不分裂就能使分享成为可能的物质。

空气，宁静，沉思，和谐——身处其中，我感到：除了那些无法呼吸的事物外，我和一切都是既独立又融合的。③

忘记存在就是忘记空气，空气是通过母亲的血液无私无利地赋予我们的第一种流体，当我们出生时我们又获得了它，就像是大自然的恩惠，及其一声痛哭：一种生命进入到世界、被

---

①　Luce Irigaray. *I Love to You*. trans. Alison Martin. Routledge，1996：148.

②　Luce Irigaray. *The Forgetting of Air in Martin Heidegger*. trans. Mary Beth Mader. University of Texas Press，1999：11.

③　[法]吕西·依利加雷著，朱晓洁译：《二人行》，三联书店 2003 年版，第 3 页。

抛弃、被迫独自生存，从此没有另外一个身体的直接协助的痛楚。①

可见，伊丽格瑞讨论自然，也是在讨论男女，讨论空气作为流体在自然界中的重要性，也就是讨论空气在两性关系中的重要性，以至于到了两个主体间相爱要有空间的说法与空气也是有关系的。之后我们会深入讨论自然界的双极性如何体现在人身上，且有节奏性。

伊丽格瑞的这种双极的自然哲学观，当然受到了其反对者的质疑，认为伊丽格瑞要么认为自然就是属于高级植物和动物的，要么自大地忽略了无机现象以及很多有机体的无性繁殖。而伊丽格瑞坚持自己的自然性别差异观，还举例陈述说，"春不是秋，也不是冬夏，夜晚也不是白昼"②。她认为，自然界中，无论是高级有机体、低级有机体还是非有机体现象中都能找到性别差异，甚至一年四季、白天黑夜、光、气候都拥有自己的性别差异。艾莉森③评价伊丽格瑞这种自然哲学是"浪漫的"、"幻想的"，同时也是"棘手的"，她猜测伊丽格瑞的这种倾向与直觉共鸣的思路很可能是与德国浪漫哲学④有关，"因为德国浪漫哲学中所有伊丽格瑞提到的自然现象都与性属相关"，这一点在她的《伊丽格瑞和荷尔德林论自然和文化关系》论文中有详细阐释。此外，伊丽格瑞的自然哲学观

---

① Luce Irigaray. *An Ethics of Sexual Difference*. trans. Cardy Burke and Gillian C. Gill. Cornell University, 1993：170. 转引自刘岩：《差异之美：伊里加蕾的女性主义理论研究》，北京大学出版社 2010 年版，第 281 页。

② Luce Irigaray. *Sexes and Genealogies*. trans. Gillian C. Gill. Columbia University Press, 1993：108，122.

③ 艾莉森(Alison Stone)是兰卡斯特大学哲学系的高级讲师，曾出版伊丽格瑞近期研究专著，并发表多篇关于伊丽格瑞与荷尔德林、海德格尔在自然观方面的比较研究。

④ 浪漫哲学批判理性主义，强调感性个体生命，主张审美主义，重视存在与价值，以及体验、想象、情感、直观等感性生命现象，还有对爱的关注等方面的特质。

与歌德自然哲学观也是有契合点的。①

歌德认为在全部的自然现象和自然界中有两种驱力：双极（polaritat）和明暗（steigerung）。② 歌德认为双极是指一种持续吸引和排斥的状态，而明暗指的是一种持续上升的状态，并认为所有的自然现象以双极性的状态发展，相互吸引而结合，相互排斥而分离，而明暗则驱使自然现象通过前后相继的发展阶段，每一极将见证另一极的由暗到明地出现。通过大量的研究，歌德发现两种驱力都展示在了植物的生长中，称为"植物的变态"，指植物重复一个从扩展为不同部分的生长，之后又缩聚回来的变化过程，而且提到了与伊丽格瑞很类似的一点："这些部分因吸收流动物质而扩展"，同时进行明暗的变换过程。③歌德认为自然现象是有等级地组织起来的，双极由液体组成，并持续不断地处于扩展—收缩的过程之中。然而这一描述并不是像艾莉森形容伊丽格瑞那样的"幻想"，歌德为了解释各种自然现象，付出了持续的实验性研究，包括地质学、气象学、植物学等。歌德试图给现象一个独特的解释，给出包含在具体经验之中的统一的规律。所以，"天空的蓝色呈现告诉我们色彩学的基本规律，让我们寻找现象背后的东西，现象本身即是理论"④。这看上去与从现象学出发的伊丽格瑞理论是有姻亲关系的，至少在提倡直觉经验方面与伊丽格瑞的女性主义立场也是暗合的。

除了伊丽格瑞与歌德在对自然描述上的相似点之外，伊丽格瑞对自然考察的立场始终是对西方现实的、父权的、混乱的秩序进行

---

① Alison Stone. *Luce Irigaray and the Philosophy of Sexual Difference.* Cambridge Univeristy Press，2006：91.

② Goethe. "A Commentary on the Aphoristic Essay 'nature'"（1928），*Scientific Studies*，ed. And trans. Douglas Miller. Princeton University of Press，1995：6.

③ Goethe. "The Metamorphosis of Plants." *Scientific Studies.* ed. And trans. Douglas Miller. Princeton University of Press，1995：95.

④ Goethe. "Selections from Maxims and Reflections." *Scientific Studies.* ed. And trans. Douglas Miller. Princeton University of Press，1995：307.

批判的，她认为在这种自作主张的父权的社会—逻辑的规约下，自然变得不自然，永恒也只能是被撕裂的、肤浅的暂时，自然界中的双极被赋予了第二本质，也就是不符合上述扩展—收缩的自然的第一本质。"日夜不再是日夜，季节、生命的年龄都不是它本身，从真到假、从清楚到模糊之间摇摆不定被称为精神性，从思考的白天到思考的夜晚"，而不是从白天的扩展到夜晚的收缩，白天跟黑夜变得没有区别，双极在人类精神的改造下失去了双极性，变得中性或者类似。①现实中，人类将黑夜等同于白天延续思考和工作的状态，在一切物质条件的改造中人类也无需按照四季变换去更替自己的行动和心理准备，年龄在现代成为一个模糊的概念，在这样的失去双极的自然秩序中人类已经日趋疲惫和病态，"似乎只有死亡是唯一人性的、正常的"。② 自然的一切被人类强行施加了秩序和习俗的规定，精神性改造了自然，让自然失去了本质的双极性。

二、身体性别差异的节奏

1. 性别差异的身体观

西方形而上学传统中身体与精神是对立的。二元对立的思想自古希腊时有之，源于对真理、知识、理性、精神的崇拜和追求，于是在追求的过程中渐渐失去了对感知、经验、身体的信任；强调精神生活的重要性，人生的终极意义是理性、精神和思想，而欲望、身体、快感的经验都是不可言说的。从基督教开始，更是加固了身心、灵魂与肉体的两分法，在二元冲突的斗争中将肉身牺牲给了灵魂，也就是说身体是低级的、被蔑视的、与神圣灵魂相对的恶魔的化身。于是，历史便成为理性和精神的历史，是"父"的历史，而为了"父"的制度和秩序不断发展，身体就不断屈从于"父"的理性与精神。

---

① *Between East and West*：*From Singularity to Community*. trans. Stephen Pluhacek. Columbia University Press，2002：47.

② *Between East and West*：*From Singularity to Community*. trans. Stephen Pluhacek. Columbia University Press，2002：Viii.

灵魂和肉体的二分从柏拉图开始，柏拉图在讨论苏格拉底快乐地面对死亡时说，"灵魂和肉体的分离；处于死的状态就是肉体离开了灵魂而独自存在"①。柏拉图对肉体持有不信任的态度，认为"带着肉体去探索任何事物，灵魂显然是要上当的"，而且还要"尽量不和肉体交往，不沾染肉体的情欲，保持自身的纯洁"，因为是肉身的欲望导致了人世间的困难和罪恶。②他推崇灵魂享有大于肉体的地位，认为灵魂的快乐可以压倒和遏制肉体的欲望，理智的人是不会追求野蛮的肉体的快乐的，而灵魂是与知识、真理、理念、精神站在一起的。与理性或理念相对的感性，在柏拉图看来，无论是文学艺术还是肉体，总是距离真理很遥远。所以"保证身体需要的那一类事物是不如保证灵魂需要的那一类事物真实和实在的"③。汪民安曾在《身体、空间与后现代性》中谈到身体转向的问题，认为人与人之间的差异由以往的从思想、意识、精神等层面展开评定，到了后现代的现在已经趋于认同"人的根本性差异铭写于身体之上"④。罗兰·巴特曾在自述中不厌其烦地一一列举他的生活习惯和个人爱好，"它们看起来微不足道并且匪夷所思，但他却振振有词地说，这些源自于身体的习惯和爱好是自己的个人标记，是我和你的差异性所在"⑤。于是，我和你不同，主体和客体不同，男性和女性不同，就是因为"我的身体和你的身体不同"。⑥所以，20世纪西方哲学的口号是"推翻柏拉图主义"，"治愈柏拉图病"由尼

---

① ［希］柏拉图著，杨绛译：《斐多》，辽宁人民出版社 2000 年版，第 13 页。

② ［希］柏拉图著，杨绛译：《斐多》，辽宁人民出版社 2000 年版，第 17、15 页。

③ ［希］柏拉图著，郭斌和、张竹明译：《理想国》，商务印书馆 1996 年版，第 375 页。

④ 汪民安：《身体、空间与后现代性》，江苏人民出版社 2006 年版，第 3 页。

⑤ 汪民安：《身体、空间与后现代性》，江苏人民出版社 2006 年版，第 3 页。

⑥ Roland Barthes, *Roland Barthes by Roland Barthes*. Hill and Wang, 117.

采提出，被德勒兹当作口号使用，这基本成了哲学现代性的临时定义，而其中重要的力量就是语言哲学。

> 我们需要去发现一种语言，一种不是身体经验的代替品——父权语言寻求的身体——而是便随着身体经验的，用词语赋予身体以衣服，不是抹去身体而是为身体而言说。①

伊丽格瑞试要发现的是"为身体而言说"的语言，这既不同于父权制体系中身体与语言的对立，又不同于简单建构属于女性主体性的身体特征，她需要身体会说话，身体和话语能够彼此沟通和交流、亲密地联姻。伊丽格瑞认为，身体历来都是在语言学、社会实践中被建构的，所以源自女性的身体的女性想象不是经验的、实证的。伊丽格瑞的女性身体观就是一种立足于对真正女性身体通过比喻和理想化过程得以建构的，在这个过程中她试图摒弃菲勒斯中心主义的逻辑，重建另一套身体语言体系。伊丽格瑞想要去发现的语言不仅仅是早期对女性主义性建构有历史意义的"双唇"、"黏液"，在第三阶段更体现出是存在于主体间的一种语言，一种感性的语言"抚摸"。抚摸成为第三阶段伊丽格瑞身体观建构的一个关键词，抚摸不仅如在前面列维纳斯那一节讲到的体现在可见与不可见处，是爱的神秘的、细致的体验，抚摸还代表了一种语言。在《我爱向你》中，共享语言的"幸福"也反映在主体间抚摸的必要性上。伊丽格瑞思想中的抚摸不是作为一种非语言沟通的替代品，而是对于性化的主体能量来说可以集中和强化完整地去表达自己的，是对共处空间的一种积极分享的表示。传统意义上的话语可以发生在男女之间，但重要的是它不能代替彼此抚摸的语言。现实中的话语往往不能区分哪些男人和女人愿意在一起、结合、沟通。所以，不像语言"在真理的名义上"具有一种特权，并且在这种"抽象并假定中性的话语中造成对触摸的疏离"，抚摸作为一种语言建构了新的语言哲

① Luce Irigaray. "Body Against Body". *The Age of Breath. trans. K. van de Rakt et al. Russelsheim.* Christel Gottert Verlag. 2000：17.

学，后现代以后的言语"必须同时是词语、肉体、语言和情感"。①

在福柯的知识结构中，身体是一个符号，是被意义世界阐释了的结果，它总是被规定、被叙述。但在伊丽格瑞的身体哲学中，在黏液、流体、抚摸的学说中，伊丽格瑞的身体则是可以自己说话、思考并趋向精神性的。近期，伊丽格瑞更是在东方文化传统中发现了身体与精神和合的证据，在瑜伽呼吸术中，身体既是肉身的也是精神的。②并在理论之外，通过亲身实践和修行证实了性别差异与身体的有差异的精神性。

> 在这些传统中，身体被培养成为更具精神性同时更为肉体。一系列的运动和营养的实践，呼吸中对呼吸的关注，对昼夜节奏的尊重，对作为生物钟和日历的季节和年月的尊重，对世界和历史的尊重，感官的训练趋于精确的、值得的、集中的思考——所有这一切逐渐将身体带到重生。③

2. 身体的节奏

自然界的双极性体现在身体上就是指有性别差异的男和女，伊丽格瑞将性别差异归属于最自然的过程中。伊丽格瑞认为，在所有生物中，人类作为一个案例最完整地实现了这一自然的双极性。整个宇宙都呈现出的生物双极性节奏，在人类那里以最清楚的形式在感官和现实中发生和实现，那就是人类的性别差异二元性。她还强调一直以来，文化将人类提升至动物之上（她认为人类作为混合杂交物种只能在文化斡旋的方式中发展）。④而动物和植物虽然也可以达到伟大的双极性状态，但因为缺乏在文化这一重要的领域中发展，它们参与的是自身的实现活动，发展和展示的是它们的内在双

---

① Luce Irigaray. *I Love to You*. trans. Alison Martin. Routledge，1996：125-126.

② 关于瑜伽呼吸参见本书第四章第二节。

③ Luce Irigaray. *I love to You*. trans. A. Martin. Routledge，1996：24.

④ Alison Stone. *Luce Irigaray and the Philosophy of Sexual Difference*. Cambridge Univeristy Press，2006：91.

极性,而不像人类那样的"完整"在内和向外都能实现其双极性,伊丽格瑞称有机物实现自身的活动为"成长"和"成为"(到了下文讨论伊丽格瑞对于宗教中重建女性神圣的观点也还是需要"成为")。①人类通过类似动物和高等植物的扩展—收缩过程实现身体内部的双极性,比如肺、心脏等各个器官都是遵从这样自然的、生理的运动过程;而外部的双极性则体现在无处不在的人类文化活动对于性别差异的男女的各自实现。在前苏格拉底哲学中,节奏是由流动的物质呈现的,所以永远只能以瞬息变化的形式短暂地呈现。或许是与伊丽格瑞近期提出要回到前苏格拉底时代思想的一种契合,伊丽格瑞认为,身体,尤其是女性的身体是作为液体物质虚幻、进入排列组合而获得形式的,而且是不稳定的、流动的、易变的,从来都是瞬间存在便消失的,身体只采用暂时的形式,而这形式组成短暂停留的点,这些停顿的点就模拟了自然的节奏,伊丽格瑞将性别的差异视为一种节奏的差异。②

男女的性别差异体现在时间上就是节奏的差异。自然体现在节奏上的差异是不断地"生长、成为",是一种散发和取得的过程,自然发生和发展是节奏的存在的。在伊丽格瑞看来,女性一生的时间节奏相比男性来说是不可逆转的,女性的性属和时间更多地与宇宙时间和"成为"有关系,具体地说就是女人的生命节奏被不可逆的不同时间段发生的事件标志了其人生的不同阶段:青春期、贞洁失去时、孕期、哺乳期、绝经期等。③男性则不同,他们趋向于重复的、累积的、"熵增的"节奏,在"存在"而不是"成为"中延续不

---

① 有关著作多处可见,比如 Luce Irigaray and Sylvere Lotringer ed. *Why Different? A Culture of Two Subjects: Interviews with Luce Irigaray.* trans. Camille Collins. Semiotexte, 2000: 153. becoming 是伊丽格瑞用来对抗 being 的一种策略用词,存在是一种有限的,男性定义的;成为是一种无限的,变化的,更贴近女性的。

② Alison Stone. *Luce Irigaray and the Philosophy of Sexual Difference.* Cambridge Univeristy Press, 2006: 101.

③ Luce Irigaray. *Je, Tu, Nous: Toward a Culture of Difference.* trans. Alison Martin. Routledge. 1993: 138-39.

变的节奏和状态，伊丽格瑞称其为"线性的节奏"；在重复的节奏中加强张力，一旦释放就回归原位，是一种"不进步"的节奏。女人与男人的区别就在于身体的成长是波状盘旋上升的、是一个相对慢节奏但却是一个不可逆的"成长"的节奏。①在这样的一种有差异的节奏中，伊丽格瑞暗示身体是通过时间，前后相继的各种暂时的形式而呈现的。伊丽格瑞进一步阐释和规范男女身体形态出现的不同原则，女性的身体形态随着时间的变化而发生显著的变化，最明显的是在青春期、月经期、孕期、产期、更年期；相反，男性身体形态在其生命节奏的变化中相对稳定。所以，就有了在一种不可逆转的节奏下的女性身体和持续节奏下的男性的身体两种不同的身体状态。不同节奏控制了男女身体不同的自然节奏的生长，也就是说人类的生长被双极性的节奏赋予了不同结构，也是所有自然界有机体和无机体的特征。

时间是不可逆转的，这在西方哲学史上至少部分是被否定的。在西方，人的一生几乎成为一种社会组织和习俗规约的过程，是社会逻辑对生存现实的一种投射。

人类与动植物的双极性节奏的区别是：人通过文化活动独一无二地强调了自身的双极性，也就是说人类有机体可以通过参与文化活动、文化中呈现自身而将双极性表达得更为完整。在其自选集《露西·伊丽格瑞主要作品集》中，她曾收录了这样一句话，"人类符合成为与其他物种形成差异性阶级的条件"，她强调人类的性别差异应该具有更多的形而上学的意义，而不仅仅停留在与动植物双极性同样的地位进行讨论，毕竟人类有潜能在文化的层面上通过不同的性别差异的呈现来表述自己以实现最大程度的双极性。②有学者在此也提出过对于伊丽格瑞这种人类凌驾于其他种类之上的"人类中心主义"的质疑。但笔者认为，这是受到女性主义传统的影响：女人不是天生的，而是由社会文化塑造而成。所以伊丽格瑞强调性别是在人类特有的文化活动中得以体现的，除了类似的动物性

---

① Luce Irigaray. *I Love to You*. trans. Alison Martin. Routledge，1996：70.

② Luce Irigaray. *Luce Irigaray：Key Writings*. Continuum，2004：xi.

特征之外，无处不在的、文化上的对性别的约束的确是人类独具的——在医院的病房、公共浴室、化妆间、公共场所都要按性别划分男女区域，在一个个体成长的整个过程中都是按照性别男或女进入教育体系、工作领域、社会角色的，时下的消费文化更是对性别的消费，尤其是对女性的消费。因为自然运行的整体机制需要这样，或者说物种的繁衍有必要这样。伊丽格瑞的意思是，性别差异的自然身体对人类而言是有必要的，而且人类也有独特的潜质实现双极性。

　　还有一点不同的是，在整个人类一生的活动中，两个性别差异的主体之间相互依赖的另一个方面是，人类凭借性别的差异繁殖抚养后代。伊丽格瑞通过自然思考人类，也通过人类性别差异思考自然的双极性。这种双极性特征以及与人的性别差异的相似性与中国的传统思想是一致的。"中国尽管按照儒家人伦的道理是男尊女卑，但还是偏重于男女两性的中和"，儒家认为，天为阳，地为阴，男为阳，女为阴，天地合而万物生，男女合而人类繁衍。[1] 不仅如此，中国传统思想可以将一切都纳入阴阳和合运转的图式之中。中国道家尤其强调阴阳调和，道家思想是崇尚女性哲学的思想。吕思勉早就敏锐地指出《老子》"全书之义，女权皆优于男权"，这本世界销量排名第二的书是一部崇尚女性、阴柔的书。[2]当西方女性主义一直在解构和批判弗洛伊德的阳具崇拜之时，古代的中国早对女性主义有所贡献，老子是第一个提出了女性生殖器崇拜的哲学家。[3]近来，越来越多的西方学者，尤其是西方女性主义者开始关注《老子》的翻译和研究。

　　当然，这种人类似自然的双极性特征受到了质疑，阴阳人就是

---

　　① 高旭东：《中西比较文化讲稿》，安徽大学出版社 2012 年版，第 101 页。

　　② 吕思勉：《先秦学术史概论》，中国大百科全书出版社 1985 年版，第 27 页。

　　③ 详见本人拙作《道与逻各斯：女性主义视野下的再比较》，《黑龙江社会科学》2014 年第 1 期。

典型的身体特征多样化，不局限于双极性的案例。①阴阳人的身体颠覆了伊丽格瑞对于所有个体都自然地是男性或者女性的说法。并且有学者指出，阴阳人的身体揭示了在自然上大于两种性别的存在，一些阴阳人自己也将自己视为是第三种性别范畴，非男性也非女性。更具挑战性的是，从阴阳人可以得出一个结论就是"根本就没有自然上的性别差异"。②所以巴特勒说"性别完全是文化的人工产物"，个人被迫分为男人和女人两个范畴，"所有性别的归属都是强加的，在文化上被限制的"③。而在艾莉森看来，伊丽格瑞的自然性别的双重性概念与相对立的身体多元性都是"有现象学支持"的，因为它们是交错在不同的"前理论维度"中的，所以，我们可以认为多元驱力的观点反映了我们感知经验的维度，这与伊丽格瑞的理论预设和前景不同，两种学说是从不同的着眼点和维度出发去解释关于性别的不同层面的问题。④伊丽格瑞提醒我们的那些人生中时间结点上的性别的特殊感受是不可忽视的，是真实的，比如青春期、孕期和绝经期，这些不可通过文化、人为控制的时期，呈现一定的节奏和规律，现实地存在于我们物理存在的内部。而身体由多元驱力组成的观点，清楚地阐释了我们拥有的前意志的感受，多样的、冲突的驱力使我们在某种程度上感受到与一个稳定的性别特征不和谐的分裂的复杂状况，解释了两性之外的性别或者无性别维度。此外，伊丽格瑞的性别差异理论是建筑在人类现存的危机之上思考的：

　　　　性别差异或许是我们这个时代能够在思想层面拯救我们的

---

① Stone, Alison. *Luce Irigaray and the Philosophy of Sexual Difference.* Cambridge Univeristy Press，2006：113.

② Stone，Alison. *Luce Irigaray and the Philosophy of Sexual Difference.* Cambridge Univeristy Press，2006：115.

③ Judith Butler. *Gender Trouble*：*Feminism and the Subversion of Identity.* Routledge，1990：108.

④ Stone，Alison. *Luce Irigaray and the Philosophy of Sexual Difference.* Cambridge Univeristy Press，2006：119.

那样一个问题。但是无论我转向哪里，转向哲学、科学还是宗教，我发现这个潜在的、一直存在的问题仍然无言。①

伊丽格瑞的女性自然哲学观是基于现实的关怀和关注，不是要用性别差异学说去解释一切的性属现象，也不是说伊丽格瑞根本没有考虑到阴阳人的问题。伊丽格瑞对于性别差异的强调，而不是抹平这种差异，不仅与争取平等的女性主义不同，也会受到激进女性主义者的质疑，然而这正是被威特福德视为她在策略性的、理论上与其他女性主义不同的地方。在伊丽格瑞看来，那些"吵闹着要求性别的中性化"的当代女性主义者们极端地要求男女权利义务平等和男女能力一样的中性化，终将导致"人类种族的终结"，因为无论是中性化还是阴阳人，都将没有繁衍后代的能力。②既然，人类的诞生是由两个不同性别的主体结合而来，那么，出于对两种类型的主体的尊重，也为了人类不至于终结，"竭力去策划一种尚未实存的性别的文化将在所难免"。③伊丽格瑞通过这自然—身体双极性的阐释再次强调了她的"性别差异"理论，并拓展到人是自然的、两分的自然哲学层面。与自然普遍呈现出来的双极性一样，性别差异是人类的一种必要的存在状态，"我们自然的应该是什么样子就呈现出什么样子"，而现实是，人类早已不按照自然的双极性和人类的性别差异性去发展，对自然的过度开发和剥削破坏了整个生物界以及其赖以生存的双极性，伊丽格瑞警示道：终有一天，我们的生长将会终止，我们将成为最好的研究对象。④

---

① Luce Irigaray. *The Irigaray Reader*. Margaret Whitford ed. Basil Blackwell，1991：165.

② Luce Irigaray. *The Irigaray Reader*. Margaret Whitford ed. Basil Blackwell，1991：32.

③ Luce Irigaray. *The Irigaray Reader*. Margaret Whitford ed. Basil Blackwell，1991：91.

④ Luce Irigaray. *Between East and West*：*From Singularity to Community*. trans. Stephen Pluhacek. Columbia University Press，2002：VII.

三、自然和身体中的流体

实际上，从早期对西方哲学传统的批判中，伊丽格瑞就渐渐地得出了物质现实根本上是流动的这一观点。①就像《尼采的海上情人》的书评中说的那样，水是尼采最害怕的元素，正如伊丽格瑞看到的，在女性和流体之间存在着一种复杂的、自相矛盾的关系。在与这位男性天才哲学家对话中，她将对后黑格尔哲学中的女性问题的质问与前苏格拉底哲学对元素的探究联系起来。

很明显，伊丽格瑞希望将性别差异的问题提升到哲学本体论的层面，而不是一直被扔到实证那去。她在采访中说："男女之间的负面性是一种本体论的，是不可消减的范畴。在女人和另一女人之间是更多的实证范畴，而且，男女之间只能在本体论的差异上被理解和存在。"②我们可以看出伊丽格瑞是在广义上使用了本体论这个词，也曾经说过，如果人类被一分为二，那么世界就不再是传统的本体论能够解释的了。所以，从严格意义上讲，讨论伊丽格瑞的本体论问题是困难的。海德格尔有区别"存在论层次"和"存在者层次"的著名论述。西方传统形而上学传统一直把存在当成是"实体"和"物质"，海德格尔不同意实在论的立场，认为存在和存在者是有区别的，实际上将二者混为一谈就是对存在的一种遗忘。海德格尔对于在时间演变中存在的理解与古希腊的"质料"有关，在伊丽格瑞引述海德格尔关于质料的论述中，它也或多或少与自然有关。伊丽格瑞用"将要出现"的描述区分了"本质"与"质料"，这种强调"成为"过程的思想在女性神圣的"成为"学说中也有用到。柏拉图用理念论将真理树立成为一种绝对的、确定的事物，人类在追求真理的过程中渐渐成为理性动物，并通过逻各斯的语言为工具，支配、控制和统治世界，尤其是统治非理性动物之外的他者。也是逻

---

① Luce Irigaray. *This Sex Which Is Not One*. trans. Catherine Porter. Cornell University Press，1985：106.

② Luce Irigaray. "'Je-Luce Irigaray'：A Meeting with Luce Irigaray." *To Speak is Never Neutral*. trans. Gail Schwab. Continuum，2002：110.

各斯语言使得逻辑成为一门学科，让逻辑在爱智慧的领域拥有了绝对有效的特权。而非理性、非逻辑自此就一直受到压迫、统治和排挤，女性如此，自然界也如此，都是受到理性、逻各斯的真理统治的受害者。爱智慧的哲学被男性专制了，与理念、形式、逻各斯相悖的流动、变化的一切被遗忘了或者强暴了。传统的象征结构中缺乏一种对流体的表述，当压抑了自然中的流体时，女性特质也一并被压抑了，那些代表不稳定的、流动的或者威胁稳定性的都要被绝对真理遗忘或者改造。海德格尔对传统的形而上学进行了反击和批判，基于时间的考虑，海德格尔认为质料由流动的物质组成，而伊丽格瑞认为流动的物质使存在成为可能，流动的物质组成了存在，它是组成现实并使其进入成长的终极成分。伊丽格瑞之所以讨论自然界流动物质，是因为从她开始解构父权哲学就意识到，历史的"主体"男性拒绝流动的物质，因为男性感觉"流动物质会威胁自然走向变形、繁殖、扩散、蔓延、蒸发"，总之这种从一个流出而进入另一个的状态很难掌握，对于男性主体追求的那个绝对的、稳定的真理是一种威胁。① 早期，伊丽格瑞只是模糊地讲"女性有一种形式无限地可以将其改变、不会封闭……不会统一，也不会达到终极目的"。② 之后，伊丽格瑞就试图对流体和被想象成流体的女性的身体进行象征意义的重估。伊丽格瑞通过一系列关于流动的物质著作积极地展开了一种讨论，呈现了女性的流动性特质：《被海德格尔遗忘的空气》讨论气、《尼采的海上情人》讨论水、《二人行》讨论大地，还有一本计划出版的关于火的著作。近期，伊丽格瑞重新审视了流动性问题，在流动性学说中，伊丽格瑞对于身体的表述是积极的、是对永恒性的靠近。她在《性别差异伦理学》中，将人类身体描述为是由"有毛孔的、可渗透的动物的薄膜组成"，流动的物质可以通过薄膜进入身体，"身体也不断渗出液体使得在内外渗透

---

① Luce Irigaray. *Speculum of the Other Woman*. trans. Gillian C. Gill. Cornell University Press，1985：237.

② Luce Irigaray. *Speculum of the Other Woman*. trans. Gillian C. Gill. Cornell University Press，1985：289.

的过程中融入一体"。①这液体包含血、水、气渗透身体，凝固成或多或少稳定的物质，组成身体的薄膜，包括黏液和黏膜，"很大程度上，身体是由这种物质构成的"。②伊丽格瑞的身体是由流动物质组成的，这一描述意味着她将形式理解为组成身体的流体进行排列组合的状态，身体的形式也是流动物质的组合，也只有流动的物质而不是固定的、稳定的物质才可能有节奏。所以，从某种程度上说，"节奏说使得身体的形式、流动性、质、性别差异统一起来"③。

伊丽格瑞关于身体是流动的学说是与本质主义的身体是固定、固有的相冲突的，所以威特福德指出，在采访伊丽格瑞时问及伊丽格瑞被英美批判界称为本质主义者的问题时，"她看上去很困惑"，伊丽格瑞不理解为什么会被称为本质主义者，在法语语境下，"本质"（essence）就是"自己的、固有的（propre）"意思，这与伊丽格瑞坚持的流动性背道而驰。④

第三节　生态主义与动物

生态和女性主义的联姻不是偶然：自历史的开端，各个文明就视女性、自然、艺术为一类，与其对阵的是男性、文明/文化、哲学/逻各斯。在古希腊罗马文化中，大地女神盖亚和维纳斯都是女性精神性与自然神圣关系的体现。荷马也在《颂歌》中吟诵："我要歌颂大地、万物之母、见识的根基、最年长的生物。她养育一切在神圣的土地上行走、在海里漂游、在天上飞翔的创作物。"⑤在古代

---

① Luce Irigaray. *An Ethics of Sexual Difference*. trans. Carolyn Burke and Gillian C. Gill. Cornell University，1993：108-111.

② Luce Irigaray. *Sexes and Genealogies*. trans. Gillian C. Gill. Columbia University Press，1993：180.

③ Stone, Alison. *Luce Irigaray and the Philosophy of Sexual Difference*. Cambridge Univeristy Press，2006：119.

④ Whitford, M. *Luce Irigaray. Luce Irigaray：Philosophy in the Feminine*. Routledge，1991：135.

⑤ Roger S. Gottlieb. *This Sacred Earth：Religion，Nature，Environment*. Routledge，1996：319.

西方抑或在现在的东方印度，女性/人类与自然是和谐一体的。于是，在自然被征服时，女性同样受到了奴役。生态思想和女性主义理论结合诞生生态女性主义。其直接原因是：自然和女性共同被压抑了，这压抑都来自父权中心。生态主义的反对人类中心和女性主义的反对父权制在内核上是同构的。

伊丽格瑞对自然的关注除了双极性、流动的元素性，还有一个重要的现实观照，就是在《东西之间》的开篇中提到的：科技、工业化带给人类的是精神极度亏空，生态环境恶化导致癌症增多，人类已经无法健康地生活，自然的褪色和退场导致了人性渐渐暗淡，地球变得满目疮痍。在《露西·伊丽格瑞主要作品集》的前言中，伊丽格瑞提到对于女性主体性的遗忘就是对自然重要性的遗忘，人性之内的本性(nature)和人性之外的自然(nature)，也是女神的本性。曾几何时，人与自然多么亲密、多么和谐，人在大地母亲上诗意地栖居，多么自由、不离不弃。① 那时，自然和文化愿意握手言欢，人类在自然的文化中美好地繁衍生息。之后，从人类开始追求真理改造自然那一刻起，西方的父权便粗暴地将自然看作对立面，征服、压榨、过度利用都对自然造成了难以逆转的伤害，伤害自然的同时也伤害了女性、母亲，人类进入自然和文明不和谐的发展状态，尤其是进入工业化以后，开展大规模机器化生产以来至今三百年，在自然界渐渐展现其荒原一面的同时，人类的精神文明也没有摆脱荒原化过程。②而在东方的印度和中国，自然是人类需要敬畏和相处的，而不是对立冲突的角色。伊丽格瑞在《二人行》中以大地等自然要素为主题抒写了诗性散文，憧憬人类在大地母亲的怀抱中自在、自由呼吸和交流的场景，试图构建一种自然与精神/文化二元和谐的"自然的文化"新型的文化模式，将自然从培根笔下那

---

① Jonathan Bate 英国当代生态批评和生态美学先驱，关于自然与文化的描述；马克思关于人类童年神话的论述中也有类似含义。参见 Jonathan Bate. Culture and Environment：From Austen to Hardy. New Literary History，1999 summer，30.3.

② 参见曾繁仁：《生态存在论美学论稿》，吉林人民出版社 2003 年版，第 4 页。

嫁给科技为妻，饱受压迫和暴力的养育万物的母亲解救出来。伊丽格瑞的自然是人类的栖息之所，它提供基本元素能量的大地母亲：

> 大地
> 你，给我庇护，与我分享，
> 你，孕育着不胜枚举、各不相同的孩子们，
> 你，勃勃生长，忽而神秘，忽而坦荡，
> 你，结满了种子、鲜花和果实，
> 你，重育生命，永不停息
> ……
> 大地，
> 即使外界寒气凛冽，你依然奉献温暖，
> 大地，
> 你忠实地，保护我，
> ……
> 为什么说宇宙是父亲的造物？难道它不更像另一位母亲吗？
> 生命的味道在她的温柔中重生——柔和的、热腾腾的、芬芳的、温和的、热闹的。她疗治创伤，将其裹起，百般呵护。她不做任何限制，她邀人去感觉，去忘却痛苦，转而赞誉生命，赞美她的存在，凝视她的恩惠；而将那些忘却她的人留给虚无的诱惑，无尽的、莫名的争执，脱离了生命的能量仅能呈现如此的人为特点。①

一、伊丽格瑞是生态主义者吗？

西方文化的发展史就是一部对自然的掠夺史。在当代科技迅猛发展之下，自然对人类粗暴方式的回应也是前所未有的犀利，生态

---

①　[法]吕西·依利加雷著，朱晓洁译：《二人行》，三联书店 2003 年版，第 93 页。

危机就是人类的危机。对于生态问题，思想领域大致有两派之争：一派是对古典和过去的自然充满眷恋和怀旧的情愫，崇尚人与自然的百年好合，感叹和抵制工业和科技发展碾碎了人类的纯真、破坏了赖以生存的美好自然。另一派是对原始的自然美好嗤之以鼻，蔑视甚至鄙夷人类的质朴追求，崇尚工业化发展和科技进步推动人类社会进程，永恒向往未来。这两派思潮已经渗入了哲学、文学、宗教、社会学等领域并产生了不同的影响，形成了反复的理想与现实的古今之争。

实际上，伊丽格瑞对于环境的思考并不多，毕竟她早期是从心理分析和哲学的角度来关注社会和政治维度上的女性主义性别差异的问题的，然而只要"自然"一词出现在其论述中，她都给了很高的定位，在《性别谱系》中她说："（自然）超越任何将其与它的根和起源撕裂的定义或者瞎话，它的根和起源独立于人类转变的活动而存在。"[1] 在其近期著述中"自然"多次成为关键词，比如在《二人行》中诗性散文的部分几乎都是围绕自然进行的。如此高频地将其社会与政治观点与自然相联系，也使得伊丽格瑞毫无争议地区别于其他欧陆女性主义哲学家，如波伏娃、克里斯蒂娃、西克苏、巴特勒等。当科技和工业化或者全球化出现在作品《东西之间》的前言部分时，伊丽格瑞都感发惋惜、不赞同之意。并且，按照波伏娃等社会建构主义女性主义的观点，认为女人与自然之间的历史纽带是一种父权制的建构，在新的形势下需要建立一种新的女性与自然的纽带。

关于伊丽格瑞作品中生态性的讨论，并不是为了发现伊丽格瑞是一位女性生态主义者，而是为了发现其对自然的讨论使其性别差异理论更为丰富和独树一帜，也为环境哲学家和生态学家的研究提供了更多资源。虽然环境危机并不是伊丽格瑞的理论关注点，但可以发现，伊丽格瑞思想中至少有以下三个方面与生态问题相吻合：（1）以生态女性主义的姿态，将历史中女性的压抑与地球的堕落相

---

① Luce Irigaray. *Sexes and parentes. trans. Gillian C. Gill*. Columbia University Press，1993：129.

互绑定。(2)以女性主义的生态批评观,持久涉入安提戈涅以揭示和分析女性与自然之间是一种相互关联的表现。(3)提议创造一种"积极地成为"的女性气质,在对自然、自然与文化关系的重新解读中都暗含了对这种女性气质的建议。

波伏娃等社会建构主义女性主义者都清楚地意识到"女性与自然之间的历史纽带是一种父权制建构,并建议这种纽带应该为在文化领域中重建女性而服务"①。而伊丽格瑞则认为女性与自然间这种联系本身并不是症结所在,问题是女性是与一种被压抑了的、被限制了的自然,或者说对自然的解释相关联了。

早期伊丽格瑞对安提戈涅持久复杂的学术兴趣始于对黑格尔《精神现象学》的批判,这也引发了家庭问题中的安提戈涅的关键性讨论。在一个讲述为保持女性秩序而抵抗男性权威的原始故事中,安提戈涅是一个悲剧人物却阐释了面对男性权威时女性特质中强大的谦恭能力。然而在伊丽格瑞看来,种种传统对于安提戈涅的解释都意味着安提戈涅的行动是被一种自杀悲愤力驱使的,是一种混乱的意愿,而这些是对她所代表的"永恒女性"形象的总结,即女性是无法驾驭一种过度袭来的情感的,而这与公民社会是不搭调的。而伊丽格瑞的重新解读突破了这些女性主义所不能认同的对女性的曲解,并强调了由柯瑞翁执掌的对女性和自然的压抑,而发现压抑女性与压抑自然的内部联系为女性主义生态批评解读提供了一种可能性。在伊丽格瑞的解读中,安提戈涅不再是一个代表不理智的受死的恋人,或者是一个抵抗政治秩序的顽固的抗争者;相反,安提戈涅经历了冒险的一生只为了一场体面的安葬,这很好地说明了她是一个不畏缩的、能代表虔敬秩序的人物,通过她的洞见发现政治秩序必须基于自然秩序而不是压抑自然秩序而建立。因为人类的传统是基于父权制的构想之上的,它要求一种稳定的社会秩序就需要长久地压抑女性特质、血缘纽带、大地的古老的神、女性以及自然,伊丽格瑞对这一永恒秩序的挑战,通过自然和女性特质使安

---

① Luce Irigaray. *Sexes and parentes. trans. Gillian C. Gill*. Columbia University Press,1993:207.

提戈涅在当代复活了，成为女性主义乃至生态女性主义的典范。

伊丽格瑞呼唤重返自然。我们的未来依赖于我们自然本性的培养，是被日益增长的科技压抑了的自然本性，存在于我们身体的内部和外部，如果自然世界是为了生物生存的地方，那么自然就应该是被保护的地方，它保存在其现在和未来的可能性中。

林恩怀特(Lynn White)说："我们关于生态的所作所为是基于我们对人与自然关系的一些看法"，那么伊丽格瑞的著述很显然已经涉足到生态领域，并为环境伦理学提供了一种广阔的视野。将自然视作我们文化实践的一种激活因素，同时倡导一种生存模式——减少甚至排除大范围毁坏，将生态中心伦理学的发展模式置于首位。

生态批评中也会讨论到本质主义的问题，因为自古希腊传统，哲学家们讨论的本体论问题中关于世界万物本原的问题就会涉及水、火、土、气等元素的讨论。万物都由几种元素构成，那么必然具备事物的同一性，以同一性、统一性为核心的本质主义嫁接到生态批评中就摇身一变成为"生物决定论"，就是说自然决定了男、女朝着相对稳定的生物链形式有预期地成长和发展，就是说存在一种本质统一的男人和女人使得每个生命个体注定是生物链上的重复品。然而，我们可以发现伊丽格瑞与本质主义和生物决定论的理论结果不同。她试图沿着海德格尔的前苏格拉底式的方法对亚里士多德质料/自然形式的重新解读来重新思考自然和元素问题的。"(自然)既不是一系列静止的形式，也不是消极的物质，而是一种自我出现的基本活动和没有任何终极泰勒斯没有结束的成长。"①伊丽格瑞说，"自然不重复"，因为"她成长、成为……无限的非形式"②。对伊丽格瑞来说，自然不是决定了男女各自特质而是作为一种非目的论的基础，也就是说人类自然地拥有一些既定的模式去"成为"，

---

① Axel Goodbody and Kate Rigby ed. "The Ecological Irigaray?" *Ecocritical Theory: New European Approaches*, University of Virginia Press: 211.

② Luce Irigaray. *Sexes and Genealogies*. trans. Gillian C. Gill. Columbia University Press, 1993: 108.

然而这些既定模式对男女来说天然有别，男性和女性可能会采纳的形式在个性特质方面是流动的：这种流动性会开启日后的变异，潜藏着无数的可能性。所以，我们看到伊丽格瑞期许"我们可以培养我们自然地成为，任何的生物本质不成为参考。相反，呼吁男性和女性去发现自身有性别的身体的自然模式和身体思考的不同风格，将这些模式纳入到我们主体性的成长的资源中去，就好像一个植物成长的充满活力的过程一样"①。就好像一朵朵正在绽放的花，"在它的形式上的外表和大地资源中不断地持续变化"，人类的成长和其他生物一样依赖源源不竭地从自然的根基中流淌出来的能量。

由上可见，伊丽格瑞对自然的重新阐释包含对二元对立的反对，即自然和文化之间的对立，也是激进生态女性主义和社会建构主义者坚持己见的前提；她倡议一种新的自然与文化的关系，文化不应该被理解为是与自然的断裂或者是战胜自然，而应是一种对自然的延续和回馈。

二、动物对灵魂的帮助

当代西方哲学家们对动物青睐的目的是对人类中心的反抗。在伊丽格瑞看来，人类与动植物"密友"共同居住在一个地球上，但却对这个地球和这些"密友"知之甚少。人类目前的思想困境是：只是将地球和这些亲密的朋友当做生命之外的一种存在，而没有将它们当做与内在生命相关的，阻碍了我们"诗意栖居"的必要的心灵上的建构。原因在于，所有人类对于客观的迷恋，将客观视为标准的价值观，让人类失去了一种解读内在生命对动植物在精神上需求的意识——而这是西方父权传统强加给客观以意义，强行剥夺了主观内在性需要的重要地位，也是导致精神虚妄现代病症的重要原因。面对动物的最好办法是，"将我作为人的想象投射到他们身上"，而不是像生物学那样简单地将动物当做研究对象，"或者把

---

① Luce Irigaray. *Democracy Begins Between Two*. trans. Kirsteen Anderson. The Athlone Press，2000：198.

它们当做一个它们并不分享的宇宙的成员",因为那样动物就没有与我们的内在精神互动和分享,仍然停留在客观层面,没有克服西方的思想传统,仍被禁锢在父权的阴影下。①

　　伊丽格瑞给予动物的不仅是抵抗人类中心的一种地位,动物对人类是有帮助的、对人类是同情的,是具有精神性的。就像伊丽格瑞的发现:蝴蝶这个词源于希腊语,是"灵魂"的意思。动物的精神性体现在:带给人类幸福感和友谊、给人类以同情和慰藉。当伊丽格瑞描述"我童年时代最恒常的友谊,以及最大的欢乐,都来自动物"②。这位倔强的女性主义哲学家的幸福感跃然纸上,就像佛陀一样,伊丽格瑞会凝视这些小动物"一连数个小时"而忘我入境,看它们"采吸花蜜"、"拍打翅膀"而感到了极致幸福。③这种自然的物我融为一体的境界,是人类本可以做到或者说自然就能体会到的,这个过程不需要预设客体、他者为对象,不需要一个绝对权威的真理为目的,不需要一种伦理的或者肉体的欲望为引子;然而,一切被人类想独占这种幸福感的念头所打断,当人类与动物、植物平等的互动被打断,幸福感也随之消失,为了重建与自然界的互动需要花费难以计数的时光。伊丽格瑞对于动物"密友"的描述可以被视为保护动物的代言词,也可以成为生态主义的一条宣言。在人类与动物的相处中,无论是人类将自然视为对立冲突的敌人进行征服,还是人类将自然视为幸福的源泉加以干涉或者获取,都可能对自然造成一种伤害,让动物和植物失去自己的欢乐,人类也就再也欣赏不到这种洋娃娃代替不了的精神上的充实感觉,"蝴蝶可以带给我幸福",但却因为我想"独占这种幸福——多么幼稚的一种念

---

　　① 〔法〕露丝·伊莉格瑞著,李茂增译:《动物的同情》,《生产》第三辑,广西师范大学出版社2006年版,第154页。

　　② 〔法〕露丝·伊莉格瑞著,李茂增译:《动物的同情》,《生产》第三辑,广西师范大学出版社2006年版,第154页。

　　③ 〔法〕露丝·伊莉格瑞著,李茂增译:《动物的同情》,《生产》第三辑,广西师范大学出版社2006年版,第154~155页。

头"而让幸福"消失殆尽或者几乎消失殆尽"。①这是对人类对于自然界暴力抢占以及其不幸结果的隐喻。

我们且看伊丽格瑞对人与动物息息相通的生动描绘。一只蝴蝶对伊丽格瑞的帮助体现在，"和一个朋友进行着一场非常困难的谈话"，而一只白蝴蝶落在我身上，"走来走去或是扇动翅膀"，以一种善解人意的方式"向我承诺了它的友谊"，这对伊丽格瑞的安慰作用是"平静地坐在那里，而没有陷入于事无补的狂怒"，一只蝴蝶对伊丽格瑞起到了平复心情的友谊的陪伴作用，提醒了我们每当在这个世界上感到孤立无援的时候，还有这个世界的另一种友好生灵，它们在人与人关系疏离的时候会提供一种不期而至、意想不到的支持。②动物可以驱赶人类的孤独和无助，而这往往是一种在人类身上找不到的友谊。这种来自动物的友谊和陪伴可以是随时随地的，在每一次伊丽格瑞回到自己在"枫丹白露森林的隐居地"时都会有兔子"惊鸿一瞥"地欢迎、鸟儿模仿着吹口哨的声音在欢迎，松鼠们也盼着她的到来，动物与人之间的友谊似乎比人与人之间来得容易，不功利也不虚假。人类的帮助已经是建立在一整套交往规则和个人经验的基础之上了，这让人类的帮助太过复杂、太过利益化，也因为存在着一套"滴水之恩，涌泉相报"、"互帮互惠"的伦理道德，以及对于欠人情、需要自省的压力感，人类施与的帮助越来越少也越来越被动。当然，这不是说互帮互惠不对，只是澄清来自人的帮助与来自动物的帮助的不同；这也不是悲观的价值观，伊丽格瑞依然认为有"少数哲人可以通过同情传递给我们一些我们所需要的自由的力量"，就像聆听精神的父母一样，不在人类、上帝建立的这种秩序之内，这种帮助与符合人际交往原则的情况不同。

接下来的问题是，什么导致了人与动物的帮助不同呢？伊丽格

---

① ［法］露丝·伊莉格瑞著，李茂增译：《动物的同情》，《生产》第三辑，广西师范大学出版社 2006 年版，第 155 页。

② ［法］露丝·伊莉格瑞著，李茂增译：《动物的同情》，《生产》第三辑，广西师范大学出版社 2006 年版，第 154 页。

瑞质问，"是什么将小女孩流放到了'成人生活'中"①，并且远离有园子、有动物的家？"是这个人为的、技术化的世界中的重重危险，以及这个充满劳作的世界的痛苦侵袭了她"，但最重要的还是缺乏理解、稀缺同情的置身人类社会的痛苦侵袭了她。②伊丽格瑞年轻时代第一次出书就惨遭排挤、被辞教职、被批判家指责，在她深陷流感而一病不起的时候，一只小母兔子就像伊丽格瑞童年的小兔子一样安慰了她的孤独和痛苦，精神上的支持让她迅速地恢复了健康。除了伊丽格瑞的个人遭遇之外，哪一个个体生命没有在现代的都市生活中遭遇到这样或者那样的痛苦境遇呢，哪一个个体生命在成年的过程中没有遭遇过排挤、压制而深陷困境呢？如果现代化的城市进程在所难免，精神上的痛苦在所难免，那么请每个人都养一只兔子，在照料兔子的过程中摆脱被传染的死亡的幻觉。

在蝴蝶、兔子、黄蜂和猫等动物中，伊丽格瑞格外重视鸟，认为最弥足珍贵的、最为神秘的帮助大多来自鸟，鸟是"朋友"、"向导"、"保卫者"和"天使"。③除了鸟对人类的陪伴、抚慰、引导，还有最重要的一点是鸟的吟唱是对西方理性的超越和抵抗。伊丽格瑞将鸟的歌唱比喻成唱念经文，可以将人类从最简单的肉体阶段引领向精神的国度，甚至像宗教的经文一样可以超度灵魂，引向来世。并且，鸟的歌唱对精神的提升并不隔断物质基础，不隔断与肉体的亲缘关系。在人类历史的最初阶段，人们抒发情感和表达意见的形式是歌唱和吟咏，之后发展的西方理性让语言的抽象论证替代了歌唱，哲学家们"用眼睛或手来捕获他人的欲望"而不是"用歌唱来召唤爱"，由"轴心时代"的对话形式变成了"以父之名"替女性、替动物和植物发表理性意见的一种形而上学的模式，包括雄辩的、富有逻辑的演讲。事实证明，话语常常让人类的沟通和表达失败，

① ［法］露丝·伊莉格瑞著，李茂增译：《动物的同情》，《生产》第三辑，广西师范大学出版社 2006 年版，第 156 页。

② ［法］露丝·伊莉格瑞著，李茂增译：《动物的同情》，《生产》第三辑，广西师范大学出版社 2006 年版，第 156 页。

③ ［法］露丝·伊莉格瑞著，李茂增译：《动物的同情》，《生产》第三辑，广西师范大学出版社 2006 年版，第 158~164 页。

座谈、磋商、协议的结果往往仍然是不可避免的冲突和战争，而鸟儿的歌声却比语言能够让人振奋精神，在伊丽格瑞看来，是鸟儿的歌声"平息了许多无用的语词，让生命的气息重新变得纯净并使其获得提升"，一种尊重肉体的精神上的提升。从这个意义上讲，鸟儿歌唱或者是能够见证人类最初那种情真意切的表达方式，在人类失去歌唱能力的今天充当人类的向导，引领至没有理性和逻辑束缚的领域，这是对西方理性中心的抵抗和拆解。

此外，鸟儿歌唱的效果是双向的滋养，人注意到鸟儿歌声对内心的体恤，鸟儿也处于对人的注视而唱出心声。在德里达描述沐浴出来与猫互相凝视的过程时，德里达感到了人类中心这种历史观的偏差，感到了在我看到猫之前，也许猫早就在凝视赤身裸体的我了，这种意识让人类警醒：在这个地球上，还有很多与我们共享领地、共享空气的生灵，在人类的进化史中我们渐渐地已经与它们不同，赤身裸体是一种多么自然的状态，而人类却把羞耻感和一件衣服当做"主体"来考虑，漫长的西方传统中衣服同逻各斯一样成为人类的固有属性之一而变得重要；然而不能否认的是，猫凝视我的时候，我的确有一种被动成为他者的感受，也就是说猫可以作为主体进行主体的身体和精神活动。这种主体间的相互性不仅存在于伊丽格瑞的性别差异的女性主体性建构理论中，也存在于人与动物的互动之中，这种互动性是伊丽格瑞强调的一个抵抗西方父权单向度统治的重要维度。在与动物的互动中，没有任何一个权威人物、一个等级制度要将单向度的、偏执的真理强加贯彻下去，这是一种真正的分享之旅，且因现代人很少能够企及而显得尤为珍贵，这也正是对付现代性精神疾病的一种策略，与其让身心在现代性的浪潮中被消费，或者消费其他去填补空虚，还不如建立与动物的互动，发现动物的友谊。为了疗伤，为了在绝望的天空中透出一抹亮色的明天，人类要学会"接纳并欢迎别人的差异，学会在对自己和对他人的忠诚中获得新生"，用动物的友谊陪伴我们完善人性的旅程。

有批判家又要质疑伊丽格瑞，认为她只不过是将自身需要和愿望投射到了动物身上，在现实遇挫的时候寻求一种自我安慰。伊丽格瑞强调与这些动物的邂逅绝不是想象的、比喻的、象征的，而是真实的经历。在伊丽格瑞看来，这些事件并不是偶发的，动物也不是没有能力施与这种安慰的。只不过人类发展了的智力很难理解动物的行为，或者说在漫长的以人类为中心的历史中，人类没有考虑过动物的大脑意识和行为。人类的智力发展是追求绝对理性的真理的、是急功近利的，这无疑损害了某些"所谓的无用的脑区"，导致无法像动物一样敏感地感知到某种召唤和迹象。所以，当理性无法"抚慰创痛"、"治疗悲伤"的时候，动物却能够给予最单纯的慰藉。①既然动物可以安慰人类的精神，那么问题是动物有精神世界吗？有意识吗？伊丽格瑞认为是有的，并且拥有的是人类已经在其天性中丧失的一种智慧。动物的意识与西方人的意识不同，就像东方瑜伽大师和佛陀能够敏感地沟通天地、空气、光与人的关系，能够感受到自然无声表达出的"悲伤或者普世的欢乐"，这与西方人的认知范畴不符合，西方采用的要么是同化，要么是用西方的理性预设去误解东方也误解动物，这也是灵与肉、思想与物质二分的结果。西方人的意识或者思想是将事物、动物和人第一时间就树立在了对方、他者的冲突层面上加以抵抗，任何与主体的我不同的都要进行改造、征服和统治，于是无休止的冲突、偏执的正义布满西方的文明发展史，并在当下仍然以恶性循环的方式继续上演。西方人用对立和冲突的方式，或者将一切以西方为中心的全球化、以白人文化为中心的多元文化的方式去面对我们赖以生存的动物、植物、其他人种和地球。相反，东方擅长用印度的调停的、斡旋的方式，或者用中国的传统文化关键词解释就是中和、和合的思想去沟通和解释人与自然万物的关系，以及人与人的关系，这样思维的结果是化干戈为玉帛，变暴力为和谐，这也是伊丽格瑞引入印度文化和佛教思想重新思考西方问题的重要目的。

　　最后需要指出，伊丽格瑞笔下能够抚慰人心的动物基本上是处于食物链末端，对人类无法造成伤害的动物，而没有涉及食物链另一端的食肉动物，而后者是否也会对人类示好，给予人类怜悯和同

----

　　①　[法]露丝·伊莉格瑞著，李茂增译：《动物的同情》，《生产》第三辑，广西师范大学出版社 2006 年版，第 158~161 页。

情这显然是一个问题。并且，如果伊丽格瑞否认是在比喻和象征的意义上来讨论与动物的邂逅，那么不具有主体性的动物拥有可以与人类意识相提并论的意识和精神世界这一观点有待商榷。

第四章　"神圣"女性宗教观

只要女人缺乏一个想象中的神圣/上帝，她就不能建立她自己的主体性或者达到她自己的一个目标。①

对于女性唯一最残忍的事情就是她们缺少一个自己的上帝，而事实上，由于被剥夺了上帝，她们被迫服从并不适合她们的种种模式，这模式驱逐、分裂、掩盖、切断她们和她们彼此，并夺去她们朝向爱、艺术、思想，朝向理想和神圣实现的能力。②

包括伊丽格瑞在内的法国当代女性主义者的宗教观是内嵌于其理论之中的，是深化在思想内部的，英美学界对法国女性主义思想中的宗教观研究开始的时间比较晚，所以研究伊丽格瑞的女性主义宗教观是一个困难的问题。这需要研究者具备跨学科的学术兴趣和知识面，尤其对当代法国哲学和心理分析理论要有所了解，并且要在解构主义和后现代的语境中去探讨，更为复杂的是其理论本身存在的矛盾性如何解释。这里，我们试图就伊丽格瑞女性主义理论中涉及宗教的，或者宗教学者一直在伊丽格瑞作品中关注的问题进行梳理和评价。

按照宗教哲学家玛格丽特·米丽斯(Margaret R. Miles)的总结，

---

① Luce Irigaray. *Sexes and parentes*. trans. Gillian C. Gill. Columbia University Press, 1993: 63.

② Luce Irigaray. *Sexes and parentes*. trans. Gillian C. Gill. Columbia University Press, 1993: 63.

伊丽格瑞对宗教哲学的贡献大致体现在两个方面：一方面，伊丽格瑞解构的男性逻各斯中心主义是宗教哲学的立足点，哲学的逻各斯在基督教就是"父之言"；另一方面，伊丽格瑞著作中关于"精神的"自然，及其开放性、呼吸的能力，他者的感知等学说都成为宗教学诠释"父之言"的新方式。

第一节　上帝对女性的压迫

后女性主义在反本质主义的倾向中，模糊了形而上学的男—女、内—外、自然—文化等二元对立，打破了西方关于身体的常识和哲学预设，超越男女对立。伊丽格瑞希望男女在尊重和懂得彼此差异的基础上互相欣赏和相爱，拓展传统女权主义"平等"的内涵，渴望重建一种宽容和谐的家庭和社会模式，让其构建的"女人腔"真正开始讲话并获得一种自信与不同的主体——男性或女性——交流，在此过程中被理解和接受，而不是被男性同一化。这当然需要弥合从文本政治到社会政治的裂缝，所以伊丽格瑞引入了宗教，尤其是基督教和天主教中《圣经》的一些关键词和关键情节，对其进行重新解读，赋予新的女性主义意义。

其实，对同一性的批判也是对本质主义的批判。因为一代代思想家陷入对事物追根溯源的本质主义的强迫症中，在偶然的、流变的历史事件和事物的表象之后一定要追问其最原初的"本质"，这种抹不掉又看不见的原初"本质"规定了事物的"自然本性"和同一性身份。于是，处于对同一性的迫切需要，最初的女权主义者追求"男女平等"，而忽视了男女之间生理和心理的差异应该区分对待；再比如，早期女权主义将一切具备女性生理特征的人视为"同一"无差别的女性，而忽视了每个女性个体由于不同的生理年龄阶段、教育背景、家庭环境、社会环境等不同文化背景而产生的差异。于是，对于当代以"性别差异"为关键词的伊丽格瑞等后现代女性主义者来说，批判本质主义似乎是奠定其理论基础的根本性任务。然而，斯皮瓦克认为，渴望一致性，只不过是主体意识的虚妄，因为无论讨论的概念和范畴显得多么"自足封闭",其中都存在"他物的踪迹"①。福柯也说:"在事物的历史开端处,存在的并非神圣不可侵犯的同一性,可以构成事物的起源;而是他物的纷争,它们的不一致。"②"我们不应该想象世界呈现给我们的是一副清晰可读的面孔,让我们只能去解读它。"③ 所以,到了伊丽格瑞这里,西方文化也好,宗教也罢,女性被同一的过程问题仍然是不可避免的女性主义主题。

一、女性的压抑从玛利亚开始

伊丽格瑞对基督教传统概念的女性主义解读是,基督教首先是对女性和母亲身份的压抑和削减。女性被压抑在宗教传统上已经是不争的事实。在罗马天主教、犹太正教、伊斯兰教、小乘佛教等东西宗教中,女性都被代表官方地位的职位所驱逐:牧师、僧侣、犹太教老师。

在《圣经·创世记》中,"上帝说:'我们要照着我们的形象、按着我们的样式造人,使他们管理海里的鱼、空中的鸟、地上的牲畜……地上所爬的一切昆虫。'上帝就照着自己的形象造人,乃是照着他的形象造男造女。上帝就赐福给他们,又对他们说:'要生养众多,遍满地面,治理这地,也要管理海里的鱼、空中的鸟和地上各样行动的活物。'"从《圣经》的一开始,上帝就笼罩在这个地球母亲之上,命令其创造的人类去征服她,也征服母亲/女人。

《圣经》中,上帝创造的第一对男女证明了作为一对夫妻一起幸福生活的无能力和无可能。亚当和夏娃试图通过成为有智慧的物种以克服造物主的力量。然而,这一切是通过生育、繁殖而非创造

---

① Gayatri Chakravorty Spivak. *In Other Words: Essays in Cultural Politics*. Methuen, 1987: 46.

② Michel Foucault. *Language, Counter-Memory, Practice: Selected Essays and Interviews*, trans. Donald F. Bouchard & Sherry Simon, ed. Donald F. Bouchard, Ithaca, Cornell University Press, 1980: 142.

③ Michel Foucault. *The Archaeology of Knowledge and the Discourse on Language*, trans. A. M. Sheridan Smith & Rupert Swyer, Pantheon, 1972: 229.

进行，并且是有罪的。上帝这个造物主需要一个女人生育才能够修正原罪或者说是救赎，这个女人就是玛利亚。在这个意义上说，上帝需要依靠女人和女人的生育能力，这个女人必须是处女，圣母玛利亚是处女感悟圣灵怀孕而后生育了耶稣。处女不仅暗示要未婚，而且要求其保持她自身的完整性。贞洁，包含一个被男性文化殖民了的精神维度。而一神论的上帝就是这个殖民者，我们从来都是不加思考就将他当做了一个精神的偶像。于是，女人的贞洁成为"父之间或者兄弟之间的交易客体，是男性神圣的道成肉身的状态。必须对它作为一种女性的财产进行重新思考，属于她有权利有责任的一种自然和精神财产"①。所以，从基督教的一开始贞洁和母亲就被压抑了，就被上帝放逐了。在一个女性身份的神圣描述缺场的情况下，女人根本没有办法描述自己、表达自己或者彼此交流。为了改变这种缺场和失语的状况，伊丽格瑞建议我们重新思考上帝，就像重新思考主体性那样——从一个男性主体到两个主体一男一女，将绝对的上帝从意识的深处替换下来，没有一种决定性的绝对真理，我们周围的世界不是一个中心的，是允许两个或者多个中心的。

此外，原罪是用来提醒人类不完美的标签，对亚当和对夏娃的原罪解说存在明显偏袒。伊丽格瑞对原罪的解释是："男人的原罪在自己身上有太多保留"，往往都起因于女人；而女人的原罪才是真的源头之罪，为了男人和孩子可以"永恒地抛弃自己"，检讨罪行并接受惩罚。这在西方文学史上几乎体现在每个文学大家笔下的女性人物身上，她们总是找不到自我，总是接受惩罚的悲剧下场。

在对天使报喜这个宗教场景的重新解读中，伊丽格瑞发现对于女人来说，天使报喜报的就是意外怀孕的喜，"是一个没有与爱人分享语言，没有准备好接受这个来自自己内部的生命的分享"。伊丽格瑞用"没有分享语言"和"没有准备"的喜来抵抗父权制"话语中心"和"视觉中心"。

---

① Luce Irigaray. *Je*，*Tu*，*Nous*：*Toward a Culture of Difference*. trans. Alison Martin. Routledge. 1993：116-117.

通过对基督教圣餐这一幕的考问，发现父权人物的出现和排列在很多方面驱逐和抹杀了女人。当宣布圣餐祷词时，"这是我的身体，这是我的血"，根据几个世纪的礼节习俗庆祝食物的分享，然而我们却忘记了一点，"如果没有女人的血肉给予他生命、爱和精神，他便不在这。他应该在他的聚餐桌上给我们、他的母亲们上菜才对"。①弥漫在这一庄严的宗教仪式上的沉默遮蔽了女人的牺牲。不仅如此，女人们被命令和吩咐要相信这一仪式，这一点深深地伤害了女人，抹杀了女人。为什么会这样？对女性的压抑和抹杀，是父权中心的集体无意识或者是父权中心的目的和初衷。男人为圣餐庆祝也是用大地上的果实来感谢自己，而这大地的果实正是女性身体的彰显。最后，女性被驱逐出这一庆祝礼拜，也驱逐出了西方历史上的任何重要的、官方的、严肃的场合，这成为今天西方文化的基础和结构。

从被压抑和利用的父权制的贞洁中解放出来，伊丽格瑞从两个独立主体的视角出发，重新定义了贞洁，认为贞洁是"每个性别对自己忠诚的别名，也是对另一性别的尊重"②。对于伊丽格瑞来说，贞洁可以被理解为女性身份的奠基石、女性精神的实现。事实上，成为一个女人意味着自由并负责地决定自己贞洁的使用，伊丽格瑞将其放到两个层面去讨论：自然的和精神的。伊丽格瑞没有讨论生理处女膜的问题，因为它是一个属于男性世界的问题而不成为一个问题，她所关注的是贞洁的精神层，是关于"精神内在性存在"问题，比如"接受别人话语时不曲解的能力"。③因为贞洁可以让"女人保有和培养自己身份的能力，以此通过这样或那样的方式来提供与男人分享的特质"④。贞洁是一种形式，一种方法，使得在一种男性的文化氛围中，在感到男性的吸引时，甚至在她经历

① Luce Irigaray. Sexes and Parentes. trans. Gillian C. Gill. Columbia University Press，1993：21.

② Luce Irigaray. *To Be Two*. trans. Monique M. Rhodes and Marco F. Cocito-Monoc. The Athlone Press，2000：111.

③ Luce Irigaray. *Le souffle des femmes*. ACGF，1996：188.

④ Luce Irigaray. *Enter orient et occident*. Grasset，1999：92.

了做母亲、母爱使她有活力的时候，也能够"回归到女人自己，回归到具有女人精神内在性的自己，能够保持自己是一个女人并且越来越女人"①。贞洁被抽象为一种形式和动力机制，进入了深层语义，超越了传统意义，赋予了女性一种精神力量，是女性拥有的构成一种自身主体性的一部分。它帮助女人不迷失在异性的吸引中，更不允许失去自己献身他人。它帮助女人"给予自己一个女性的精神和灵魂，一个不仅是身体的也是精神的内在的栖身之所"②。

二、女性谱系的缺场

一直以来，西方传统都是由父子家庭谱系推及社会层面，在文学作品和文化想象中一般来说只存在父子、母子关系，母女关系是缺席的。比如在福克纳的《在我弥留之际》中的母亲艾迪虽然是一个强悍的女性形象，但仍然没能保护女儿的身心不受伤害，更可怕的是她和女儿之间从来都是语言缺场的，似乎从来就不存在一种与母子关系并列的母女关系，母亲和女儿对母女关系是无意识的，甚至是麻木的。面对这样一种母女关系谱系缺场的状况，像传统女性主义那样在父权的谱系内苦苦纠结和呐喊似乎是无力的，伊丽格瑞看到了这一点，为了避免在既定模式中谈论母女关系或者女性在家庭和社会的位置，她专门构建了《性别谱系》，被认为是转向之作。建构了女性谱系才有可能在此系统内、在父权体系外去建构女性主体。为了试图建立女性主体，为了给女性谱系缺席已久的意识以可以构思的形象，伊丽格瑞大胆设想了女性上帝。为了摆脱父权制基督教影响的母亲身份——圣子的母亲的形象——必须要建立一个联系女人与其母亲的文化范式，即女性谱系。这对于漫长的与神同在的西方文明来说是话语体系之外才可能发生的，但是的确为上帝死后的人间荒原提供了另一种思想的维度。

就女性上帝这一点，我们的神学传统体现出某种困难。没

---

① Luce Irigaray. *Le souffle des femmes*. ACGF, 1996: 204.
② Luce Irigaray. *Le souffle des femmes*. ACGF, 1996: 205.

有女性上帝，也没有女性的三位一体：圣母、圣女和圣灵。这僵化了成为女人的无限可能性，因为她被固定在母亲的角色，这一角色给与上帝之子以血肉之躯。过去两千多年来，我们文化中最有影响的上帝再现一直是男性三位的上帝及一个圣母：上帝之子的母亲，她和圣父的联姻则无人关注。①

男人受到上帝的眷顾定义了自己的性别，而女人则因她的神圣性而压抑。母亲因是上帝之子的母亲而得到宗教层面的崇敬，从没有表彰过女儿的母亲。在西方文学作品中我们总是看到母子相依、恋母的儿子，而没有恋母的女儿，在福克纳的小说中，女儿和母亲之间甚至是失语的、无语的关系，并非母亲对女儿无情，或许正是因为母女这样一种关系从未在西方传统中被定义而导致的对这一关系的无所适从。于是伊丽格瑞认为，是超验的"父"作为一个理想化的男性身份统一了西方形而上学传统，从而压抑了母亲的、女性的身份。所以，女儿—母亲的这样一种女性谱系是缺场的。建立一种新的女性谱系，丰富母亲的身份，才是解构父权制之后，建立两个主体的努力。

为了建立这样一种新的女性谱系，伊丽格瑞盗用了基督教语言"神圣"来描述女性，神圣女性，神圣的爱和神圣摇身一变成为伊丽格瑞女性主义理论体系内部的符号学概念，成为西方哲学传统和宗教传统等级制度的否定性词汇，参与建立了一种性属的身份，进一步拓展了伊丽格瑞的性别差异理论。这是伊丽格瑞惯常使用的方法，就像她在《他者女人的窥镜》中戏仿了柏拉图的"摹仿"，包括著作《海德格尔遗忘的空气》、《尼采的海上情人》都是对批判对象的一种摹仿。

三、差异性对抗同一性

伊丽格瑞的核心理论"性别差异"实际上就是在解构主义思潮

---

① Luce Irigaray. *Sexes and parentes*. trans. Gillian C. Gill. Columbia University Press, 1993：74.

影响下对西方父权逻各斯中心主义构建"同一性"的一种反抗，伊丽格瑞提出"黏液"、"双唇"等专属女性的概念标志女性主体性与男性主体性的差异，并且用女性的性生殖器官的复数对抗弗洛伊德的唯一的"阳具中心"，提出女性生理和心理与男性的差异，颠覆了父权制的自大。

在第三阶段，伊丽格瑞跳出了西方传统内部，向遥远的东方寻找破解西方困境的新途径，她发现了印度教和佛教中对于女神的崇拜，发现了瑜伽练习中对性别差异的肯定，发现了呼吸中身体与精神的沟通，突破了身心二分法等抵抗西方父权制"同一性"的东方因素。以印度宗教文化为背景的瑜伽术，从不在意从实践和体悟中提炼理论和思想，或者说从来没有意识到需要理论和思想的升华，因为在这种宗教文化中，呼吸、瑜伽是身心合一的训练，身心从不是二分的，而是合一的，感知与思想也没有明显的界线，从源头处就不存在这样一种二元对立的划分。于是，伊丽格瑞在印度瑜伽文化中不仅找到了女神崇拜的范例——"男性崇拜女神的身体以及性"，找到了毗湿奴与湿婆、男神与女神和谐共处的范例，而且发现了超越二元对立的二元合一。①

伊丽格瑞在《东西之间》花了大量笔墨讨论瑜伽、呼吸等修炼体验和方法，注意到了在瑜伽修炼中比较重要的脉轮（chakras）。②男女通过控制呼吸和稳定注意力可以在昆达里尼瑜伽中提高自己，体会能量在七个脉轮中运转开来从而帮助实现"启蒙"（moksha）和"自我实现"（jivan mukhti），这是被印度教认为最高的两个终极境界。最终的结果都是被象征隐喻了的，常常作为神（shiva）与女神能量（shakti）的一个体验方面结合的联合体。这种结合意味着意识的二元性可以在某种现实情况中被克服。对于伊丽格瑞来说，这种

---

① Luce Irigaray. *I love to You*. trans. A. Martin. Routledge，1996：137.

② chakras 也可音译为"查克拉"，字根源自"圆"、"轮子"，意译为脉轮或气卦，在印度瑜伽的观念中是指分布于人体各部位的能量中枢，尤其是指从尾骨到头顶排列于身体中轴者。查克拉主要是由中脉、左脉及右脉缠绕所形成。

结合除了克服二元性之外，还要"同时是精神性的和肉身本质的"。①

第二节　东方宗教的女神崇拜

托马斯·库恩在 20 世纪 60 年代提出认知范式，认为"我们认识客观世界，总是要从已知的知识中找出某种框架，作为进一步认识未知事物的依托，这便是所谓的认知范式。我们误以为这种观念就是客观世界本身，却忘记了这一观念世界知识是我们凭借一定的认知范式有条件地获得的"②。早期伊丽格瑞解构了西方的认知范式，跳出这个范式重新建构女性主体的认知范式，近期到东方找寻另外一套认知范式，从文化、宗教和社会学等多个维度进行主体性建构，使之更加成熟和丰富。

> ……在某些东方国家，宗教仪式和个人祈祷由个人或集体的身体运动构成：如瑜伽、太极、空手道、歌咏、舞蹈、插花。这些运动并不牺牲他人，却更加丰富精神性，其体现的爱欲丰富有生命力。即使现代生活对这些基本的宗教活动已经有所影响，然而这些活动却在给予身体的地位关注方面显示了更大的对性别差异的尊重。③

一、印度宗教文化对二元对立的破除

印度尤其是男神、女神的万神殿对伊丽格瑞有着一种特别的吸引力。她深信："印度——处于我们希腊文化的开端——在某种程

---

① Luce Irigaray. *Between East and West*. Columbia University Press，2002：63.
② 转引自倪志娟：《女性主义知识考古学》，高等教育出版社 2012 年版，第 5 页。
③ 转引自倪志娟：《女性主义知识考古学》，高等教育出版社 2012 年版，第 11 页。

度上说这样的时代仍存在于印度，即性特征是文化的、神圣的。"
① 其中，尤其是男神和女神的关系吸引了伊丽格瑞，因为"在印
度，男、女一并为神，共同创造世界，包括宇宙的维度"②。虽然
有批判者指出神话的不可信，然而就像玛雅·德伦（Maya Deren）③
所说的"神话，是在虚构事件中明显的精神事实"。④

　　《二人行》中，伊丽格瑞在谈到两个人的相处之道时说"我们"
应该"像佛陀画像中描绘的那样，睡莲随着身体的位置、精气和呼
吸的运动绽放或合拢"。⑤在这样一种东方宗教的体悟式经验中，
"我们、我们二人将以二人的方式惊叹、沉思"，⑥ 而不是经过缜
密的分析，三段式逻辑的推演得出的可以让全球复制和摹仿的智慧
的答案。也正因为这样，"二人行的精神道路由此完成，没有独行
的痛苦、折磨和狂喜"，也没有被迫成为他者的隔膜、压抑和不安
全。⑦在《二人行》和《东西之间》这两部近期代表著作中，伊丽格瑞
持续谈论了关于瑜伽的话题，伊丽格瑞几乎将瑜伽作为一个学科去
细读文本、实践和反思。

　　　我遵从大师的教学日常训练——瑜伽——实际上帮助我唤
　　醒，或者重新唤醒、发现语言和肢体语言另有含义，另有见

---

① Luce Irigaray. *Thinking the Difference*. trans. Karin Montin. The Athlone Press，1994：11.

② Luce Irigaray. *Je，Tu，Nous：Toward a Culture of Difference*. trans. Alison Martin. Routledge. 1993：29.

③ Maya Deren，1917 年出生于基辅，父亲是精神病专家，母亲是艺术家。1922 年随家人移民美国。曾在瑞士国际联盟学校学习，在美国的多个大学取得过学位。她被称为"前卫电影之母"，将舞蹈、原始宗教、主体心理学、超现实主义综合运用到了电影中，曾赴海地研究伏都教，其专著《神圣的骑马人》（*The Divine Horsemen*）成为这方面研究最权威著作之一。

④ 转引自［加］奈奥米·R. 高登博格著，李静、高翔译：《身体的复活——女性主义、宗教与精神分析》，民族出版社 2008 年版，第 98 页。

⑤ Luce Irigaray. *Entre deux*. Grasset，1997：88.

⑥ Luce Irigaray. *Etre deux*. Grasset，1997：88.

⑦ Luce Irigaray. *Etre deux*. Grasset，1997：88.

解，另有理性……(瑜伽的呼吸术)首先帮助了我继续活着并活得有意义，而且慢慢使我瞥见到另一种生命的存在，不在彼岸就在此岸。①

通过训练呼吸，通过教化我的思考，通过持续关注自己与培养我身体的生命，通过阅读现在和古代瑜伽传统文本和六芒星教文本，我学会去了解：身体是神圣化身的场所，我不得不这样对待身体。②

很明显，瑜伽和印度宗教的典籍和修炼方法对伊丽格瑞有很大影响，伊丽格瑞已经不仅仅将瑜伽作为一种身体健康的训练方法，而且认为它与精神修炼有关。瑜伽与印度的宗教和文化传统密切相关，瑜伽的训练通常被认为是身心一体的修炼方法，身体被训练得可以思考，与精神相通，同时在感官上变得更为敏感。在一定程度的修炼层次上，"身体自己可以变成思想"。③瑜伽变成了一种他或她的爱情实践，而且在这爱的实践中，男人和女人可以通过语言沟通，也可以通过"感官、生殖的途径"，相互给予和接受，一起迈向独特又普遍的精神之路。④ 这些在关于瑜伽的传统文章中都有传授。当然，今天的瑜伽教学，不仅有理论和知识的讲解，而且更重要的是"精气的培养"，在呼吸中体会脉轮的集中和能量的恢复和转换。⑤

获取了瑜伽的经验之后，伊丽格瑞更是将这种经验移植到对

---

① Luce Irigaray. *Between East and West*. Columbia University Press，2002：6.

② Luce Irigaray. *Between East and West*. Columbia University Press，2002：62.

③ Luce Irigaray. *Between East and West*. Columbia University Press，2002：7.

④ [法]吕西·依利加雷著，朱晓洁译：《二人行》，三联书店2003年版，第81页。

⑤ [法]吕西·依利加雷著，朱晓洁译：《二人行》，三联书店2003年版，第81页。

《圣经》的解读中，"'基督'说：'如果你不能像孩子那样，你就进不了天国'"①。瑜伽练习者或者瑜伽大师将一种绝对不同于西方的存在方式展现在《二人行》中，是"一种被我们忘却的方式生活"，他们"不会承受岁月的重担，不会相信智慧就是知识的积累，也不相信承受痛苦的人就一定是大师"。②这不但是谴责西方传统的源头，古希腊哲学就重视知识和智慧，以及对真理的追求而不重视感觉，谴责人类早已在追求科学和技术的真理观下迷失了自己的感知力量，更是挑战了上帝宗教的权威——耶稣通过被钉十字架而成就了自己的大师之名——痛苦成了鉴别权威和大师的标准？而在东方印度文化中，感知身心合一的瑜伽让人"学习积累精气，知道觉悟，直到变成永生、返老还童，永葆精神的纯真"③。

　　在西方的语境下思考东方宗教对伊丽格瑞的影响，大概有两方面理由：一方面是伊丽格瑞受到了两位神话宗教学者（Mircea Eliade，Johann Bachofen）的影响，继承了其著作中关于印度宗教传统的看法，了解到了在印度佛教文化中女性准则的重要性。④ 更重要的一方面是，伊丽格瑞自身所信奉的对女性的尊崇，以及建构女性主体性的要求在这些古老的东方文本中得以阐释，而这种对女性的尊崇是伊丽格瑞所熟知的西方哲学和宗教传统思想中所缺乏的，"西方文化中没有教的（我）已经独自开始试验的一种方法"。⑤

　　东方宗教的修炼术是对不能认知而只能被体悟的真理的靠近，而西方基督教衍生物科学恰恰是不能被体悟却可以去认知的，这一点一定是被伊丽格瑞认知到的，所以才从东方瑜伽术中吸取身心合

　　① ［法］吕西·依利加雷著，朱晓洁译：《二人行》，三联书店 2003 年版，第 82 页。
　　② ［法］吕西·依利加雷著，朱晓洁译：《二人行》，三联书店 2003 年版，第 82 页。
　　③ ［法］吕西·依利加雷著，朱晓洁译：《二人行》，三联书店 2003 年版，第 81 页。
　　④ Morny Joy ed. *Religion in French Feminist Thought*：*Critical Perspectives*. Routledge，2003：xviii.
　　⑤ Luce Irigaray. *Between East and West*. Columbia University Press，2002：6.

一、天人合一的思想精髓为她的女性主义思想所用。如果基督教、科学的智慧并不能拯救真理，那么何不学习东方宗教的直觉和体悟的修炼方法以期接近真理呢？如果科学和技术并不能挽回对人类和地球生态造成的损失，那么伊丽格瑞更愿意选择东方的身心修炼方法，从身体和精神两个层面对困境作一突围。从某种程度上来说，伊丽格瑞借鉴女性体验和东方瑜伽体验重新诠释和定义《圣经》，从而形成了一种女性主义与宗教学在当代的互动。

二、瑜伽的启示

伊丽格瑞对瑜伽的研究绝不仅仅是停留在身体的层面，那样就过于简单化了，其很多篇章的细致描述都意在发掘瑜伽作为一种心理修炼的复杂性，揭示瑜伽是一种使自身参与世界的身心以及呼吸方面的修炼，不在于遁世。

在练习瑜伽十年之后，伊丽格瑞意识到自己的变化——在思维的展现上面感到更为强烈的自由，思想也开始在一个更为广阔的空间发生，所以当一切变化难以表述的时候，伊丽格瑞"决定用一种语言，为了追求一种诗意的、创造性的价值，并非为了追求被文化规则固定的恰当性"①。这种语言风格便是我们在《东西之间》、《二人行》等著作中感受到的诗化散文风格。也就是说瑜伽呼吸术的经历体验已经融合进了伊丽格瑞的工作和生活的思考中，成为一种伊丽格瑞近期的论说方式。

伊丽格瑞引入瑜伽丰富其理论体系，大致有以下三点原因：其一，瑜伽对身体的关注丰富了伊丽格瑞女性主义理论；其二，瑜伽中的诸多概念恰恰是对二元对立的驳斥。比如，通过对《瑜伽奥义书》和《派坦加利瑜伽经典》的阅读，伊丽格瑞指出瑜伽修炼与肉身体验(corporeal experience)是密切相关的，最重要的是"呼吸和充满能量的体验可以唤醒各种脉轮/查克拉(chakras)"②。与西方传统

---

① Luce Irigaray. *Between East and West*. Columbia University Press, 2002：45.

② Luce Irigaray. "Irigaray and Stone：Oneness and Being-two". *Conversations*. Continuum, 2008：39.

的身心两分背道而驰的是，脉轮的字面含义是通过气运行的一个中枢区域，它掌管身心运作，与各器官功能息息相关，在印度的瑜伽术中，它在心理方面同时对情感和精神产生影响。在西方的思想传统中就没有哪一个概念能够将身体、情感、精神、意志、能量等都掌管起来，让精神和肉体握手言欢发挥整体性作用，而不是各立门户，让精神和肉体两个方面不相融合，这才导致了现代人类的诸多困扰，尤其是来自身心二分造成内心的困扰。其实，古老的东方智慧一直是身心一体、天人合一、非二分的，不仅印度宗教和印度传统是这样，中国的传统文化核心就是"和合"，讲究天地和合、君臣和合、男女和合、天人和合，和合而归为一；并且，在中国传统道家的《道德经》中就体现着关于阴性哲学的智慧，以及阴阳和合的生存法则。其三，提出东西方思想传统的差异以解构西方的父权制传统。

可以说瑜伽是对身体及心灵的双重疗法，给予身心安适感而回归平衡的健康状况，这也是瑜伽为何在当代西方流行起来的原因。伊丽格瑞早在1984年就去往印度聆听瑜伽大师讲经，时隔《他者女人的窥镜》发表10年，伊丽格瑞的目光早已从解构西方父权逻各斯主义的模式转向东方，目的是为了寻找与西方不同的思想传统并继续理论创新的探索。结果是伊丽格瑞感动于瑜伽经典阐释中对性别差异的重视和肯定，从瑜伽呼吸术对身体的观点中找到灵感，进一步完善了"身体与精神的沟通"、"感知会思考"等核心女性主义观点。之后10年，伊丽格瑞不但阅读了著名的印度瑜伽的著作，而且亲身进入瑜伽学校专门拜师修炼了瑜伽。十年磨一剑，才有了近期也就是第三阶段伊丽格瑞理论转向的著述。

瑜伽对伊丽格瑞女性主义近期思想的影响是重要而明显的。伊丽格瑞曾坦言：是瑜伽的修炼使其有了介乎于病人和我自己之间的第三种生存之中，尤其是在空气中。可以说，伊丽格瑞在十年瑜伽经历之前对于身体的多样性的认识是建立在强调女性经验基础上的，理论基础是基于对西方父权话语中心的批判。然而印度瑜伽的经典著作和呼吸修炼术一直都存在着毗湿奴和湿婆的爱情范例，也就是说古老的东方智慧早就提供了一条不同于西方的生存和面对问题的方案——强调每个自我与任意他者的关系——伊丽格瑞发现这一点并将其融进了自己女性主义理论中去，在文本和实践两个层面上拓展了伊丽格瑞的自身理论，增添了理论说服力。感官不仅可以思考，而且可以发挥达到自主、幸福和与他人更良好的关系的作用。同时，伊丽格瑞的理论视野从中期也就是第二阶段努力解决的"主体性的语言问题"，比如女性话语、女人腔的构建，转移到了对于主体性和身体的关系问题上。瑜伽及其肥沃的东方文化让伊丽格瑞从用流动的女性经验抵制一种纯粹的肉欲，转而关注更为具有现实意义和可操作性的关乎两个独立主体世界的关系问题：关注两个独立的主体必须寻找如何进入彼此关系又保有自我的问题，关注如何去创造孩子之外的其他东西。①关于这个新的创造物也就是伊丽格瑞在《二人行》中用了开篇一章的篇幅讲的在一个主体内或者在两个主体间"身体与话语的婚礼"，瑜伽使得伊丽格瑞更确定自己之前精神分析师的经历得出的"治疗方法不包含能找到一种恰当的词汇来解释过去"的结论，也更坚定了主要的问题是"去释放能量，使病人构建或者创造其未来、其工作以及与他人关系成为可能"。②这些新的创造不仅驳斥了依据抽象的法律去支配人的能量和人际关系的西方传统观点，提供了依靠性别差异体验调配和管理自己的能量的新的途径；更为全球化时期多元文化主义的真正多元化提供新视角，从而将伊丽格瑞的理论从法国女性主义的席位推向了具备世界视野的欧陆人文学者的高度。

三、呼吸与精神救赎

在第三阶段的三部著作《女性的呼吸》（1996）、《东西之间》（1999）、《呼吸的时代》（1999）中，伊丽格瑞将她长期关注的呼吸的问题集中加以讨论。早期她批判海德格尔"忘记存在就是忘记空

---

① Luce Irigaray. "Irigaray and Stone：Oneness and Being-two". *Conversations*. Continuum，2008：51.

② Luce Irigaray. "Irigaray and Stone：Oneness and Being-two". *Conversations*. Continuum，2008：51.

气"，认为空气是母亲血液中第一股自由的流动，用"气"替代了海德格尔所强调的"土"，而气因其流动、自由、变化、不稳定、不可见而被西方传统不接受或者遗忘。①在印度瑜伽修炼中，"气"恰恰是最为重要的，体会气的运行和变化是重要的，是沟通身体和精神的桥梁。伊丽格瑞认识到呼吸是整个精神性转变的关键，所以在伊丽格瑞近期的著作中，空气、呼吸、精神的复合代表了转换生成的生命力，并被赋予了在道成肉身这一过程中的关键角色。②描述这一精神运动时，她说，"精神的质变，将我们基本的呼吸一点一点地转变到一种更微妙的呼吸，服务于心、思想、言语，而不仅仅是服务于生理上的存活"。③在这个过程中，身体转向了精神，也成为伊丽格瑞构建"神圣"的一个方法，也是"感知超验"的一个范例。

伊丽格瑞将呼吸对生命的作用提升到相当的高度，认为"人类由物质构成，也有呼吸构成"，幸亏是通过呼吸的控制，人类才可以修正新陈代谢，改变一直停滞的状态，才可以存活。④"呼吸"，"对于练习它的人来说绝不会陌生：它或多或少地微妙，但既不抽象也不中性。甚至到达他人的问题可以与呼吸微妙性的程度相联系"⑤。但是，我们当代的文化割裂了自然的呼吸和文化的呼吸，割裂了肉体生活和精神生活，这导致了我们与自己、我们与他人、我们与宇宙关系的不良结果。她建议采取一种能确保呼吸流动畅通的文化模式。伊丽格瑞的呼吸理念能够克服二元对立——内外、身心、神圣和凡俗等彼此冲突的概念对西方思想的折磨。呼吸，不仅是生命体自然的呼吸，是母亲孕育生命的方式，是人类彼此交流和

---

① Luce Irigaray. *An Ethics of Sexual Difference*. trans. C. Burke and G. C. Gill. Cornell University Press，1993：127.

② Luce Irigaray. *I Love to You*. trans. A. Martin. Routledge，1996：148-149.

③ Luce Irigaray. *Between East and West*. Columbia University Press，2002：76.

④ Luce Irigaray. *Between East and West*. Columbia University Press，2002：ix.

⑤ Luce Irigaray. *Between East and West*. Columbia University Press，2002：39.

感受彼此的重要途径，而且是基督教传统中早就存在的、隐藏的重要存在。而事实是，呼吸与言说在很大程度上使用了同样的用气、呼气的方法。

第一阶段，在基督教传统中呼吸以不同的方式存在，这为建立呼吸文化奠定基础。《圣经》的开篇《创世纪》中，上帝就用呼吸创造，或者说用呼吸建立与万物的联系。在第二阶段，呼吸则体现在"救赎"上。如果说上帝造人是通过他的呼吸，那么人类的救赎、耶稣的诞生就是通过女性神圣呼吸和与玛利亚处女呼吸相关联的，上帝的呼吸这一结合体才能发生。在受孕的过程中，呼吸体现的是上帝与玛利亚之间的精神的呼吸；在耶稣诞生的过程中，呼吸是自然的、生理性的。玛利亚是一个处女，因此她"能够与呼吸、灵魂之间保持并培养一种和谐的关系"。①她在爱和孕育孩子中保持了忠贞。在伊丽格瑞看来，构成这种精神维度的基本元素尚存，而且清楚地意识到基本元素未必与古代一致，"在印度训练的瑜伽老师有时也会忘记在他们文化传承中性别差异的重要性"。②于是，到了第三阶段，伊丽格瑞给予东方文化中呼吸很高的期望，凭借呼吸使人类完整，让东西方、不同地域联系彼此传统并超越母系与父权间的二元对立。因为"东方传统可以帮助我们，在这些传统中，幸好有呼吸修炼术，圣贤们方得以重生。我们也可以发现修炼将我们带回到呼吸"。伊丽格瑞坚持认为，女性如果要对自己忠实，"就要接近东方文化，接近菩萨，菩萨是尊敬和崇拜女性精神的。女人分享她的呼吸，她可以通过维系一个生命的呼吸而实现呼吸的分享，她通过血液向胎儿传送氧气。或者，她也分享精神呼吸，而这与玛利亚贞洁的含义是相关的"③。

由玛利亚的神圣呼吸已经可以得出结论"女人生而神圣"，是上帝邀请她参与了在她体内培育"神"，而且这个神圣的过程必须

---

① Luce Irigaray. *Le souffle des femmes*. ACGF，1996：105.
② Luce Irigaray. *Entre orient et occident*. Grasset，1999：45.
③ Luce Irigaray. *Entre orient et occident*. Grasset，1999：107.

通过母子呼吸相通达成。①于是，人类的第一个自觉发出的动作便是呼吸，而这呼吸代表了个体的独立和独特性——"没有相对于母亲和父亲、爱人、孩子以及普遍的他人、女人和男人的自主，便不可能成为神圣"——从人类第一个自主、独立的动作开始，男女拥有了不同的呼吸，意味着男女从开始就是存在差异的。②那么，女性是如何因为呼吸而与男性不同的呢？由于孕育胎儿的独特经历，女人不仅在宇宙中呼吸，而且可以在体内呼吸，在这个特殊阶段，女性既可以对内又可以向外呼吸。很显然，男性只能够在外界宇宙呼吸。女人为了孕育新生命需要在体内储存大量的气，女性在体内保存气的目的是为了分享，与自己同性或不同性别的新生命分享自身的气而最终使人类繁衍不绝；男性利用气去建设，去创造有用的概念和工具，目的是为了掌管女性和其他男性，甚至掌管自然和宇宙。

　　女人，跟上帝这个造物主一样，用呼吸造物。但是，她从内部创造，而不显现。她无影无声地创造，在任何可以预见的言语和姿势之前。女人用她同样的方式教育，在现在和以后的每个时刻……她不仅是给予，她也分享。但是她所分享的是看不见的。③

在父的光亮照耀之下，一切都是建设性的可见的，伊丽格瑞通过对女性不可见的呼吸驳斥了"视觉中心"的父。另一个层面，母亲不仅奉献了血肉、乳汁，还有最重要的呼吸，这在伊丽格瑞看来是一种无声、无形、非物质的灵魂分享，分享的结果是母亲不仅给了生命，而且通过有差异的灵魂分享给了个体独立性，是肉体和灵

---

①　Marie-Andree Roy. "Women and Spirituality in the Writings of Luce Irigaray." *Religion in French Feminist Thought*. trans. Sharon Gubbay Helfer. Routledge, 2003：23.

②　Luce Irigaray. *The Age of the Breath*. Christel Gottert Verlag, 1999：1.

③　Luce Irigaray. *Entre orient et occident*. Grasset, 1999：108.

魂的双重创造。

伊丽格瑞提醒说，"在我们传统的源头——以亚里士多德为例，以恩培多克勒为例——灵魂也还是与呼吸、气有关联的"，"但这种联系却被忘记了，尤其在哲学中"。①灵魂或者跟灵魂占据同样位置的思想等，已经成了概念化和再现的结果，而不是呼吸训练的结果。在《东西之间》的序言中伊丽格瑞感叹：这种遗忘和误解是如此深远，以至于西方连接传统的桥梁难以恢复！

当然，对于分享呼吸的女性神秘性这一点很难掌握，就像研究伊丽格瑞宗教观的基督教学者也没能在采访伊丽格瑞时掌握伊丽格瑞的思想动因，而遭到了伊丽格瑞的嘲笑，因为伊丽格瑞的思想即便没有出现近期的诗化和东方宗教的转向也已经非常晦涩了。但确定的是伊丽格瑞强调这种呼吸分享的是自然和精神生活，指责人类已经忘记了呼吸的重要性和神圣的精神生活，即便传统一直这么教育我们。还有一点需要指出，"这种(呼吸)教学已经可能是信仰的一部分，而不是仅仅在现在此处操演的动作"②。这里表明了伊丽格瑞通过对印度经典瑜伽经文的研读和十年瑜伽的修炼认识到呼吸术对女性"神圣"的贡献。

这不仅是从对《圣经》中玛利亚的重新解读中能够得出的，伊丽格瑞从东方文化中也获取了灵感。"要保持纯洁就是要保持呼吸自由并有生机，与呼吸的关系成为与自己的内在关系，使呼吸成为与自己的性属和别的性属沟通和交流的语言，是欲望的语言而不是需要的语言。"③

关于呼吸的印度文化是一种致力于将身体和精神联合而非分离的文化，与西方身心二分不同。通过呼吸将身体神圣化，将精神性恢复，使主体返还。受东方宗教的启发，伊丽格瑞建议每个人应该

---

① Luce Irigaray. *Entre orient et occident*. Grasset，1999：7.

② Marie-Andree Roy. "Women and Spirituality in the Writings of Luce Irigaray." *Religion in French Feminist Thought*. trans. Sharon Gubbay Helfer. Routledge，2003：23. 这里表明了伊丽格瑞对巴特勒的性别操演(performative gender)理论的不赞同。

③ Luce Irigaray. *Le souffle des femmes*. ACGF，1996：206.

致力于建设一种自己的呼吸文化，通过这种个人的日常训练，使得我们重生，与自己身体的自然状态和谐，身体与精神和谐，与自然和谐。有意识的呼吸，不仅要求在孤单的状态下体会个体差异的身心状态，而且要求掌握自己身体呼吸和精神恢复的过程，即掌握了生命，通过个人独特的体验也开始意识到尊重他人的生活和生命。呼吸有能量让我们成为一种精神性的存在，对女人来说尤为重要，可以"成为神圣"。

伊丽格瑞将呼吸同精神联系起来，将思想拓展到了宗教层面。他山之石可以攻玉，这是用东方的呼吸术和瑜伽修炼的经历，以及印度原典的解读为《圣经》进行了又一次重新阐释。从某种意义上说，伊丽格瑞为宗教研究打开了另一扇门。这是以"父"的"视觉中心"、"话语中心"为传统的西方哲人不曾关注过的，也是叔本华感兴趣却始终未能抵达的东方文化与西方宗教的一次和谐的对话和撞击。最后，在现实层面，诚如伊丽格瑞在《东西之间》的前言中说明的那样，如何面对人类的危机，比如重大疾病和癌症的肆虐？如何重新发掘生命的能量？伊丽格瑞提到：人类因无根而移动，这一点是人与植物不同的地方。①并且因行动上的可移动，导致了精神上的可移动，在时空上的移动满足了人类获取物质和精神食粮的需求，然而移动也意味着误入歧途，有时甚至是陷入生存的危险之中。什么才能保证一种在身体上和精神上至少部分地处于流浪状态的生物的生存呢？是被西方人由于将身体与精神割裂而遗忘的呼吸。

第三节　建构女性"神圣"

伊丽格瑞创造性地提出了"女性想象力"以取代父权传统中"象征化"概念，比如用女性窥镜替代拉康的镜子，从而使得女性克服已经内化了的对男性无意识的崇拜，以及对自身主体性的无视和忽

---

① Luce Inigaray. *Between East and West：From Singularity to Community.* trans. Stephen Pluhacek. Columbia University Press，2002：viii.

视。比如，针对整个象征秩序的开端，伊丽格瑞提出"整个西方文化都建立在弑母的基础上"，而非始于弑父。①针对俄狄浦斯阶段，她提出将思考转到"前俄狄浦斯阶段"；针对女性是"黑暗大陆"的说法，她提出"母女关系是整个黑暗大陆的黑暗大陆"。所以在近期，针对神圣父的象征形象的内化，伊丽格瑞提出"神圣"女性的范式，并推及每个主体都要朝向"成为""神圣"发展。

> 灵魂与其说与言说有关，不如说与呼吸有关。这种指向精神性和精神性本质的方法更接近女性传统。②
>
> 我发现我们之间的神圣，被我们孕育构想，却不与我们相关联(甚至先验)，神圣存在于每一对男女之间，我们赋予它生命。回到我们历史的另一阶段，神揭示自己是女人和男人的产物。③

一、原因和目的

在这个成为"神圣"的过程中，伊丽格瑞进一步拓展了其性别差异模式。在解构主义的意义上，伊丽格瑞解构了西方哲学和宗教传统中的父。但是，她没有走向上帝死了的后现代乱象中的精神荒原，在《神圣女性》一文中，伊丽格瑞提出了对上帝的质问，同时也表明：我们需要一个上帝，一面镜子，一个无限的守护者，从而安置我们的社会属性，从而逐渐成为一个能够完善内在的主体。

女性对于宗教的反思通常集中于对日常事务的操心，那是妇女生活的重心。所以，结果是比起理论和信仰来说，女性更强调宗教的仪式和规矩。在有组织的实践中，她们倾向于有意识地努力创造

---

① Luce Irigaray. *Le corps a corps avec la mere*. La Pleine Lune, 1981：81.

② Luce Irigaray. "A Feminine Figure in Christian Tradition." *Conversations*. Continuum, 2008：96.

③ Luce Irigaray. *The Way of Love*. trans. Heidi Bostic and Stephen Pluhacek. Continuum, 2002：13.

一个没有等级制度的结构，而不是有优先权的角色。基于女性主义意识建立的宗教，这些特点更是被宣扬的。除非女性有一种可以想象的"女神"模式，否则将不可能确保其女性身份，一种能够从之前父权制的象征秩序中解放出来的身份，这是伊丽格瑞在第三阶段提出的"女神"学说。不仅男性或者父权制压抑了、削减了女性成为女性的特权，让女性中性化，认同绝对的、男性的"同一性"，或者让女性失语，而且女性自己也习惯于待在这个父权制的模式中而不自知。所以，在早期激进地解构了父权之后，伊丽格瑞强调作"神圣女性"的"意识"的重要性，是为了建构女性主体，也是为了建构一种"神圣"的文化。

首先，这个女神是针对男神提出的，既然上帝统管了一切西方形而上学秩序，那么要建立可以容纳女性主体的文化必须建立一个"女神"典范。如果说耶稣被钉十字架，用自己的血和痛苦拯救了世人，但其实比起耶稣，"女人受到的痛苦，比如虐待、强奸致死，这痛苦不比耶稣的少"，那么"女人"也同样可以"拯救世界"。①东方印度和前雅利安人的文化中女神和男神被并置供奉，女神甚至高于男神的地位，直至今天，印度文化仍然不提倡或者无意识于"理性"和"形而上学"，为什么一定要将感受升华为理性呢？印度的瑜伽术和呼吸术培养人在身体中思考，在呼吸中体会和感悟自己身体与外界的人、自然和神的交流和相处。由此，伊丽格瑞得到灵感，创建了自己的"女神"。

此外，在被伊丽格瑞描述为"感知超验"的"横向超验"和"纵向超验"的模式中，横向和纵向的矛盾修辞用法意图在于在空间上展开对二元对立的抵制，对等级制度的抵制，对同一性的抵制，而这些在西方哲学中都是理论畅行的基础要素。因为在西方传统的形而上学中，超验、精神/感觉、感知、身体/肉身是二分的。所以阿穆尔（Amour T）在对伊丽格瑞的宗教研究中认为，运用"感知超验"这样一个对西方哲学传统来说是矛盾的比喻，是一种"让物质现实神

---

① Luce Irigaray. *Conversations*. Continuum，2008：103.

圣化的有效方法,也将为女性的成为创造空间"①,创造可能性。伊丽格瑞基于基本元素/质料的挖掘来阅读"感知超验"也就免于落入乌托邦的批评之中。在伊丽格瑞的《被海德格尔遗忘的空气》中提到了气在海德格尔作品中的位置,气成为伊丽格瑞笔下没有削减任何物质性的可以触及物质性的例子,超越了原本对体验的限制。伊丽格瑞的"感知超验"成为想象神圣他者和性别差异理论的一个重要资源,它超越了自我和他者、内在性和超验、人与神的稳定二分。

既然绝对的同一性不复存在,那么集体也就没有权力干涉和质疑个体的差异性。如此,人才能够成为人的主体存在,社会不可以替代个体而拥有决定权。在这一不可替代的维度,伊丽格瑞提出要支持女性和男性一起成为不同层面的"神"。女性应该唤醒内心的精神动力,唤醒本体的欲望,摆脱父权制为女性打造的秩序,朝向"成为神圣"重新活一次,重生是蓄势的表象。

二、"成为"女性典范

伊丽格瑞在《神圣女人》(*Divine Women*)一文中,主张超越一神论,而应创造女性"神圣",女人需要一个女性"神圣"典范作为女性主体性建构的基础,甚至男女之间的关系也被定义为一种"神圣"。在这个神圣的范式中提出"成为"(becoming)大于"存在"(being)。这标志着伊丽格瑞理论的转向:如果说前一阶段是继续在父权逻各斯中心的范畴内去突破、解构,那么这一阶段伊丽格瑞计划去建构一个属于女性的典范模式。正是因为看到了伊丽格瑞对女性神圣的理论化,所以鲍克森反对将伊丽格瑞看作本质主义者。

在与宗教学者玛格丽特(Margaret R. Miles)的对话中,伊丽格瑞曾经区分过基督教中完美的存在与自己构建的"成为完美"。对于研究者普遍讨论的原罪和诱惑,伊丽格瑞认为,男女面对的是不同的诱惑,不仅如此,也面对不同的责任和义务而有不同的原罪。

---

① Morny Joy, Kathleen O'Grady and Judith L. Poxon ed. *Religion in French Feminist Thought: Critical Perspectives*. Routledge, 2003: xvii.

忽视个体的责任就无法真正地成就自己，在这个层面上，只有同一性的集体的来自父权社会制定的责任，每个人才无法真正地让自己成功或者完善。关于"存在"，也是一个自古希腊起哲人一直讨论的古老命题。列维纳斯认为宗教的伦理是否能够实现或者隐约达到无限是一个问题，在伊丽格瑞看来，确定了原罪也就确定了完美的存在状态，因此是有限的；而成为或者达到完美的遥遥无期和不可能性让这个"成为"的过程变得无限。个体也因为在这个过程中的无限可能和变化，而成为每个"成为神圣"的个体，无限的多种可能性和丰富性也促成了差异。

第四节　宗教与文化并行不悖

一、宗教之恶

宗教之恶首先体现在"宗教就是捆绑"。①耶稣说要"捆绑人心里的恶势力才是释放的根本之道"，所以我们在教堂常听见祷告词中有"求上帝捆绑撒旦、释放人心"，一场无形却激烈的战争是西方人永远无法摆脱的内心冲突。在伊丽格瑞看来，"宗教是捆绑大地与天空、捆绑我们内心和外在的指令"。②这样的宗教教化了大地上的生物不触犯神的天庭，并以不毁坏大地的方式崇拜天庭。在这个意义上说，为个体牟利、使个体幸福就可能侵犯宗教秩序，个体的人总是要服从整体的人或服从于神的。于是为了支持全局的这种捆绑，当两者矛盾时就"将大地牺牲给了天空，将身体牺牲给了精神"，这就像男女之间一样是一种压抑关系。

一方面，伊丽格瑞认为目前最和谐的宗教关系是互惠互利的结

---

①　Luce Irigaray. "Introduction: On Old and New Tablets." *Religion in French Feminist Thought: Critical Perspectives.* Morny Joy, Kathleen O'Grady and Judith L. Poxon ed: 5.

②　Luce Irigaray. "Introduction: On Old and New Tablets." *Religion in French Feminist Thought: Critical Perspectives.* Morny Joy, Kathleen O'Grady and Judith L. Poxon ed: 5.

合，它保存了每个个体的生命并积极地促成"成为"。这样看来，横向的联盟似乎比家长、子女的关系更为完善，一旦这种横向联盟克服了自然的两性吸引，那就属于精神层面的了，这就是伊丽格瑞认为有建设性的人与人之间的精神联盟。当然，肯定了横向的人际关系并不是说要蔑视和忽视亲情责任，而是要明白纵向的人际关系不代表人与人之间最佳的完善关系。家族关系是一个阶段的关系，但不代表是最完美的一种。实际上，在现实中每个个体几乎都遭遇过父辈的压制，面临过紧张的家族关系。所以，伊丽格瑞建议要"超于而不是止步于此"。①"一种与谱系相关的纵向超验，一种与差异相关的横向超验，既是自然的又是文化的，在两个主体之间"，这种人的自我完善才是超越宗教压制的完善。

另一方面，伊丽格瑞认为宗教的恶劣，阻止了每个个体成为自己的神圣主体：

第一个事实：自我的集中（gathering）将导致全能的他者/神，一个对我们的本质来说陌生的上帝：对于人性来说是超自然的。我们自身的集中通过其他方式被拿走……人与人的关系由上帝之名派遣，冒着麻痹人类的风险……

第二个事实：与他人的联系被理解为在一个团体中、一个宗教社区或者家庭中的一个聚会，而不是一种与他人的关系。②

伊丽格瑞认为这种表面上一团和气的、可以与他人建立联系的"集中"，无论是自我的聚会，还是集体聚会，在深层意义上都是宗教麻痹人性的一种活动。首先，由于个体消极地属于一个宗教或

① Luce Irigaray. "Introduction：On Old and New Tablets. " *Religion in French Feminist Thought*：*Critical Perspectives*. Morny Joy, Kathleen O'Grady and Judith L. Poxon ed：5.

② Luce Irigaray. "Introduction：On Old and New Tablets". *Religion in French Feminist Thought*：*Critical Perspectives*. Morny Joy, Kathleen O'Grady and Judith L. Poxon ed：7.

者家庭团体而妨碍了个体的差异化显现；其次，由于神圣的他者隔在人与人之间，阻止了基于她或他的差异之上的一种和谐的超验经历。所以，伊丽格瑞认为，这样的宗教概念"将人类丢弃在一个低级于人类天性的身份状况中，剥夺了人们一种精神的、神圣的'成为'的能力"。①人类的身份和神圣身份已经被人为地分开。通常，我们没有认识到"成为神圣"是符合成为完美的人的。撕裂一个人与他人关系的结合，我们便失去了一个人和他人成为完美、成为神圣的路径。②因为，我们已经落入了假定的全知全能的父的控制，没有回到我们自身去问问是什么使得我们精神上进步，或者阻挡我们前进；太过于信任这个他者的宗教和家庭集体而不是别的关系，让我们失去自己内在的、与自己关联的"集中"，而这种集中对于精神世界的成长是不可或缺的。如果我们的能量被分为两部分，一部分追求神圣、一部分追求自己，那我们有限的能力如何支持我们的精神成长？如果我们不能将我们自身的能量由最基本的自然能量转换成最微妙的精神能量呢？况且要怎样克服人与神、肉身与精神的对立，甚至敌意？如果我们自己不能培养我们的呼吸和我们的肢体语言朝着更智慧和流畅地与他人交流的方向发展呢？毕竟，上帝已经压制我们的肉体太久，我们怎能相信上帝对我们肉身的完善有好感呢？不幸的是，这个上帝试图切断人类自身的完整、完善，不然如何完成对我们的掌控和布道。正如基督教总是叫人们远离自己的家园、远离兄弟姐妹、远离父母，而跟随他——带着创伤的想象力远离甚至忘记自我的欲望——就是用这样的宗教团体的形式，基督教切断了人类关注与自身、关注与他人之间的真正关系，而不是在宗教团体和家庭中的非个体差异的集体关系。结果是，无论我们在憎恨中还是在忏悔中度过我们短暂的一生，我们都无法解开欲望

---

① Luce Irigaray. "Introduction：On Old and New Tablets". *Religion in French Feminist Thought：Critical Perspectives*. Morny Joy, Kathleen O'Grady and Judith L. Poxon ed：7.

② "成为神圣"（becoming divine）是伊丽格瑞用来比喻她所建议的人类追求的范式；普遍意义上的神圣仍指上帝。

与禁忌、自我与神的冲突。

最后，在内部瓦解了宗教之后，伊丽格瑞并没有走向极端，或许也还是因为其天主教的教育背景，她将西方的祈祷也同样重新定义，赋予东方呼吸一样的、沟通身心的功能。她说："祈祷应该是日常生活的一部分。"①祈祷可以有多种形式。无论是个人的祈祷，还是集体的祈祷，都是很好的训练。个体祈祷可以训练积极寻找内在的精神性的自我。在这个过程中，身体的姿势和状态使得精神注意力集中起来，可以保持现在的满足感也可以为了"成为"创造。集体祈祷时必须要保证一个团体的一致性而不是个体的精神成为。

二、建构文化的重要性

时至今日，精神性已经不再属于上帝独有，已经成为个人的一种追求，也激发了社会和政治层面的讨论。同时，毫无疑问，宗教在一些文化中仍然是社会连接点。人们往往会误将社会组织当做真理本身，个人精神性的追求和制度化的宗教之间的关系就显现出各种问题。所以，当我们考虑宗教方面的问题时，我们必须特别地注意集体针对个人来说拥有各种形式的优先权。

为了解开这千百年来西方形而上学的结，伊丽格瑞另辟蹊径敢于尝试新的路径，"掌控我们自己直到人性完美的实现，不傲慢但带着自信和一点点胆大妄为"。②于是，为了克服过去和现在的习惯性服从父权命令的惰性，为了打开仍然封闭的视野，为了发现被我们的恐惧、误解遮蔽了的大地与天空，伊丽格瑞终于在父权之外的东方印度找到了与之平行的一种可以实践的理论灵感，大胆构想了每个人都应该在心中有的"成为神圣"，伊丽格瑞很清楚"思想的火花终究需要长时间的耐心等待才能实现"，所以才在《东西之间》中

---

① Luce Irigaray. " On Old and New Tablets". Heidi Bostic trans. *Religion in French Feminist Thought*: *Critical Perspectives*. Morny Joy，Kathleen O'Grady and Judith L. Poxon ed：6.

② Luce Irigaray. " On Old and New Tablets". Heidi Bostic trans. *Religion in French Feminist Thought*: *Critical Perspectives*. Morny Joy，Kathleen O'Grady and Judith L. Poxon ed：6.

提供了大量篇幅用以指导人们日常的瑜伽训练——一种身心交流、自我与他人交流的"感知神圣"的训练。①

　　伊丽格瑞并不是要建立另一种宗教来与上帝的宗教抗衡，就好像她不赞同激进女权主义一定要争取与现行父权制抗衡的另一种所谓的平等。作为一位西方学者，深悉天主教和基督教教义和形而上学传统，即便尼采喊出了"上帝死了"，上帝也会拖着这具形同枯槁的庞大躯体残留在人们意识的潜层，父的声音会随时在耳边萦绕。当然，世界上还有非洲、亚洲等地方的母系宗教和部落传统，所以女性主义不是为了发出自己的声音而去反对和抵抗宗教。伊丽格瑞对宗教的态度是"原谅"。无论是父权，还是母权，任何相信自己的信仰是至高无上的人都将失控，超越我们的力量。更好的办法是，接受他人的脆弱、他人的痛苦、为了寻找花时间和精力去发现自己的独特性和自己的一致性。复仇的意愿会耗干我们的能量，而我们应该保存能量去寻找自己的独特性和一致性，这应该是精神进步过程中放在优先地位的。在伊丽格瑞看来，无论宗教在与不在，无论是上帝的宗教，还是女神的宗教，人类社会发展至此，一种与宗教并行不悖的在全球化语境下的多元文化模式不可缺场：既尊重彼此差异、保持自己，又互相沟通；不是一个中心的多元化，而是真正的让每一种文化都有保其自己身份的特殊性。试想，倘若"上帝死了"之后，还有一种保存在每个人、每个社会体内的文化意识支撑人性的精神世界，何至于会有艾略特的荒原感，何至于在"人性已逝"的精神困境中挣扎。为了摆脱宗教的恶，为了摆脱上帝缺场的虚妄，也为了构建神圣的"成为"，伊丽格瑞提出多元文化的重要性。

　　既不简单服从于已建立的真理、信条、陈习，也不能一味坚持寻找人类繁荣赖以支撑的科技方法，我们需要超越仅有的一个传统，终结让上帝作为宗教的共同体统管我们的一切财富和精神领

---

　　① Luce Irigaray. " On Old and New Tablets". Heidi Bostic trans. *Religion in French Feminist Thought*：*Critical Perspectives*. Morny Joy，Kathleen O'Grady and Judith L. Poxon ed：6.

域。以目前全球化的危机来看，我们不得不追问我们昨天和今天一直向往并追随的上帝的宗教仍然是正确的吗？

哲学与宗教，作为两种"远离物质经济基础的意识形态的更高形式"，在世界各种文化体系中都是互相沟通的，哲学的宗教化和宗教的哲学化几乎是一种普遍现象。今天的上帝因祛魅而缺乏神圣感，处于既被世人怀疑着和否定着，又总是萦绕世人心头的尴尬位置。

作为具有哲学博士学位的伊丽格瑞，她认为讨论宗教范畴内的主题时，需要从简单的自然救赎跨越到精神层面。由于这个过程往往在行动方面从未实现过，就需要能量去摒除并改变旧习。每一个男人和女人都有义务去改变，因为没有人可以替代差异性的别人，也不能被别人替代。我们在很多时候有可能广开言路，为经验的传播开辟一条路径。但伊丽格瑞担心的是，这些路径会变成在最基础阶段、最广泛社会层面的法律和标准。隐含在其中的问题是"宗教权威是否就被设定有建构公民社会的任务了呢"以及"宗教在我们这个时代被置于另一个层面上"①。作为一个出身天主教家庭的学者，伊丽格瑞深知宗教对当代人类的深层语义结构和无意识的影响不是一句"上帝死了"便能够抹去的，上帝存在于西方社会的法律、制度、道德标准等可见的可测定的范围之内，这是西方社会难以摆脱的现实困境，也是伊丽格瑞苦心经营要构建"神圣"典范的意义所在。上帝死了或者仍然存在于人心深处，这都是不可改变的，更何况宗教信仰也无需改变，抱怨和批判亦无用。如果说早期的伊丽格瑞还试图瓦解代表父权制的西方形而上学大厦从而建立女性主体性的话，近期的伊丽格瑞已经没那么天真地想要通过一种理论改变上千年的潜层话语结构——这也是批评家们所质疑的为何伊丽格瑞丧失了激进——近期的伊丽格瑞总结了之前的理论建设，转向更为诗性地论说，即从实践层面出发去建设女性主体言说，典范或许比

---

① Luce Irigaray. " On Old and New Tablets. " Heidi Bostic trans. *Religion in French Feminist Thought*: *Critical Perspectives*. Morny Joy, Kathleen O'Grady and Judith L. Poxon ed: 1.

理论具有更大的力量去争取一种有性别差异的社会和家庭模式的文化。不能让宗教成为精神荒原之上唯一可以发号施令的权威，也就是说，要构建一种新的宗教，可以令人类的精神世界充盈和自信的宗教。也是在这样的情况下，个体才能够有效地"成为一个成功的个体"。①

　　不同于早期执着地对西方父权形而上学进行解构，近期的伊丽格瑞对圣经文化和基督教、天主教的批判是以重新定义为目的的，通过对深入人类意识深层的关键词和概念进行重新定义或许是一劳永逸的，毕竟将男性的历史彻底解构对于女性主义理论的发展事实上并没有好处，而且伊丽格瑞曾坦言她很清楚让包括女人自己在内的人类接受一种新的自我意识，并培养它成长是一项艰巨的任务，不是一蹴而就的事情。无论作为一位直面现代性以来的生态危机和人类精神危机的西方学者，还是作为一位解构了西方哲学史上诸位形而上学大师的女性主义者，对于东方宗教和文化的探寻几乎是不可避免的。首先，同是前雅利安语系的印、欧语系有着同根性，这是伊丽格瑞可以认同的一种文化，而且，这种文化提倡崇拜母亲、女神。在印度文化中，毗湿奴和湿婆是共同被尊崇的，两者拥有和谐的关系，这是伊丽格瑞在女性主体构建和"二人行"学说阶段所追求的。不仅如此，佛教文化中对于他者无性欲、无肉欲的凝视，瑜伽修炼中呼吸方法对于沟通身心的阐释，以及东方文化综合性的思维方式都对伊丽格瑞产生了重要的影响。换句话说，印度文化中的提倡有个性的呼吸、崇拜女神以及用身体去思考等与伊丽格瑞的女性主义思想是吻合的。对印度文化的借鉴其实是对西方现实困境的反观，希望东方文化中人与人之间的关系，人对于自己身体和精神信仰的态度可以被西方借鉴。

---

　　① Luce Irigaray. " On Old and New Tablets. " Heidi Bostic trans. *Religion in French Feminist Thought*：*Critical Perspectives*. Morny Joy，Kathleen O'Grady and Judith L. Poxon ed：1.

第五章　结语：东西方之间
多元差异女性观

第一节　学界对伊丽格瑞的质疑

就让人们拿走他们愿意从我著作中拿走的，我不认为由于我作了注释或者其他什么解释，我的著作就可以被更好地理解。①

这是伊丽格瑞在《伊丽格瑞导读》中对于从不解释和注释自己那晦涩而难读的理论著述给出的理由，无论是出于后现代书写观念的影响，还是出于女性主义主体性的诉求，这种写作风格和态度毫无疑问地会招致其他学者的误解、质疑、诟病和挑战。

一、对近期思想转向的质疑

加拿大伊丽格瑞研究专家摩尼（Morny Joy）在对伊丽格瑞的女性宗教研究专著中指出，伊丽格瑞早期思想和近期思想是矛盾的。早期的伊丽格瑞用"双唇"、"黏液"描述了复数的女性特质，可谓是革命性的"打破了无视女性的二元对称的旧梦"，而近期的伊丽格瑞则用"想象的'神圣'本质关闭了无限想象的路径，即女人可以

---

① Luce Irigaray. *The Irigaray Reader*. Margaret Whitford ed. Basil Blackwell, 1991: 1.

展望她们多种身份的完整状况"。①同时，伊丽格瑞坚持的"女性起源的神话"，正如弗洛伊德的俄狄浦斯情结弑父神话一样不令人满意。不仅如此，摩尼还认为伊丽格瑞近期对这一神圣女性本质的提出，切断了女性与任何理性的联系，她认为男性一直都是与哲学史上的理性相联系的，而这并不暗示伊丽格瑞可以认为男性从本质上缺乏想象力。伊丽格瑞对女性被压抑的认识的确很清晰，然而按照摩尼的说法，这个时代对女性来说，应该认识到一种中和的天赋，"去建构一种世界观可以为她们新建的理智和想象力的结合和统一而荣耀"②。笔者认为，伊丽格瑞近期思想与之前相比确有不同，然而这种理论的转向是每一位哲学家都会有的，理论的转向是对前期思想反省总结后的一种选择，并不等于是对前期理论思想的否定，表面看似自相矛盾的话语其深层含义并不矛盾。比如伊丽格瑞早期以"双唇"为例提出了女性生理和心理的复数特征，区别于弗洛伊德的男性"阳具中心"的菲勒斯中心，这一学说的提出不但为女性主义挑战父权中心作出了贡献，也为建设女性话语打下了基础。

　　笔者认为第三阶段的伊丽格瑞思想和理论是与其早期思想一脉相承的，并且将"性别差异"两性关系进一步拓展到了更宽阔的视野中，建立女性主体性的着眼点也发生变化，从女性主体性的内部建立转移到了外部的人与自然、人与神的关系中。比如，《东西之间》一书的副标题是"从个体到共同体"，其主旨是建设一种彼此尊重对方差异的和谐两性关系，并将这种思想拓展到建设一种有别于黑格尔以降这几百年的家庭和社会模式，强调建设这个"共同体"的基点就是彼此尊重对方差异，并继续保持自身特征。《东西之间》对印度宗教和瑜伽术的关注是为了给西方"女神"的塑造提供可行的路径，需要强调的是，伊丽格瑞在书中对"神圣"本质的论述

① Morny Joy. *Divine Love*: *Luce Irigaray*, *Women*, *Gender and Religion*. Manchester University Press，2006：34.

② Morny Joy. *Divine Love*: *Luce Irigaray*, *Women*, *Gender and Religion*. Manchester University Press，2006：35.

是为了给女性提供一种典范去摹仿，因为在父权制传统中，女人从来没有对自己有过了解，也缺乏一种自我意识。再比如，伊丽格瑞在《谈话录》中讲到的"多元文化主义"，她认为构建符合这个时代语境的文化不是以"一"为中心的"多元"，而是以复数、多个中心构建起来的各种文化的"多元"。值得肯定的是，摩尼所说的激进和革命性确实在近些年的伊丽格瑞身上有所收敛，否则她也不会妥协于英语世界，为了传播思想跑到英国的学院里举办了几年的讲习班，笔者认为这是伊丽格瑞对未了心愿的一种心理补偿，越到学术生涯的后期，学者越是会以一种温和的态度治学，这也符合常态。此外，摩尼认为伊丽格瑞的"东方发现"的是一个古老的印度、神话的印度，"没有认识到神话中被抬高了的女神地位与当今印度社会对女性的世纪压抑"的差异对比，确实"容易落入东方主义"。①

与摩尼相比，潘诺罗普（Penelope Deutscher）对伊丽格瑞的批判更为彻底，他撰写了一本以批判伊丽格瑞为学术立足点的专门著作（*A Politics of Impossible Difference*：*The Later Work of Luce Irigaray*）。他在书中指出：伊丽格瑞最初的兴趣在于用语言学分析遭受痴呆和精神分裂之苦的主体；之后一个阶段的兴趣在于当今文化和作家中性别差异的状况，比如弗洛伊德、拉康、马克思、列维·斯特劳斯以及历史上的哲学家们，通过对哲学家们的解读，她得出结论，即性别差异从文化中排除了。②回到语言学研究，她强调男女青睐的不同的话语模式见证了我们文化中的性别差异是不可能抹去的。在伊丽格瑞语言学的著作中，她运用了源自对哲学史解读的性别差异概念去分析男性和女性日常话语中体现的性别差异的状况。然而在潘诺罗普看来，这些使得伊丽格瑞前后思想形成鲜明对比。因为，在她 1997 年著作《二人行》中，伊丽格瑞改变了之前的学术话语方向，她将已经形成的语言学分析带入了对萨特、梅洛庞蒂和列维纳

---

① Morny Joy ed. *Religion in French Feminist Thought*：*Critical Perspectives*. Routledge，2003：xviii.

② Penelope Deutscher. *A Politics of Impossible Difference*：*The Later Work of Luce Irigaray*. Cornell University Press，2002：142-143.

斯的分析，然而日常言说中的性别差异却缺场了。而实际上，在更晚的一部作品《露西·伊丽格瑞：教学》中，伊丽格瑞收录了一篇涉及法国科学研究中心"性别教育"项目的具体实施细节，准备了充分的调研和语言沟通测试，为了推行基础教育阶段的"性别教育"作出了实践和理论的创新性尝试。在 2008 年的《谈话录》中，伊丽格瑞谈到了现实生活中实践性别差异所需的人与人之间沟通的重要性，并且坦言在英国连续几年举办讲习班的目的之一也是为此。此外，无论是伊丽格瑞早期做心理分析师的实践经历，以及后来在印度瑜伽学院修炼十年的经历，还是她以七十几岁的高龄仍坚持开设讲习班、举办演讲的经历，我们从中都可以看出，与很多西方哲学家相比，伊丽格瑞更具有一以贯之的生活实践精神。

二、对近期写作风格的质疑

伊丽格瑞近期作品与前期作品相比，有前文提到的风格上的差异和思想方面的不同倾向，也有批评家指出伊丽格瑞违背了早期使用语言学方法分析哲学史的做法，使近期研究与早期立场呈现"倒置"。需要注意的是，一个理论家在暮年对自己的思想和著作进行反思、矫正，甚至推翻都是自古有之的，这时既不能简单地对其早期作品进行否定，也无需去怀疑其后期作品的立足点，而应将这种行为理解为一个理论家发展的自然脉络，这个脉络不一定是直线形的。正如《二人行》译者在后记中说的那样，"近期作品代表伊丽格瑞对自己理论的总结反思和回顾"，其立足点依然是"性别差异"女性主义理论观点，此时，伊丽格瑞的思想已经成熟，其表述方式自然不会像早期那样锋芒毕露。此外，无论是出于她思想传统血液中的"诗性"召唤，出于对父权系统内逻辑分析的抵抗，还是出于用"感知"和"体悟"建构女性特质的言说和抒写方式，都必然导致其近期的成熟之笔，以散文诗的语言风格，站在东方直觉领悟的文化之中回望西方的逻各斯。

此外，摩尼还提出伊丽格瑞对于东方文化的所谓研究并不是出自同一个学术研究的视角，而是从一个开始练习瑜伽的普通人的视角出发，相对缺乏一种批判的立场。而事实上，从个人体验而不从学术逻辑出发去总结和归纳才是最好的阐释伊丽格瑞性别差异女性观的方法，而这种非逻辑、非学术的方法也帮助建构了女性主体特色的言说方式。当然，就其近期的论说方式和风格来说，很大程度上远离了学术规范的正统，因而即便是一种风格的转向也会继续遭到学者的质疑。

英美学界的批评家认为伊丽格瑞因修炼了十年的瑜伽术，所以热爱东方文化，而厌恶西方文化。事实上，这种观点是主观的、片面的，如果看看伊丽格瑞为基督教重新定义了多少概念，就知道她对上帝的兴趣有多大。"她显然对上帝的概念很有兴趣：对天使报喜的故事、对贞洁和处女的概念、对圣餐的理解和对原罪和荣耀的重新定义。"①况且，要求个体高度忠实于一个团体或者一个宗教的思想不仅不合时宜，也是危险的。其实，在为《法国女性主义思想中的宗教》一书撰写的序言中，伊丽格瑞表明社会最好的状态是文化和宗教的发展并行不悖，无论人们是否信奉上帝，都应当允许东西方的不同信仰沟通和发展。但更为重要的是，宗教的神不能替代文化内核，否则一旦上帝缺席人类的信仰便将置身于荒漠，对"多元文化"的世界来说，应建立一种共识的文化氛围，即尊重彼此差异，保持自身特征并能够与对方有效沟通，让丰富的文化成为人类精神的支柱。

伊丽格瑞遭到的批判和质疑不少，这与伊丽格瑞的脾气秉性以及她对待研究者和采访者的态度有关。通过阅读她的作品，我们可以明显体会到她的这种性格。例如：在《我，你，我们》的开篇处，伊丽格瑞对波伏娃采取既赞又贬的评价方式，而反对给自己写自传的原因是：不愿意像有的女性理论家一样，通过私生活的曝光影响读者对自己著作的理解。②通过对伊丽格瑞在《谈话录》中回答谈话者问题的语言方式的分析，我们可以感到伊丽格瑞表达自己态度和

---

①　Morny Joy, Kathleen O'Grady and Judith L. Poxon ed. *Religion in French Feminist Thought：Critical Perspectives*. Routledge，2003：20.

②　Luce Irigaray. "A Personal Note." *Je，tu，nous*. trans. Alison Martin. Routledge，1993：10-11.

观点的直接，她对谈话对象的驳斥与嘲笑也是直接的，这恰恰是一种学术自信和勇敢精神的表现，但也给采访她和与她交谈的对象带来很大的压力，有些人迫于这种压力，甚至难以面对伊丽格瑞。早期的伊丽格瑞不愿意接受采访，近期她接受采访和回答提问的语言又如此犀利，这也是导致其理论传播不尽如人意的原因之一。

随着伊丽格瑞思想理论的传播，这种在哲学上具有原创因素的女性主义观点受到学者尤其是男性学者的质疑是在所难免的。笔者认为正是一位率性而为、脾气耿直的女性才能有勇气戏仿西方形而上学传统思想，从而解构其一直占据的思想中心；才能提出新鲜的概念从而创建具有伊丽格瑞特色的"性别差异"女性观；才能跳出西方上帝父的模式去东方寻找新的路径，从而发现身心合一、男神女神和谐相处的东方模式，从而提出建构女性"神圣"和"二人行"理论。无论是风格上还是主题上的转向，伊丽格瑞近期的作品都与前期理论息息相关，其理论的出发点更是一脉相承的。从伊丽格瑞的女性主义视角出发，最终看到的不仅仅是女性的、西方的生存状态，更是在当下语境中站在东方回望到的西方世界的客观状态，伊丽格瑞试图建设一种更具有普遍意义的两个主体的文化，这是一种对人的生存状态提出的具有建设性的倡议和解决方案。综上所述，伊丽格瑞近期思想的转向是对前期思想的梳理和总结，更是思想的重生！

第二节　东西方之间的性别差异女性主义

伊丽格瑞凭借其在"性别差异"女性主义理论和实践领域取得的成就，成为后现代女性主义的领军人物，成为当代欧陆哲学家的重要人物之一，其著作代表了当代女性主义的新风格和高水平。女性主义文学批判家托尼·莫伊把她与克里斯蒂娃、西克苏并称为"后现代女性主义三驾马车"。伊丽格瑞的思想影响了当代美国女性主义者朱迪斯·巴特勒和关注后殖民话题的女性主义者斯皮瓦克等学者，将女性主义引向了哲学层面进行了更为深入的讨论；在实践层面，她领导和参加了意大利、比利时、法国的妇女运动，参加了法国国家科学中心关于"性别教育"的项目，在基础教育中培养和测试学生对于男、女差异的伊丽格瑞式沟通方法，对女性主义理论在实践中运用起到了很好的推动作用，也弥补了法国女性主义一直被认为重视理论而轻视实践的缺陷。作为一个西方哲学家，她付出十余年的时间在瑜伽学院里修炼瑜伽术、呼吸术，同时研读《奥义经》等印度宗教经典，真正做到了形而下的思考，弥补了之前男性哲学家对于印度文化因纸上谈兵而造成的偏差，在当代成为一名沟通东西方文化的女性哲学家。在美国，在英国，在挪威，关于伊丽格瑞的研讨会呈现逐年递增的良好趋势，说明其思想逐渐掀起学术讨论的热潮，对其展开的研究也不断走向纵深，逐渐成为评论界的一个热点。

伊丽格瑞的女性主义思想与西方资本主义的社会现实密切相关，与西方当代的尤其是欧陆的理论思潮密切相关。在其著作中，伊丽格瑞将西方哲学史的形而上学大家作为批判的例子和挑战的对象，拉康的镜像理论（"他者女性窥镜"是对其的戏仿）、"叔本华的生物唯物主义"、"列维纳斯的爱欲的抚摸"、"上帝对玛利亚的压抑"都成为她解构的对象。而且，近期的伊丽格瑞更着重于解构后的重建、重新定义传统意识形态中的关键词。所以，我们可以透过她的论述了解西方形而上学的发展状况和对于女性的观点，以及如何形成新的女性"意识"，这不仅对于女性，而且对于试图重新出发或者试图回归的人类来说都有积极意义。

伊丽格瑞的理论不是凭空而出，而是对现实的一种回应：并不是女性主义的立场促使她一定要创建一种新的性别模式，而是由于人类社会发展到现在的阶段，两性之间、自然与文明之间、身体与精神之间产生种种二元冲突让自然生态惨遭破坏，人类自身也面临精疲力竭和精神空虚的困境，人类对生命意义的深入探讨到了该重新认识的阶段，解构的浪潮以前所未有的猛烈形式撞击着摇摇欲坠的西方传统形而上学大厦，伊丽格瑞的女性主义思想应运而生，是对当时现实社会的一种回应。女性主义从诞生之日起便是一股引领思想革命的先锋力量，从法国大革命到五月风暴的爆发，可以看出，法国素有思想革命的传统，而伊丽格瑞正是法国当代思想革命的先锋。她的女性主义理论不是孤立地创造出来的，而是在女性长

期对自身处境的反思和第一次、第二次浪潮经历的具体实践的成果
之上，结合了解构主义、精神分析、现象学等各学科中能为女性主
体性建设贡献智慧的部分而产生的。

　　通过对伊丽格瑞近期代表著作《二人行》、《东西之间》等的研
究，可以发现，无论其写作主题和创作风格有何种转向，其实质仍
然是对作者早期思想的另一种方式的延续和总结。伊丽格瑞对叔本
华、列维纳斯等男性哲学家的批判可以追溯到《他者女性的窥镜》一
书，她基本做到了用一种女性主义的视角和方法重写西方哲学史、
男性的哲学史。并且，利用东方视角重新定义了男性哲学家既定标
注的关键词和概念。伊丽格瑞早期对于自然的关注是零散的近期虽
然仍没有形成系统的阐释自然观，但在几本重要著作中创作了以自
然、大地、空气为主题的诗性散文，可谓是一种女性自然观的践行，
也阐释了其女性主义自然观。包括伊丽格瑞在内的后女性主义者一
般不会对宗教问题，尤其是西方宗教倾注心血，伊丽格瑞在解构了
西方之后将目光移向了东方印度。在她近期的重要著作中，无论是
对男性哲学家的解构，还是对重新建构身心和合的、处于"二人行"
关系之中的主体性的努力，都结合了印度宗教文化和身体修炼方法。
她在对瑜伽术和呼吸术的阐述中，认为人体通过呼吸训练用身体沟
通精神，或者用身体思考问题，从而在呼吸之中体会人自己内心的
完善，体会人与宇宙万物的融洽，体会每一个此刻编织的永恒。在
近期的伊丽格瑞著述中，出现印度作为西方二元对立、矛盾思维定
式的参照系等内容，其写作目的是警醒西方借鉴东方，并批判指出
西方生态破坏、环境污染、科学技术带来的生存压力和伦理的丧失
及精神的空虚，无一不体现着西方父权统治的失败。

　　当然有批评家指出，伊丽格瑞的思想是太过理想主义地要求西
方在社会进步中摒除诸多问题，而且东方的印度也未必可以提供给
西方一个可以成功地将污染、噪音、癌症、技术、生态等问题解决
的办法。①瑞达（Rada Ivekovic）在其作品《东方》（Orients）中指出，

---

　　① 　Penelope Deutscher. *A Poetics of Impossible Difference*: *the Later Work of Luce Irigaray*. Cornell University Press，2002：166.

"谈论两种不同传统时，没有比较就不能发生……比较从来都不是中性的"①。由此得出结论，伊丽格瑞对东西方的比较实际是诋毁了西方传统。这种判断实际上仍然是西方形而上学传统派生出来的，也就是说只有西方的理念和学说会认为对一个事物或者一种观点的认识是非此即彼的，而东方的宗教和文化传统，包括印度和中国在内都是二元和合、圆融共生的，一个东方的学者绝不会得出瑞达的这个结论。

伊丽格瑞的四十余部著述具有多重维度，而近期的著述可以说杂糅了其一生的思考，总结并升华了之前的理论创作和实践。她在聚焦女性主体性建构的同时，也在解构父权后的废墟上重塑男性主体世界中的传统概念，她在立足于西方科技掌控一切、人类精神匮乏的危机之时，将理论触角伸向了遥远的东方印度的崇母的文化传统。她从强调了男和女主体性意识之后，试图重塑黑格尔伦理法制统管了几百年的无爱的、非人性的家庭结构，推及基于多元文化的社会共同体的重建。总之，在过去的四十多年中，伊丽格瑞通过惊人数量的著作，解构了形而上学的座座丰碑，试图突破女性主义在当代面临的混乱局面，回答西方社会人类面临的诸多问题。近期，尤其是对东方宗教和文化主题的把握，对诗性散文风格的运用，都展现出了伊丽格瑞深厚的哲学和古典文学的背景，以及令人惊讶的创造力和思辨能力。

作为一个中国研究者，我们客观分析伊丽格瑞的写作意图就是借鉴东方文化并为自身理论提供证据，前提是二者在思想上可以达成共鸣，但不能因此认为她对东方文化乃至印度文化有多么深厚的崇拜和依赖。依据一：伊丽格瑞接受宗教学者采访时曾直言不讳地说："我出自一个天主教家庭，受到的是天主教的教育。"以此开场谈及了圣母玛利亚在其文本中的重要意义。依据二：一个深深熟悉并扎根于西方传统的思想家，学习东方传统文化的目的很明显，就是为了从对东方文化的体验中回望西方传统文化中的不足，批判是

---

① Rada Ivekovic. *Orients*: *critique de la raison post-moderne*. Noel Blandin, 1992: 28.

因为身处其中、痛定思痛，向东方取经是为解决西方的危机提供一种可能的思路。依据三：正如汪晖在《去政治化的政治：20世纪的终结与90年代》中所说，知识分子的功能就是对社会的批判，"重新思考我们习惯的那些思想前提"，超越"知识分子早已习惯的那种中国/西方，传统/现代的二分法"。伊丽格瑞正是一位对社会有担当、能够看到危机并勇敢挑战诟病的理论斗士和人文学者。对西方传统的不满和突破，是源于西方传统对女性的压抑以及全球化现状的危机，伊丽格瑞希望由自己发出的声音对这一庞大深厚的逻各斯中心系统产生影响，使之改变。这就好像中国历史上学习西方到极致的"五四"时期，发动这场运动的人文学者都是最深悉中国传统文化的爱国青年志士，鲁迅从辱骂中国人的劣根性到远赴日本学习医学，以及后来喜欢西方小说都是因为对中国本土的热爱。所以，笔者不敢向西方批评界学者那样认为伊丽格瑞有蔑视西方的"崇洋媚外"之嫌，倒是以为她这种对东方文化中的修炼术身先士卒的实践、对印度瑜伽经典的经年累牍是西方学界前所未有的，只有经历了严格的训练和阅读，才不会像叔本华那样浅尝辄止，不会像基督教传统中的一切理性的"父"那样自大。

伊丽格瑞近期之所以有了诗性语言风格的转向，有了从解构西方到深入东方宗教的话题转变，笔者不认为是她关心的女性与自身与外界的诸多关系问题变了，而是她研究问题的越发深入和思想的进一步成熟。诗性语言是为了给女性主体言说做典范，同时也是东方传统的自然写作方式。另外，要使一切她讨论的细节发挥作用，需要一个承载女性主体的社会文化结构，不同于宗教潜意识移植来的法治社会条例和标准，并与任何宗教都可以并行不悖的多元文化模式。我们有一种责任：让"超验"超越往日偶像的衰落而存在。它教我们如何尊重彼此的差异，而不是让差异成为冲突、战争之源，在遵从偶像的种族间，这样的超验就引起了分歧和战争。它为我们保证，并让我们相信一个"人性的成为"的个体完善过程，尤其在这样一个对未来很容易感到绝望的年代；它允许我们使用科学，包括社会科学和心理科学以及技术，但是必须以一种不败坏人性的方式为前提。

　　传统都不得不向未来敞开，等待传统的除了是被继承就是被破除，传统本就应该存活于多元话语系统的交流、对话、碰撞和交锋之中。从这个意义上说，伊丽格瑞为我们的批评研究提供了一种范式，一种有别于西方的东方范式，一种无意于理性和逻辑总结而重视直觉体悟的经验式的感性认识，这有什么不好，又有什么不自信的呢？我们没有必要抽去注重直觉和体验的传统内核，而勉为其难地去构想一个配合西方范式的逻辑体系。

　　伊丽格瑞以及法国女性主义学者对西方的反思，不仅是要父权制对其专权的过去作检讨，而且也是对现在与未来给出预言，因为西方传统的形而上学无法解决现代性的内在危机。所以，当我们谈论起所谓的"全球化"问题，除了中国人文知识分子一贯的包容大同的思想之外，我们也应重新思考跟随现代化进程以来所习惯的那些思想前提，然而该回眸的不仅是伊丽格瑞关注的东方印度的母系社会文化，对于中国学者来说还应该有中国上古至先秦一直崇尚的尊阳崇阴从而阴阳和合的哲学观念。事实上，异常缤纷的后现代理论中没有一种理论能够解释当今人类所面对的如此复杂又矛盾的窘境，然而理论创新却从没有停歇过，让女性主义与当代哲学思潮对话，让女性主义与全球化对话，让后现代女性主义与中国道家哲学握手言欢！

参 考 文 献

1. 法文参考文献

Irigaray，Luce. *Les souffle des femmes*. Paris：AGGF，1996.

—*Entre deux*. Grasset，1997.

Merleau-Ponty，M. *Phenomenologie de la perception*. Gallimard，1945.

2. 英文参考文献

Armour，Ellen T. *Deconstruction，Feminist Theology，and the Problem of Difference—subverting the race/gender divine*. University of Chicago Press，1999.

Bacon，Hannah. *What's Right with the Trinity? Conversations in Feminist Theology*. Ashgate Publishing Ltd. ，2009.

Bainbridge，Caroline. *A Feminine Cinematics：Luce Irigaray，Women and Film*. Palgrave Macmillan，2008.

Beauvoir，Simone de. *The Second Sex*. trans. and ed. H. M. Parshley. 2nd ed. 2 vols. Cape，1972.

Bolton，Lucy. *Film and Female Consciousness：Irigaray，Cinema and Thinking Women*. Palgrave Macmillan，2011.

Butler，Judith. *Gender Trouble：Feminism and the Subversion of Identity*. Routledge，1990.

—*Antigone's Claim—kinship between life and death*. Columbia University Press，2000.

Canters，Hanneke and Grace M. Jantzen. *Forever Fluid：a Reading of Luce Irigaray's Elemental Passions*. Manchester University Press，2005.

Cimitile, Maria C. and Elaine P. Miller etd. *Returning to Irigaray*: *Feminist Philosophy*, *Politics*, *and the Question of Unity*. State University of New York Press, 2007.

Chanter, Tina. *Ethics of Eros*: *Irigaray's Rewriting of the Philosophers*. Routledge, 1995.

—ed. *Feminist Interpretations of Emmanuel Levinas*. Pennsylvania State University Press, 2001.

Cooper, Sarah. *Relating to Queer Theory*: *Rereading Sexual Self-definition with Irigaray*, *Kristiva*, *Witting*, *and Cixous*. Peter Lang, 2000.

Daly, Herman E. and Cobb, John. *For the Common Good—Redirecting the Economy toward Community*, *the Environment*, *and a Sustainable Future*. Beacon Press, 1994.

Deutscher, Penelope. *A Politics of Impossible Difference*: *the Later Work of Luce Irigaray*. Cornell University Press, 2002.

Doeuff, Michele Le. *The Philosophical Imaginary*, trans. Colin Gordon. The Athlone Press. 1989.

Donkel, Douglas L. ed. *The Theory of Difference*: *Readings in Contemporary Continental Thought*. State University of New York Press, 2001.

Evans, Judith. *Feminist Theory Today—An Introduction to Second-Wave Feminism*. SAGE Publications, 1995.

Fanny, Soderback ed, *Feminist Readings of Antigone*. State University of New York Press, 2010.

Fricker, Mirandaand Jennifer Hornsby edt. *The Cambridge Companion to Feminism in Philosophy*. Cambridge University Press, 2000.

Fuss, Diana. *Essentially Speaking*: *Feminism*, *Nature*, *and Difference*, Routledge, 1989.

Gallop, Jane. *Around* 1981: *Academic Feminist Literary Theory*. Routledge, 1992.

—*Thinking Through the Body*. Columbia University Press, 1988.

Gambel, Sarah ed. *Feminism and Postfeminism*. Routledge, 2001.

Gatens, Moira. *Imaginary Bodies*. Routledge, 1996.

Goodbody, Axel and Kate Rigby ed. *Ecocritical Theory*: *New European Approaches*. University of Virginia Press, 2011.

Gottlieb, Roger S. *This Sacred Earth*: *Religion*, *Nature*, *Environment*. New York: Routledge, 1996.

Grosz, Elizabeth. *Sexual Subversions*: *Three French Feminists*. Allen & Unwin, 1989.

—*Becoming Undone*. Durham & London: Duke University Press, 2011.

Haas, Lynda. "Of Waters and Women: The Philosophy of Luce Irigaray". *Hypatia*, Vol. 8, 1993(4): 150-159.

Harcourt, Wendy. "Feminism, Body, Self: Third-Generation Feminism." *Psychoanalysis*, *Feminism*, *and the Future of Gender*, eds. Joseph H. Smith and Afaf M. Mahfouz, The John Hopkins University Press, 1994.

Haynes, Patrice. *Immanent Transcendence*: *Reconfiguring Materialism in Continental Philosophy*. Continuum, 2012.

Hendricks, Christina & Kelly Oliver ed. *Language and Liberation*: *Feminism*, *Philosophy*, *and Language*. State University of New York Press, 1999.

Hill, Rebecca. *The Interval*: *Relation and Becoming in Irigaray*, *Aristotle*, *and Bergson*. Fordham University Press, 2002.

Hirsh, Elizabeth, Gary A. Olson and Gaelon Brulotte. "'Je-Juce Irigaray': A Meeting with Luce Irigaray. "*Hypatia*, Vol. 10, 1995(2): 93-114.

Levinas, Emmanuel. *Totality and Infinity*. trans. Alphonso Lingis. Duquesne University Press, 2002.

Irigaray, Luce. *The Irigaray Reader*. ed. Margaret Whitford. Blackwell, 1991.

—*Thinking the Difference*. trans. Karin Montin. The Athlone Press,

1994.

— *An Ethics of Sexual Difference.* *trans.* Carolyn Burke and Gillian C. Gill. Cornell University, 1993.

— *Je, Tu, Nous: Toward a Culture of Difference.* trans. Alison Martin. Routledge. 1993.

—*This Sex Which Is Not One.* trans. Catherine Porter. Cornell University Press, 1985.

— *Speculum of the Other Woman.* trans. GillianC. Gill. Cornell University Press, 1985.

—*Marine Lover of Friedrich Nietzsche.* trans. Gillian C. Gill. Columbia University Press, 1991.

—*Irigaray Reader.* Margaret Whitford ed. Routledge, 1991.

—*Sexes and Genealogies.* trans. Gillian C. Gill. Columbia University Press, 1993.

— *I Love to You.* trans. Alison Martin. Routledge, 1996.

—*The Forgetting of Air in Martin Heidegger.* trans. Mary Beth Mader. University of Texas Press, 1999.

— *To Be Two.* trans. Monique M. Rhodes and Marco F. Cocito-Monoc. The Athlone Press, 2000.

—" 'Je-Luce Irigaray': A Meeting with Luce Irigaray. " Interview with—*To Speak is Never Neutral.* trans. Gail Schwab. Continuum, 2002.

—*The Age of Breath.* trans. K. van de Rakt et al. , Russelsheim, Christel Gottert Verlag. 2000.

—*Democracy Begins Between Two.* trans. Kirsteen Anderson. The Athlone Press, 2000.

—*Dialogues: A Special Issue of the Journal " Paragraph ".* Edinburgh University Press, 2002.

—*Between East and West: From Singularity to Community.* trans. Stephen Pluhacek. Columbia University Press, 2002.

— *The Way of Love.* trans. Heidi Bostic and Stephen Pluhacek. Continuum, 2002.

—*Sharing the World.* Continuum, 2008.

—*In the Beginning, She Was.* Continuum, 2013.

—ed. *Luce Irigaray: Key Writings.* Continuum, 2004.

—and Mary Green ed. *Luce Irigaray: Teaching.* Continuum, 2008.

—"Women's Exile." *Ideology and Consciousness.* trans. Couze Venn. 1977(1): 71, 64, 76.

— and Stephen Pluhacek ed. *Conversations.* Continuum, 2008.

— and Sylvere Lotringer ed. *Why Different? A Culture of Two Subjects: Interviews with Luce Irigaray.* trans. Camille Collins. Semiotexte, 2000.

Jaarsma, Ada S. "Irigaray's to Be Two: The Problem of Evil and the Plasticity of Incarnation." *Hypatia*, Vol. 18, 2003(1): 44-62.

J. Rose. *Sexuality in the Field of Vision.* Verso, 1986.

Joy, Morny. *Divine Love: Luce Irigaray, Women, Gender and Religion.* Manchester University Press, 2006.

—and Kathleen O' Grady and Judith L. Poxon ed. *Religion in French Feminist Thought: Critical Perspectives.* Routledge, 2003.

Jones, Rachel. *Irigaray: Towards a Sexuate Philosophy.* Polity Press, 2011.

Kearney, Richard ed. *Twentieth-century Continental Philosophy.* Routledge, 2003.

— and Mara Rainwater ed. *Continental Philosophy Reader.* Routledge, 1996.

Kelso, Julie. *O Mother, Where Are Thou? An Irigarayan Reading of the Book of Chronicles.* Equinox Publishing Ltd. , 2007.

Kennedy, Miles. *Home: A Bachelardian Concrete Metaphysics.* Peter Lang, 2011.

Krier, Theresa and Elizabeth D. Harvey ed. *Luce Irigaray and Premodern Culture: Thresholds of History.* Routledge, 2004.

Levinas, Emmanuel. *Totality and Infinity.* trans. Alphonso Lingis. The Hague/Boston/London: Martinus Nijhoff Publishers, 1979.

M. Plaza. "'Phallomorphic Power' and the Psychology of 'Woman'". *Ideology and Consciousness*, 1978(4): 8.

Marks, Elaine and Isabelle de Courtivron. *New French Feminists: an Anthology*. University of Massachusetts Press, 1980.

Marques, Irene. *Transnational Discourses on Class, Gender, and Cultural Identity*. Purdue University Press, 2011.

Meyers, Diana T. "Luce Irigaray: Philosophy in the Feminine by Margaret Whitford; Julia Kristeva by John Lechte." *Gender and Society*, Vol. 6, 1992(2): 319-321.

Millett, Kate. *Sexual Politics*. University of Illinois Press, 1970.

Mill, John Stuart. *The Subjection of Women*. BiblioBazaar LLC, 2009.

Toril Moi. *Sexual/Textual Politics*. Routledge, 2001.

—*Simone de Beauvoir: The Making of an Intellectual Woman*. Blackwell, 1994.

—*French Feminist Thought*. Routledge, 1987.

Mortensen, Ellen. *Touching Thought: Ontology and Sexual Difference*. Lexington Books, 2002.

Mortley, Raoul. *French Philosophers in Conversation: Levinas, Schneider, Serres, Irigaray, Le Doeuff, Derrida*. Routledge, 1991.

Nye, Andrea ed. *Philosophy of Language: the Big Questions*. Blackwell Publishers, 1998.

Oliver, Kelly ed. *French Feminism Reader*. Rowman & Littlefield Publishers, INC. , 2000.

Olkowski, Dorothea ed. *Resistance, Flight, Creation: Feminist Enactments of French Philosophy*, Cornell University Press, 2000.

Oosterling, Henk & Ewa Plonowska Ziarek. *Intermedialities: Philosophy, Arts, Politics*. Lexington Books, 2011.

Orr, Deborah ed. *Belief, Bodies and Being: Feminist Reflections on Embodiment*. Rowman & Littlefield Publishers, 2006.

Pettigrew, David & Francois Raffoul. *French Interpretations of*

Heidegger: an Exceptional Reception. State University of New York Press. 2008.

Porter, Marie and Julie Kelso ed. *Mother-texts: Narratives and Counter-narratives.* Cambridge Scholars, 2010.

R. A. Jones. "Writing the Body: Toward an Understanding of Ecriture Féminine". *Feminist Studies*, Vol. 7, 1981(2): 224-225.

Rawes, Peg. *Irigaray for Architects.* Routledge, 2007.

Rich, Adrienne. *Of Woman Born: Motherhood as Experience and Institution.* Norton, 1976.

Roberts, M. F. Simone. *A Poetics of Being-Two: Irigaray's Ethics and Post-symbolist Poetry.* Lexington Books/Rowman & Littlefield, 2011.

Roberts, Hiary. *Reading Art, Reading Irigaray: the Politics of Art by Women.* I. B. Tauris, 2006.

Robbins, Ruth. *Literary Feminisms.* Macmillan Press Ltd., 2000.

Russell, Helene Tallon. *Irigaray and Kierkegaard: on the Construction of the Self.* Mercer University Press, 2009.

Salamon, Gayle. *Assuming a Body: Transgender and Rhetorics of Materiality.* Columbia University Press, 2010.

Segal, Lynne. *Is the Future Female? Troubled Thoughts on Contemporary Feminism.* Virago, 1987.

Showalter, Elaine. *The New Feminist Criticism.* Patheon Books, 1985.

Skof, Lenart. *Pragmatist Variation on Ethical and Intercultural Life.* Lexington Books, 2012.

Silverman, Hugh J. ed. *Philosophy and Desire.* Routledge, 2000.

Statkiewicz, Max. *Rhapsody of Philosophy: Dialogues with Plato in Contemporary Thought.* Pennsylvania State University Press, 2009.

Stone, Alison. *Luce Irigaray and the Philosophy of Sexual Difference.* Cambridge Univeristy Press, 2006.

Stockton, Kathryn Bond. *God Between Their Lips.* Stanford University Press, 1994.

Toadvine, Ted ed. *Merleau-Ponty*. Routledge, 2006.

Todd, Sharon. *Toward an Imperfect Education: Facing Humanity, Rethinking Cosmopolitanism*. Paradigm Publishers, 2009.

Tong, Rosemarie. *Feminist Thought-A more Comprehensive Introduction*. Westview Press, 1998.

Tuana, Nancy ed. *Feminist Interpretations of Plato*. Pennsylvania State University Press, 1994.

Tzelepis, Elena and Athena Athanasiou ed. *Rewriting Difference: Luce Irigaray and the "Greeks"*. SUNY Press, 2010.

Ungar, Steven. *Roland Barthes: Professor of Desire*. University of Nebraska Press, 1983.

Valian, Virginia. "Linguistics and Feminism." *Feminism and Philosophy*, 1998: 154-166.

Vasseleu, Cathryn. *Textures of Light: Vision and Tough in Irigaray, Levinas, and Merleau-Ponty*. Routledge, 1998.

Walton, Heather. *Imaging Theology: Women, Writing and God*. T& T Clark, 2007.

— *Literature, Theology and Feminism*. Manchester University Press, 2007.

Wilkie-Stibbs, Christine. *The Feminine Subject in Children's Literature*. Routledge, 2013.

Whitford, Margaret and Morwenna Griffiths ed. *Feminist Perspectives in Philosophy*. Indiana University Press, 1988.

Whitford, Margaret and Luce Irigaray. *Philosophy in the Feminine*. Routledge, 1991.

Xu, Ping. "Irigaray's Mimicry and the Problem of Essentialism", *Hypatia* 10. 4, Fall 1995.

Zajko, Vanda & Miriam Leonard. *Laughing with Medusa: Classical Myth and Feminist Thought*. Oxford University Press, 2006.

3. 中文参考文献

陈永国:《理论的逃逸》,北京大学出版社 2008 年版。

邓晓芒：《思辨的张力》，商务印书馆 2010 年版。

冯俊等：《后现代主义哲学讲演录》，商务印书馆 2005 年版。

[德]格奥尔格·西美尔著，朱原冰译：《叔本华与尼采》，上海世纪出版集团 2009 年版。

高旭东：《中西比较文化讲稿》，安徽大学出版社 2012 年版。

高宣扬：《法兰西思想评论》第四卷，同济大学出版社 2009 年版。

高宣扬：《当代法国思想五十年》，中国人民大学出版社 2003 年版。

高宣扬：《论后现代艺术的不确定性》，台湾唐山出版社 1996 年版。

高宣扬：《后现代论》，台湾五南图书出版股份有限公司 1999 年版。

高新民：《心灵与身体——心灵哲学中的新二元论微探》，商务印书馆 2012 年版。

[德]黑格尔著，贺麟、王玖兴译：《精神现象学》，商务印书馆 1979 年版。

黄汉平：《拉康与后现代文化批评》，中国社会科学出版社 2006 年版。

[印]佳亚特里·斯皮瓦克著，陈永国、赖立里、郭英剑编译：《从解构到全球化批判：斯皮瓦克读本》，北京大学出版社 2007 年版。

[美]简·盖洛普著，杨莉馨译：《通过身体思考》，江苏人民出版社 2005 年版。

[德]康德著，邓晓芒译：《实用人类学》，上海人民出版社 2012 年版。

[德]康德著，李秋零译注：《实用人类学》（外两种）（注释本），中国人民大学出版社 2013 年版。

[德]康德著，李秋零译注：《纯然理性界限内的宗教》（注释本），中国人民大学出版社 2012 年版。

[印]克里希那穆提著，胡因梦译：《生命之书：365 天的静心

冥想》，译林出版社 2011 年版。

[印]克里希那穆提著，桑靖宇、程悦译：《生命的完整——人生的转化》，九州出版社 2012 年。

[法]拉康著，褚孝泉译：《拉康文集》，上海三联书店 2001 年版。

李银河：《妇女：最漫长的革命——当代西方女权主义理论精选》，三联书店 1997 年版。

刘岩：《母亲身份研究读本》，武汉大学出版社 2007 年版。

刘岩：《差异之美：伊里加蕾的女性主义理论研究》，北京大学出版社 2010 年版。

刘岩：《女性书写与书写女性：20 世纪英美女性文学研究》，上海外语教育出版社 2011 年版。

刘岩：《并不柔弱的话语——女性主义视角下的 20 世纪英语文学》，重庆大学出版社 2011 年版。

刘岩、邱小轻、詹俊峰编著：《女性身份研究读本》，武汉大学出版社 2007 年版。

林树明：《多维视野中的女性主义文学批评》，中国社会科学出版社 2004 年版。

罗钢、刘象愚编：《殖民主义文化理论》，中国社会科学出版社 1999 年版。

罗婷：《女性主义文学批评在西方与中国》，中国社会科学出版社 2004 年版。

[美]罗斯玛丽·帕特南·童著，艾晓明等译：《女性主义思潮导论》，华中师范大学出版社 2002 年版。

[法]露西·伊丽格瑞著，屈雅君、赵文、李欣等译：《他者女人的窥镜》，河南大学出版社 2013 年版。

[法]吕西·依利加雷，朱晓洁译：《二人行》，三联书店 2003 年版。

[英]玛丽·伊格尔顿编，胡敏等译：《女权主义文学理论》，湖南文艺出版社 1989 年版。

[法]莫里斯·梅洛-庞帝著，姜志辉译：《知觉现象学》，商务

印书馆 2012 年版。

[法]皮埃尔·布尔迪厄著，刘晖译：《男性统治》，中国人民大学出版社 2012 年版。

[法]萨特著，陈宣良译：《存在与虚无》，三联书店 2007 年版。

[英]萨拉·科克利著，戴远方、宫睿译：《权利与服从——女性主义神学哲学论集》，中国人民大学出版社 2006 年版。

[美]斯蒂芬·怀特著，孙曙光译：《政治理论与后现代主义》，辽宁教育出版社 2004 年版。

宋素凤：《多重主体策略的自我命名：女性主义文学理论研究》，山东大学出版社 2002 年版。

苏红军、柏棣：《西方后学语境中的女权主义》，广西师范大学出版社 2006 年版。

[德]叔本华著，石冲白译，杨一之校：《作为意志和表象的世界》，商务印书馆 2010 年版。

[德]叔本华著，金铃译：《爱与生的苦恼》，光明日报出版社 2006 年版。

[德]叔本华著，任立、孟庆时译：《伦理学的两个基本问题》，商务印书馆 2000 年版。

[德]叔本华著，范进等译：《叔本华论说文集》，商务印书馆 1999 年版。

[德]叔本华著，韦启昌译：《叔本华思想随笔》，上海人民出版社 2008 年版。

[美]托里尔·莫依著，林建法、赵拓译：《性与文本的政治》，时代文艺出版社 1992 年版。

[英]特里·伊格尔顿著，王逢振译：《当代西方文学理论》，中国社会科学出版社 1989 年版。

[英]特里·伊格尔顿著，马海良译：《历史中的政治、哲学、爱欲》，中国社会科学出版社 1999 年版。

夏可君：《身体——从感发性、生命技术到元素性》，北京大学出版社 2013 年版。

汪民安：《身体、空间与后现代性》，江苏人民出版社 2006 年版。

汪民安：《生产》第三辑，广西师范大学出版社 2006 年版。

汪民安、陈永国、马海良：《后现代性的哲学话语——从福柯到赛义德》，浙江人民出版社 2004 年版。

肖巍：《女性主义哲学指南》，北京大学出版社 2010 年版。

[英]伊丽莎白·赖特著，王文华译：《拉康与后女性主义》，北京大学出版社 2005 年版。

[英]约翰·穆勒著，汪溪译：《妇女的屈从地位》，商务印书馆 1869 年版。

[美]约瑟芬·多诺万著，赵育春译：《女权主义的知识分子传统》，江苏人民出版社 2003 年版。

赵一凡：《从胡塞尔到德里达——西方文论讲稿》，三联书店 2007 年版。

张京媛：《当代女性主义文学批评》，北京大学出版社 1995 年版。

钟雪萍、劳拉·罗斯克编：《越界的挑战：跨学科女性主义研究》，上海社会科学院出版社 2003 年版。

4. 中文期刊论文

波拉·祖潘茨·艾塞莫维茨著，金惠敏译：《露西·伊丽格瑞：性差异的女性哲学》，《江西社会科学》2004 年第 3 期。

方亚中：《依利加雷的女性演说与神秘主义和否定神学》，《外国文学》2008 年第 5 期。

方亚中：《法国女性写作：西苏、克里斯蒂娃和依利加雷》，《作家杂志》2008 年第 12 期。

方亚中：《从巴特勒的性属操演看依利加雷的性别特征》，《华中科技大学学报》2009 年第 2 期。

方亚中：《从波伏娃到依利加雷的他者》，《华中科技大学学报》2009 年第 6 期。

方亚中：《依利加雷的性差异理论与精神分析理论》，《名作欣赏》2009 年第 8 期。

方亚中：《依利加雷女性写作中的"双唇"与"黏液"》，《时代文学》2010 年第 6 期。

方亚中：《依利加雷对列维纳斯他者伦理学的女性主义批判》，《华中科技大学学报》2010 年第 6 期。

方亚中：《"弑父"与"弑母"的依利加雷式解读及其意义》，《外国文学》2010 年第 10 期。

方亚中：《从依利加雷的女性谱系看露西的女性命运》，《名作欣赏》2011 年第 3 期。

方亚中、张亚楠：《依利加雷性差异理论的解构策略和建构意图》，《外国语文》2011 年第 5 期。

刘岩：《建构性别差异的政治学——伊里加蕾对西方哲学话语的颠覆与重建》，《中外文化与文论》2007 年第 18 期。

刘岩：Feminism, Sexuate Rights and the Ethics of Sexual Difference，《外国文学研究》2010 年第 3 期。

刘岩：《法国女性主义思想的传承与超越——从西蒙德波伏娃到露丝·伊里加蕾》，《中外文化与文论》2010 年第 14 期。

刘岩：《女性主义、性别化权利与性别差异的伦理学：露丝伊里加蕾访谈录（英文）》，《外国文学研究》2010 年第 3 期。

刘岩：《后现代视野中的女性主义与女性主义文学批评》，《广东外语外贸大学学报》2011 年第 7 期。

刘岩：《"女性抒写"的主体性悖论》，《文艺研究》2012 年第 5 期。

刘岩：《女性书写》，《外国文学》2012 年第 6 期。

罗婷：《当代法国女性主义文学批评简论》，《湘潭师范学院学报》1995 年第 2 期。

覃琼、李德：《法国后现代女性主义研究思想述评及其影响》，《柳州师专学报》2006 年第 6 期。

宋素凤：《法国女性主义对书写理论的探讨》，《文史哲》1999 年第 5 期。

肖巍：《关于"性别差异"的哲学争论》，《道德与文明》2007 年第 4 期。

肖巍：《性别差异的伦理学——伊瑞格瑞女性主义伦理思想研究》，《哲学动态》2011 年第 5 期。

于文秀：《露丝伊丽格瑞的阴性女性理论》，《文艺研究》2012 年第 3 期。

岳凤梅：《拉康与法国女性主义》，《妇女研究论丛》2004 年第 3 期。

张玫玫：《露丝伊丽格瑞的女性主体性建构之维》，《国外文学》2009 年第 2 期。

5. 国内硕博论文

硕士论文：

蔡立庆：《法国后现代女性主义研究》，中国人民大学，2001 年。

高敏：《后现代视域中伊丽格瑞的女性话语理论重构》，西北大学，2007 年。

王淼：《后现代女性主义述评》，中国人民大学，2005 年。

高敏：《后现代视域中伊丽格瑞的女性话语理论重构》，西北大学，2010 年。

乔楠：《女性话语重构与妇女解放——伊里加蕾女性主义思想解读》，湖北大学，2011 年。

博士论文：

周辉：《西方女新主义诠释学研究》，中国人民大学，1999 年。

周曾：《西方女性主义理论对中国女性写作的影响及其变异》，中国人民大学，2005 年。

吴秀莲：《趋向诗化生存——当代法国女性主义思想的伦理透视》，中国人民大学，2007 年。

方亚中：《非一之性》，四川大学，2008 年。

王迪：《法国后现代女性主义研究》，北京大学，2011 年。

后　记

本书的初稿是 2014 年完成的博士论文，时至今日，撰写论文的烦恼、师长的鼓励、友人的帮助、人大校园婆娑的夜色以及宜园三栋宿舍里那每周一摞的阅读时光仿佛就在昨天。

非常感谢我的博士生导师高旭东先生对我的信任，让一个原本做英美小说研究的学生选择了当代欧陆理论作为毕业论文的选题。先生百科全书式的知识储备令每一个跟随先生的学生都不得不心生敬畏和佩服，也成为鞭策我在三年时间里只追朝夕不敢懈怠的力量。先生因材施教，鼓励每位弟子有自己的研究方向，让我的好奇自由生长成为学术兴趣，并引导我进入了一个愿意日后一直研究下去的论题。一次次听先生针砭时弊地讨论时下的大事小情，这促使读英文出身的我渐渐有了清晰的中国学人的立场，也引领我进入了更为广阔的学术领域；每一次出现生活和学业上的困难，是先生细雨般的点滴关怀和帮助才抚慰了我在求知路上的恐慌和不安。没有先生的鼓励、指导和昼夜批阅，完成这篇论文将宛如希绪弗斯的石头，成为生命中不能承受之重！

露西·伊丽格瑞的理论功底深厚、语言晦涩、不加注释、反自传，也不喜公开解释自己的学术思想，研究伊丽格瑞的过程是愚公移山的过程。最初在夏可君老师的课上接触到伊丽格瑞，那时我刚刚丢下波伏娃的《第二性》，然而伊丽格瑞关于呼吸的描述让我好奇，一位西方女性主义学者如此热爱东方传统，对此我有很多疑惑，这也是本书的着重点在于近期伊丽格瑞"东方转向"前后著述研究的重要原因。撰写本书期间，还受到汪民安教授、澳大利亚纽卡斯特大学 Roland Boer 教授、芝加哥大学 David Jasper 教授的帮助，他们对我愚钝的问题给予了耐心的回答和无私的帮助。感谢博

177

士论文答辩中杨慧林教授、周小仪教授、方维规教授、汪民安教授和夏可君教授给予的肯定和修改意见。另外，鉴于国内仅有两本中文译著、英法文著述散见于各个图书馆，资料的搜集得益于中国人民大学图书馆的"馆际互借"服务，让我基本掌握了伊丽格瑞英文出版物和部分法语出版物。还要感谢香港中文大学崇基学院，让我在图书馆的电子资源中找到了伊丽格瑞 2015 年出版的新书。还要感谢两位未曾谋面的学者刘岩教授和方亚中教授，他们对伊丽格瑞的翻译和阐释加速了我的研究进程，还有许多法国哲学和后现代理论的研究者都为我提供了进入伊丽格瑞理论的途径，在此一并表示感谢。

感谢我执教的哈尔滨工程大学的领导和同仁，他们的支持和包容让我有了三年全心投入的学术生活。感谢曾就读的黑龙江大学、哈尔滨工程大学和中国人民大学，感谢徐文培教授、白劲鹏教授和邵锦娣教授为我推开了外国文学这扇大门，感谢硕士生导师欧阳铨教授，他给予了我学术写作最初的严格训练，感谢杨慧林教授、耿幼壮教授、梁坤教授、曾艳兵教授以及博士就读期间所有任课老师们在思想和心智上对我的启发。感谢曾经访学的北京师范大学，一年语言学方面的学习让我增加了对伊丽格瑞研究的自信，感谢北京大学外国语学院举办的"跨学科视野中的东方文化"暑期学校，让我有了多元的，尤其是东方的视角和立场，感谢香港中文大学崇基学院的访学资助，让我厘清了一些宗教议题，并无忧地、自由地搜集海内外的资料。

感谢我的师友们，无论痛苦还是欢笑，他们都与我一起分享，在我需要帮助的任何时候都无私地伸出援手。最后，我要感谢我的父母和家人。父母给予了我超出自身能力的支持，他们的质朴和善良指引我踏踏实实地做人做事，自由开放式的教育鼓励我有勇气去挑战去克服困难。还要感谢我的爱人，感谢他带我领略了生活的千姿百态和个中美好。在此，用我简陋的方式向关注我、倾听我、帮助我、爱护我的亲友表达深深的感恩之情！

最初完成博士论文时曾感慨自己的语言在伊丽格瑞的著述面前简直是 baby language，为了完成这十六万多字，撰写论文的过程越过了许多艰涩的术语和隐晦的表述。然而时过境迁，现在读起来才发现倘若不是沉浸在伊丽格瑞英法文的书堆里很多说法是无法理解的、难译的或者不可译的。需要声明的是，从 2014 年本书初稿完成至今，伊丽格瑞又陆续出版了几本著作但未在书中涉猎，期待学界或者我自己对伊丽格瑞有更新的研究成果。本书的出版要非常感谢黄继刚老师。虽说我的导师高旭东先生和黄老师的导师曾繁仁先生颇有渊源，我跟黄老师却是在北京香山一次以空间为主题的会议上认识的，清晰地记得他诚恳地建议我以伊丽格瑞为主题去申请国家社科基金后期资助出版博士论文。我带着伊丽格瑞的论文参加过一些会议，她并不是研究者们熟悉的研究对象。后来，国家社科基金还没来得及申请，就等来了黄老师主持丛书的邀请，有人识克里斯蒂娃而不识伊丽格瑞，有人认为我是搞女性主义而我更认同我在搞当代理论。因丛书有"批评"和"新视野"两个关键词，于是我非常愉快也非常荣幸地加入了进来。武汉大学出版社的李琼师妹自始至终给予了真诚而有效的帮助，非常抱歉的是稿子的修改一拖再拖险些耽误了李琼的工作，而她和黄老师除了理解并没有责怪，这更加重了我的愧疚！本书从落笔到现在出版，人生经历几悲几喜如今已是沧海桑田，曾经壮志酬筹如今已是一颗学术平常心，读书除了是学业事业，兴趣爱好，更是抵达自己内心的一种方式。我是一个懒惰的学生，因感于阅读之后输出的难为，这本书的确凝结了一个青年博士的全部心血！虽然我非常希望它以完美无瑕的姿态示人，然而那恐是此生不可及的目标，有时想想伊丽格瑞也够研究一辈子的，想到这里就释然些也幸福很多，因为还有未完待续。虽然编辑出版的过程对有些表达有所调整，但由于笔者能力的局限，书中许多翻译和说法无法尽善尽美，不当之处，望各位专家、同仁批评指正！本书的部分章节已在《文学理论前沿》和《黑龙江省社会科学》等期刊上发表。

康　毅

2014 年 5 月 17 日于中国人民大学宜园　初稿

2018 年　盛夏于松花江畔　修改稿

谨以此书献给我的父亲和母亲！